波濤の檻

渡辺裕之
Watanabe Hiroyuki

中央公論新社

目次

本書は書き下ろしです。この作品はフィクションで、
実在する個人、団体等とは一切関係ありません。

装　幀
盛川和洋

写　真
Adobe Stock

波濤の檻

オッドアイ

フェーズ０：灼熱のジブチ

二〇二三年二月二十四日、午前九時二十四分。ジブチ、カッシーノ・ショッピングモール。

迷彩戦闘服姿の朝倉俊暉（あさくらしゅんき）は、オッドアイという異相で周囲の男たちをじろりと睨（にら）みつけた。突然六人の赤いベレー帽を被（かぶ）った迷彩服の兵士に囲まれたのだ。ＦＡ－ＭＡＳアサルトライフルを装備している。服装と銃からしてジブチ陸軍に違いない。

「抵抗するな。我々と一緒に来てもらう」

指揮官と見られる年配の兵士が朝倉の前に立って英語で命じてきた。周囲の兵士はＦＡ－ＭＡＳの銃口を朝倉に向けている。

「抵抗はしない。私は日本の自衛官だ。理由を聞かせてくれ」

朝倉は軽く両手を上げ、英語で答えた。兵士らが正規軍なら騒ぎ立てる必要はないはずだ。

「理由を説明する必要はない。一緒に来れば分かる」

年配の兵士は、表情も変えずに顎を振ってみせた。

「分かった」

一瞬右眉を吊（つ）り上げた朝倉は、兵士たちに従った。

兵士らは買い物客に気を遣っているのか、移動を始めると銃口を下げた。この状況なら全員を倒す自信はあるが、買い物客を巻き込むのは必然のため自重するべきだろう。

「どこに行く？」

朝倉は年配の兵士に尋ねた。正面の出入口とは反対方向に向かっているのだ。

「黙っていろ」

年配の兵士は振り返りもせずに売り場の突き当たりにある両開きのドアを押し開けた。従業員用の通路である。方角的に建物の裏側に出るに違いない。

二つ目のドアを開けると、熱風にさらされた。近くに二台のトラックが停められている。荷物の搬入口のようだ。

右手のトラックの陰から東洋系の兵士が現れた。よく見ると、そのトラックの後ろにハンヴィーが停車している。売り場で朝倉の顔を見て立ち去った二人の兵士である。一人は四十代前後、もう一人は三十代前後、紺色の見慣れない迷彩戦闘服を着ているので自衛官でないことは確かだ。

「指示に従った。日本人のようだが、問題ないのか？」

指揮官らしき兵士は東洋系の兵士に尋ねた。

東洋系の兵士の一人は朝倉の前に立ち、もう一人は背後に回った。彼らがジブチ陸軍兵士を動かしたらしい。

「問題ない」

前に立った兵士が朝倉の顔を舐め回すように見て笑った。

「うっ！」

朝倉は首筋に痛みを覚えて振り返った。

背後に立っている兵士の手に注射器が握られている。

「貴様……」

拳を握った朝倉の意識が急速に薄れて消えた。

フェーズ１：特捜局の失墜

1

二〇二三年二月二十一日、午前十一時五十分。ソマリア沖アラビア海。

護衛艦(ごえいかん)しおなみ艦橋(ブリッジ)。

「不審船に警告！」

艦長の藤原健蔵(ふじわらけんぞう)二等海佐は、手にしたマイクで命じる。

艦橋ウィングに待機していた乗組員がただちにＬＲＡＤ（長距離音響発生装置）により、スワヒリ語で停船を呼びかけた。ＬＲＡＤは各種言語に対応しており、自動翻訳された言葉を圧倒的な音圧で離れた場所にいる対象者に伝達できる。

「不審船、停止しません」

双眼鏡で監視している航海士が報告した。

「警告射撃用意！」

藤原が声を上げた。

前甲板１２７ミリ主砲の砲身と主砲後部にあるファランクス２０ミリ機関砲の銃身が、三時の方角に回転する。

「主砲、ファランクス。スタンバイ」

砲雷長の白木秀雄三等海佐が、落ち着いた声で報告した。

「要警告発射、撃ち方はじめ！」

藤原は号令する。

１２７ミリ主砲が唸りを上げ、甲板に薬莢を次々と弾き出す。同時にファランクス２０ミリ機関砲の銃身が高速に回転し、２０ミリ弾を連射した。

「撃ち方やめ！」

藤原は命じると、右舷沖合を見つめた。

「不審船、逃走！」

航海士が報告。

「不審船の機関部を銃撃せよ」

藤原の命令で右舷艦橋ウィング下の１２・７ミリ重機関銃Ｍ２が火を噴き、二百メートル先のオレンジのブイに銃弾を浴びせた。

「撃ち方やめ！　警告射撃訓練終了」

藤原は短く息を吐き出す。

「訓練終了！　総員待機！」

白木がマイクを使って連呼した。

護衛艦しおなみは、一月二十二日に青森県大湊(おおみなと)基地から出港し、ジブチに向かっている。その間、実弾を使った訓練を積み重ねてきた。明日にはアデン湾海域に入る。最後の仕上げとも言うべき訓練になるため、艦長をはじめ乗組員は気合が入っていた。


「午後の制圧訓練は、よろしく頼んだよ」

藤原は傍(かたわ)らで訓練を見守っていた朝倉に告げた。

「了解です」

迷彩戦闘服姿の朝倉は海自式に脇を締めて敬礼し、操舵室を出た。

朝倉は警察庁と防衛省中央警務隊の混合捜査チーム〝特別強行捜査局〟、通称〝特捜局〟の特別捜査官であり副局長も兼任している。警視庁の警視正と陸上自衛隊三等陸佐の二つの身分を併せ持つ日本で唯一の存在であった。

〝特捜局〟は警察では扱えない防衛省絡みの事件、あるいは防衛省の警務隊が扱えない民間の事件に同時に対処できる特殊な捜査機関であり、創設以来着実に成果をあげてきた。

だが、昨年の暮れに出た雑誌〝週刊晩秋〟の記事がきっかけで、特捜局は壊滅の危機に瀕(ひん)している。記事の内容は、特捜局は警察庁と防衛省から二重の予算を受け、その上不明瞭な会計をしているというものであった。

二つの組織のハイブリッドであるため、会計が煩雑（はんざつ）であることは内部でも問題になっていた。だが、実際は二重というよりも、どちらからも満足な予算が得られずに資金不足に陥っている。不明瞭な点は、経費を浮かせるために航空自衛隊の輸送機を使うなどしていたために移動費が計上されていないことぐらいだろう。

だが、記事は二重の収入があり、自衛隊の輸送機を私的に使っているという。むろん濡（ぬ）れ衣（ぎぬ）であるが、それだけでなく、局員が自衛隊の機密情報を漏らして第三国から個人的に収入を得ているというのだ。これは背任だけでなく、国家反逆という重い罪になる。記事には根も葉もない嘘（うそ）が書かれているが、特捜局のこれまでの捜査は国家機密に関することも多々あり、反論するにもすべてを公（おおやけ）にできないという事情もあった。特に米国のＮＣＩＳ（海軍犯罪捜査局）との共同捜査は、捜査そのものが極秘ということもある。

特捜局では公表できる範囲で資料を揃（そろ）えて反論したが、マスコミの追及をかわすことはできなかった。マスコミの追及は日増しに強まり、特捜局創設の功労者であった朝倉にその矛先を変えた。自宅に押しかけるだけでなく、妻の幸恵（ゆきえ）を尾行するなど私生活にも踏み込んできたのだ。

年が明けて野党から通常国会で厳しく質問されることを危惧した防衛省は、朝倉に急遽（きゅうきょ）派遣海賊対処行動水上部隊に参加させて護衛艦しおなみに乗船することを命じた。一度、出港すれば、八ヶ月近く日本を離れることになるため、マスコミを遠ざけるのにはこれ以上の策はない。警察庁としても厄介者がいなくなるため、同意したのだ。

通常国会がはじまると案の定野党からの厳しい追及に特捜局の上部組織である防衛省と警察庁は、

答弁の責任を押し付け合って疑惑を深める失態を犯した。さらに両組織が反目したことで業務が停止し、その責任を負う形で後藤田局長が辞職に追い込まれた。そのため残された三十四名の局員は、休職扱いとなったのだ。

朝倉はラッタルを降りて前甲板に出た。

乗組員に交じって朝倉と同じ迷彩戦闘服を着た男が、砲弾の薬莢を片付ける作業を手伝っている。発射直後の薬莢は熱くて持てないが、作業手袋をすれば大丈夫だ。

「127ミリ主砲の薬莢って意外に軽いですね」

作業を終えた迷彩戦闘服の男が、朝倉に近寄って笑った。同じ特捜局の中村篤人である。陸自に127ミリ速射砲はないので、知らないのは無理もない。

特捜局の捜査課は警視庁捜査一課から引き抜いた十五人の元警察官が所属する警課と、防衛省の中央警務隊から出向してきた十五人の元警務官からなる防課の二つの捜査課で構成されていた。朝倉は副局長として二つの捜査課の長で、単独で捜査する資格を持つ特別捜査官でもあった。中村は防課の主任である。

昨年までは二つの課はそれぞれ十一人という構成だったが、特捜局の活躍で警察官や警務隊員の志願者が殺到し、厳正な書類選考と試験を行って四名ずつ増やしたのだ。規模を拡大した矢先の謹慎処分だっただけに局員の落胆も大きい。

「軽いのはおまえの脳味噌だろう」

朝倉は自分のこめかみを指先で叩いて笑った。中村は捜査官としても一流であるが、妙な冗談を言っては場を和ますのを得意としている。もっとも失笑を買うことの方が多い。また、捜査で出張先に釣り道具を持ち込むほどの釣り好きである。

「またまた、ご冗談を」

中村はわざと卑屈な笑みを浮かべて肩を竦めた。上司である朝倉をからかっているのだ。

彼は朝倉に護衛艦しおなみへの乗船命令が出た際、乗船を志願したのだ。他にも、朝倉と行動を共にしたいと大勢の志願者が出たが却下された。中村が選ばれたのは、陸自で一番厳しいレンジャー課程を終了しているため、乗組員の足を引っ張らないと判断されたからだろう。

「午後の訓練に備えて、飯を食うぞ」

朝倉は中村の肩を叩いて笑った。

2

午前十二時五十五分。護衛艦しおなみ。

前甲板左舷に、八名の乗組員と八名の海上保安官が整列した。

実弾入りの折曲銃床式の８９式５・５６ミリ小銃を抱え、ホルスターには９ミリ拳銃を装備している。その他にもブルーに塗装された訓練用模擬拳銃をベルトに差し込んでいた。彼らは、対海賊乗船隊のメンバーである。

　派遣海賊対処行動水上部隊の任務は、バーレーンに司令部を置く第151連合任務部隊と連携し、ソマリア沖・アデン湾の指定海域であるIRTC（国際的に推奨された海上輸送航路）の警戒監視、漁船等の調査、他国艦との情報収集などによる海賊行為の抑止である。同時に航空自衛隊もP-3Cによるアデン湾の監視活動を行っていた。

　乗船隊は護衛艦の乗組員の中から選抜されることになっている。だが、海上自衛官は海賊行為をした現地人を拘束することはできても、逮捕することはできない。犯罪捜査を行う権限や逮捕権を持たないからだ。そのため、刑事手続きや逮捕、捜索差押、送検などの捜査権を持つ特別司法警察職員である海上保安官を同乗させるのだ。

　特別司法警察職員は、水産庁の漁業監督官、皇宮護衛官、麻薬取締官、労働基準監督官、自衛隊警務官、それに特捜局の捜査官である。そのため、朝倉と中村は乗船を命じられた。

　朝倉と中村は乗船隊から少し距離を置いて立っていた。二人の乗船は出港直前に決まったこともあり、部隊にとって客人に過ぎない。艦長の藤原からは「制圧訓練をよろしく」と言われたが、訓練に加わってくれという意味で彼なりの気遣いなのだろう。

　制圧訓練はこれまで数回行われたが、朝倉と中村は訓練に加わるものの指導的な立場になることは避けてきた。部外者が中心的な役割をすることは不遜（ふそん）だと考えているからだ。

「それでは、時間になりましたので、訓練をはじめます。実弾訓練はなかなかできないので、各自気合を入れましょう」

乗船隊の指揮をしている水雷士（すいらいし）の高井啓太（たかいけいた）二等海尉が、腕時計で時間を確認して言った。海上保安官のチームも一緒なので、言葉遣いも丁寧である。彼の簡単な挨拶が終わると、メンバーは四人ずつ、四列に並んだ。

たかなみ型護衛艦しおなみは、全長百五十一メートル、最大幅十七・四メートル、深さ十・九メートル、基本排水量四千六百五十トン、満載排水量は六千三百トンある。

彼らがいる場所は、主砲のすぐ脇のスペースで船幅は十五メートルほどである。射撃手の安全を確保し、なおかつ銃撃のために余裕を持って間隔を設けるには四人、あるいは五人が限界だろう。

左舷の甲板手すりに四つのターゲットが固定してあった。船内に射撃場はないため、甲板に仮設射撃場を作り、午後一時から訓練以外の乗組員の前甲板への出入りは禁止されている。

「構え。撃て！」

高井が号令を掛けた。

８９式５・５６ミリ小銃を構えた四人の隊員が、銃撃を始めた。距離は五メートルほど、四人とも標的の中央を貫いている。発射速度は毎分六百五十から八百五十発。マガジンを装填（そうてん）してある二十発の銃弾は数秒で撃ち尽くされる。撃ち終わった隊員は銃口を下げた。

「これって、ストレス解消にはいいですよね」

中村が朝倉に小声で皮肉った。有効射程が五百メートルあるアサルトライフルで外す距離ではない。技術もへったくれもないと言いたいのだろう。

「距離が取れないから仕方ないだろう。銃を撃つというのは、パイロットと同じだ。黙って立っていろ」

朝倉は内心苦笑しつつ答えた。パイロットの腕は飛行時間で示される。狙撃経験も銃弾を撃った数が物をいう。まずは、銃を撃つことに慣れることである。むろん、標的を正確に狙えるかは別の問題であるが、狙撃目標が物だろうと人間だろうと躊躇なくトリガーを引けるかが実戦では問題になるのだ。息をするように銃が撃てなくては話にならない。

「パイロット？　意味不明ですね」

中村が小首を傾げた。

射撃のメンバーが交代した。

「失礼ですが、三佐。艦長から実戦経験があるとお聞きしました。本当ですか？」

高井が隊員を待機させ、朝倉に真顔で声を掛けてきた。中村のヒソヒソ話が気になったのだろう。朝倉が自衛隊で最強の特殊部隊である特殊作戦群出身ということは、自衛隊と防衛省幹部だけが知る極秘情報である。とはいえ、実戦経験は特捜局に移ってからのことだ。防衛省は護衛艦しおなみに朝倉を乗船させるのに、朝倉の経験を関係者に教えることで納得させたに違いない。

「何度か経験はある。詳細は話せないがな」

朝倉は低い声で言った。アフガニスタンではタリバン、北アフリカで反政府ゲリラ、米国ではギャング、シンガポールでは中国の工作員などを相手に闘った。だが、数えきれないほどの実戦経験があるからと言って誇れるものではない。交戦したということは、味方も含め敵にも負傷者、あるいは戦死者が出るからだ。

「我々は射撃の技術得点が高い者が選ばれて、乗船隊に入りました。乗船の制圧などの動きは、陸上で教官から学びましたが、満足しているわけではありません」

高井は朝倉の目を見て臆さずに訴えかけるように言った。

朝倉は特戦群時代、演習中の事故で頭部を負傷した。後遺症で眼球中のメラニン色素が減少し、オッドアイ（虹彩異色症）という左右の目の色が違う異相になっている。それがきっかけで、自衛隊を辞めて警察官になった。無表情だと、凶悪な相貌に見えるのが玉に瑕である。

「それで？」

朝倉は高井の言わんとすることが理解できずに首を捻った。

「我々の訓練に関して、何かアドバイスをしていただけませんか？」

高井が頭を下げると、海上保安官の指揮官である三等海上保安監である草薙大蔵も進み出て頭を垂れた。海上保安庁にも〝特殊警備隊〟という精鋭特殊部隊がある。だが、派遣部隊に参加しているのは、射撃の腕を見込まれて選抜された一般の保安官のようだ。〝特殊警備隊〟の隊員は長期に亘って日本を留守にできないという事情があるからだろう。

「君たちは近距離でしか射撃訓練をしないことに不満を持っているのじゃないかと思う。しかし、派遣部隊の目的は海賊への対処であり、彼らの船はせいぜい二十フィート、大きくても三十フィートだろう。とすれば乗船して制圧するのに、射程は五、六メートル。君らが今、的にしている距離だ」

朝倉は淡々と説明した。

「長射程の射撃が必要ないことは分かっていますが、この訓練が実戦で役に立つのか、正直言って甚だ疑問なんです。中村准尉もそう思われているんじゃないですか？」

高井は中村をちらりと見て言った。中村の態度は見透かされているようだ。

「正確な射撃は必要とされる。だが、実戦で人に対してトリガーが引けるかが重要なんだ。銃が体の一部になるまで銃撃することだが、それには、少なくとも一般の自衛官の百倍の訓練が必要となるだろう。それが許されるのは、一握りの部隊だけだ。だから、君らには標的が近かろうが遠かろうが、無心に撃つことを薦める」

朝倉は簡単に説明した。一握りの部隊とは特戦群のことだが、自衛官なら分かるだろう。経験上撃つ前に雑念を払い「無心に撃つ」ことで命中率は上がるのだ。照準で敵を狙えば、否が応でも相手が人間だと理解することになる。それを深掘りすれば、トリガーは引けなくなるだろう。人間である以上、その家族や人生まで脳裏に浮かぶからだ。

「簡単のようでも、経験者が語ると奥が深いですね」

高井の言葉に耳を傾けていた隊員が頷いた。

「銃撃戦になれば、百メートル離れていても誰しも怖いものだ。まして、五、六メートルの近距離となれば、チキンレースになる。先に相手を撃って戦闘不能にするという単純な話だ。また、銃撃訓練も重要だが、日頃から銃の分解組み立てを繰り返すことが重要だと思う」

朝倉は特戦群時代、目隠しをして銃の分解組み立てを繰り返し練習させられた。

「なるほど、銃を手に馴染ませて体の一部にするということですね」

高井は大きく頷いた。

「ただ、索敵（さくてき）訓練には問題がある。今の訓練通りに行動すれば、半数は死ぬだろうな」

朝倉は隊員の顔を見て首を横に振った。

索敵訓練は、前甲板の主砲やＶＳＬ（艦対空及び対潜水艦ミサイル垂直発射システム）の発射台を障害物と見立て、その間を敵の捜索をしながら通り抜けるものだ。だが、乗船隊のチームは不用意な動作が多い。朝倉は特戦群だけでなく、銃撃戦の経験があるＦＢＩの指導官の元でも実戦的な訓練を受けている。それだけに彼らの行動の粗（あら）が見えてしまうのだ。

「基本的な行動は、地上訓練で教えてもらいましたが、それが実戦で通用するのか我々も不安がありました。ご指導いただけますか？」

高井は小さな溜息（ためいき）を漏らした。陸海空自衛隊は、創設以来交戦の経験はない。教官だろうと、実戦の経験がないのだ。

「海賊船や建物内など狭い空間では、アサルトライフルでは小回りが利かない。中村」

朝倉は中村を自分の後ろに立つように呼んだ。朝倉の指導の元で特捜局の捜査員は、特戦群仕込みの訓練を定期的に行っている。中村はすぐに意図が分かるのだ。

朝倉が８９式５・５６ミリ小銃を担ぎ、９ミリ拳銃を構えると、すぐ後ろの中村は小銃を構える。右手を前に軽く振って前進をはじめた。

「先頭はハンドガンを手にした方がいい。障害物からアサルトライフルの銃身が覗（のぞ）けば、敵に悟られるからだ。敵は乗船してきた君らを待ち構えている。撃ってくれと合図しているのと同じだ」

朝倉は９ミリ拳銃を胸元に引き寄せ、ＶＳＬの発射台から素早く顔を出して確認すると、すぐに頭を引っ込めた。乗船隊のメンバーは、いつも小銃を構えながら簡単に飛び出すのだ。これでは、先頭の自衛官は、間違いなく銃撃される。

「安全を確認したら、はじめて通路に出る。おざなりの訓練は命取りだ」

朝倉は低い姿勢で通路に出て、９ミリ拳銃を四方に向けると元に戻った。

「ありがとうございます。訓練を続けますが、何か気になることがありましたら、その都度ご指摘ください」

高井は深々と頭を下げた。これまで、訓練を傍観するだけだったが、彼らとの距離が少し縮まったようだ。

「役に立てて嬉しいよ」

朝倉は素直に頷いた。

3

二月二十一日、午後七時十五分。東京市谷。

国松良樹は、防衛省の北門を出て周囲を窺うと、数十メートル先にある〝パーチェ加賀町〟というマンションのエントランスに入った。

「国松良樹です。よろしくお願いします」

国松は内側にあるガラスドア上の監視カメラに向かって軽く頭を下げた。すると、ドア横のセキュリティボックスのシグナルランプが点灯し、ガラスドアが開いた。

「ありがとうございます」

国松は頭を下げ、エレベーターホールに進んだ。呼び出しボタンを押すまでもなく、エレベーターのドアが開く。乗り込むと、ドアの近くに手提げ袋が置かれていた。

「これか」

手提げ袋を手にするとドアが閉まり、勝手に動き出した。すべてコントロールされているようだ。

二階でドアが開くと、いきなり部屋になっていた。床は大理石、壁や天井は白で統一され、画廊のように油絵が飾ってある。左手にはコーヒーメーカーの置かれたカウンターがあった。

「お疲れ様です」

部屋の中央に配置されている革張りのソファーに座っていた防諜の北井英明、横山直哉、それに警課の野口大輔、大竹淳平が口を揃えて国松を労った。

「後は、佐野さんか」

四人に頷いた国松は北井の隣りに腰を下ろし、足元に手提げ袋を置いた。

「それにしても、防衛省のすぐ近くのマンションのゲストルームを借りるなんて凄すぎますね。さすが朝倉さんですよ。オーナーと知り合いなんですかね」

対面の野口が尋ねてきた。

「私もよく知らないが、オーナーは自衛隊ＯＢで副局長の知人らしい」

国松は適当に答えた。マンションのオーナーは防衛庁のＯＢで傭兵代理店の社長である池谷悟郎ということを朝倉が護衛艦しおなみに乗船する前に聞いている。傭兵を戦地などに斡旋する傭兵代理店は、日本では存在自体が非合法になるため絶対口にしてはいけないと言われた。

五年前に朝倉はアフガニスタンで逃亡犯の捜査をするために現地でガイド兼ボディーガードとして寺脇京介を雇った。彼はたまたま傭兵代理店に登録された傭兵だったのだ。捜査の過程で二人はタリバンの民兵に拘束されてしまう。なんとかアジトから脱出したがタリバンから執拗に追われ、絶体絶命のピンチに陥った。その時、京介を救助するために藤堂浩志が仲間を引き連れてタリバンを蹴散らし、二人を救出してくれたのだ。

藤堂や仲間も傭兵代理店に登録された傭兵で、朝倉はそれをきっかけに藤堂と個人的に付き合うようになっていた。また、藤堂の仲介で傭兵代理店スタッフの天才的ハッカーである土屋友恵を紹介されている。彼女からは捜査に役立つ様々な極秘情報を得ることもあった。

朝倉は傭兵代理店が防衛省の北門近くにあることを知っており、今回の騒動で施設の一部を貸してもらえないかと友恵を介して池谷に要請した。傭兵代理店の名を出さないという条件で、池谷は〝パーチェ加賀町〟の二階のゲストルームを快く貸してくれたのだ。

朝倉は傭兵代理店の名を国松と佐野だけに教え、他の仲間には口外してはならないと命じていた。国松は北井らには場所と入室方法と午後七時半集合とだけ教えてあったのだ。

特捜局の関係者はマスコミに追われているため、彼らの目の届かない場所が必要であった。というのも、身分証を見せれば防衛省の敷地には入れるが、Ｃ棟にある特捜局のオフィスへの入室が禁止されているからだ。それに現在のところ噂(うわさ)ではあるが、公安調査庁が監視している可能性もあるという。そのため、全員防衛省の表門から入って、裏門から抜け出すことで尾行をまいているのだ。

エレベーターのドアが開き、佐野が入って来た。

「お疲れ様です」

国松が声を掛けると、他の仲間も挨拶した。

「驚いたな。ここをただで借りたなんて驚きだ」

本当に驚いているようだが、事情を知っているので演技しているのかもしれない。

朝倉は個人的な情報網をいくつか持っており、そのうちの一つが傭兵代理店だと国松と佐野に明かしている。オフィスは地下二階にあるらしいが、エレベーターには地下駐車場があるＢ１ボタンしかなかった。文字通り、極秘の組織のようだ。

「今回、声を掛けたのは他でもない、特捜局の存亡をかけた捜査をするためだ。招集に三週間という時間が掛かったのは、我々に監視が付いているかを確認する必要があったからだ。実際、公安庁の監視下に置かれていることは分かった。それならそれで、我々はそれなりに動くまでだ。捜査の陣頭指揮は、副局長の要請で私が執(と)らせてもらう」

佐野は頭を下げた。

昨年の十二月二十日に発売された週刊晩秋の新年号に、「腐敗特殊捜査機関」と題した記事が掲載された。それがネットニュースに取り上げられ、拡散されたのだ。この時点では特捜局はくだらない噂話だと、沈静化を願って見守った。

だが、年が明けて朝倉と後藤田は、噂の真相を追及する形で、内閣官房に防衛省と警察庁幹部とともに呼び付けられた。通常国会で野党から質問を受けることが、分かっていたため、政府では事前に事情聴取をしたかったらしい。後藤田は資料を携えて説明したが、そもそも特捜局の事情を知らない政府高官に理解されることはなかった。

その十日後の一月十六日付で、朝倉は派遣海賊対処行動水上部隊への参加が厳命された。マスコミに追われる朝倉を守るためという口実だが、本当のところは野党が朝倉を証人喚問するのを物理的に不可能にするためだったのだろう。

中村は朝倉が命令を受けた直後、後藤田局長に同行を直訴した。護衛艦しおなみへの乗艦が許可されたのは一月二十日、出港二日前である。後藤田が裏で関係各署に頭を下げて回ったのだ。

一月二十三日に国会の審議がはじまると、予測されていた通り、野党から特捜局について追及された。野党は週刊晩秋よりもさらに詳しい特捜局の会計書類を提示し、防衛大臣と警察庁長官を追及したのだ。特捜局で答弁用の資料を揃えていたが、大臣と長官はうまく答えることができなかった。彼らは現場任せで特捜局のことを把握していないという事実を曝(さら)け出すことには成功したと言えよう。

大掛かりな捜査ほど国家機密に関わっているため、まともに答弁することは不可能という事情もある。特に米国との共同捜査は米国政府の許可なく公開できない。そのため、野党が追及するように不正組織というレッテルを貼られても、まともに返すことができなかったのだ。

後藤田局長には身内である防衛省からも提出資料が不十分だったと批判が浴びせられ、内閣官房からも肩を叩かれて、一月二十九日に責任を取って辞職した。いわゆる詰め腹である。

「局長が辞職されてから、この三週間、我々は息を潜めて耐えて来た。しかも頼りの副局長は連絡が取れない海の上ときた。だが、それでも我々は行動しなければならない」

佐野は噛(か)み締めるように言った。

「副局長が海賊対処行動水上部隊に任命されたのは、マスコミ対策と同時に、証人喚問させないという理由だったはずです。それに、我々の行動を封じる悪意すら感じます。捜査に当たるのはここにいるメンバーだけですよね」

国松が仲間の顔を見て尋ねた。警課、防課合わせて三十名の捜査員がいるが、佐野は国松と計(はか)り、捜査メンバーを六名に絞り込んだ。残りのメンバーにはあえて普段と変わらない行動をするように念を押した。彼らはそれを囮(おとり)として行動する指示だと認識したはずだ。

「我々が動いていることをなるべく悟られたくない。全員で動けば、マスコミは証拠隠しだと騒ぐだろう。それに当面は我々に目を光らせている公安庁にも勘づかれたくないからね。我々のバックアップとして戸田(とだ)にも話はしてある」

佐野が首を縦に振って答えた。ＩＴ課の戸田直樹(なおき)は、ハッカーの技術も持つプログラミングのプロで特捜局に所属しているが、その能力を買われて自衛隊のサイバー防衛隊の手伝いもしている。そのため、特捜局の職員で唯一、休職扱いになっていない。

「捜査対象は、週刊晩秋の編集スタッフと野党の社共民主党の園崎幸太郎(そのざきこうたろう)衆議院議員ですよね」

北井が佐野と国松を交互に見て言った。佐野の前置きに苛立(いらだ)ちを覚えたのだろう。

「どっちも特捜局を追い詰めるために頑張っているからな。副局長は、彼らの背後に何かいるのではないかと考えている。我々で彼らを調べ上げて真の敵を暴き、その目的を世に知らしめなければと命じられた。私も国松くんも副局長と同じ意見だ」

佐野が渋い表情で答えた。

「単純に防課と警課で分担しますか？」

国松は佐野の言葉に頷いて尋ねた。

「そうするつもりだ。議員も面倒だが、週刊晩秋はしたたかだ。そっちの方は警課が担当しよう。君らは議員を頼むよ」

佐野は腕組みをして言った。

「この部屋は今後も使うことができるそうです。必要に応じてここで会議をしませんか？」

国松は確認の意味で尋ねた。

「もちろんだ。捜査の道のりはいつになく険しいだろう。全員気を引き締めて取り掛かってくれ」

佐野は仲間の顔を順に見て言った。

「散会する前にこれを各自携帯してください」

国松は足元に置いた手提げバッグから、六つのスマートフォンを出して仲間に配った。

「これは？」

佐野がスマートフォンを手にして首を傾げた。

「副局長が用意していたスマートフォンで、通信やメールが暗号化されるそうです。また、指紋認証と顔認証を同時にしなければ使うことができません。電源を入れて画面下に親指を当てるとそれで指紋認証され、起動後に顔が撮影されて認証されます。以後、本人以外は使えなくなるそうです」

国松は見本を見せるために電源を入れて手順に従った。顔認証するために画面の表示に従って顔の角度を何度か変えると認証された。スマートフォンは傭兵代理店から支給されたもので、朝倉が要請したと聞いている。

「おお、できた、できた」

佐野も認証を終えて喜んでいる。

「捜査に関する情報や通話は、このスマートフォンを使うように副局長から命じられています。メールも電話もすでに設定してあるようですね」

国松はスマートフォンを見ながら言った。あらかじめ傭兵代理店の中條（なかじょう）から簡単な説明を受けただけで、実際に触るのは今日が初めてである。公安調査庁が動いていることを考えると、市販の製品を使うのは危険なのだ。

「すごいですよ、これ。ドコモやａｕやソフトバンクではない、独自のネットワークで作動しているみたいですね。というか、ひょっとしたら、回線をハイジャックしているのかもしれませんよ」

野口が設定を終えて感心している。どこを探しても、既存の通信会社の名前が出てこないのだ。

「電話番号とメールはすべて番号表示になっているようだ。私が１番らしい。各自、番号を教えてくれ」

佐野がスマートフォンに付与されている番号を尋ねた。

「私は2番です」

野口が手を上げた。

「私は3番です」

大竹が答えた。

「私は4番です。どうやら防課と警課で分けてあるみたいですね」

国松は答えると、首を縦に振った。設定は傭兵代理店がしたのだが、特捜局のことをよく理解しているようだ。というか、指紋認証か顔認証のどちらか、あるいは両方でスマートフォンは持ち主を特定したということだろう。

「5番は北井です」

北井が頷いた。

「6番は私です」

最後に横山が答えた。

「このスマートフォンに個人情報は一切記憶させないように言われています。捜査報告は特別なクラウドに保存します。これは特捜局のクラウドではありません」

国松は自分の画面を仲間に見せて説明した。

「ありがたい。少ない人員で捜査をするのに武器は多い方がいい」

佐野は満面の笑みを浮かべ、国松に目配せした。特捜局の捜査員は休職扱いになっており、実質的に謹慎処分と同じである。当然、捜査員に支給されているハンドガンであるH＆K ＳＦＰ9をはじめとした特捜局捜査員の武器や備品はすべて使用不可となっていた。

「捜査が実を結ぶことを信じ、頑張りましょう」

国松は佐野に応えるべく小さく頷き、打ち合わせを締めた。

4

二月二十一日、午前七時四十五分。バージニア州クアンティコ。

ＮＣＩＳ（海軍犯罪捜査局）の副局長であるヘルマン・ハインズは、本部の二階にある執務室のソファーに座っていた。テーブルには館内にあるダンキンの店で買ったコーヒーとベーコンエッグ＆チーズのベーグルサンドが置かれている。出勤してすぐに朝食を買って執務室で食べるのが日課なのだ。

ドアがノックされ、特別捜査官のアラン・ブレグマンがダンキンの紙のパッケージとコーヒーを手に入ってきた。週一で始業前に朝食を摂りながら打ち合わせすることになっているのだ。

ブレグマンはハインズが現場で働いていたころのチームの部下だった。ハインズが副局長に昇格し、引き継ぐ形でチームリーダーになっている。ブレグマンにとってハインズは上司であると同時に十数年来の友人でもあった。

「相変わらずベーグルサンドですか」

ブレグマンはハインズの向かいに座ると、パッケージを開けて笑った。

「君のはトマトペーストグリルドチーズ・サンドか。まだ食べたことがない。迷ったよ」

ハインズはブレグマンのサンドイッチを見て苦笑した。昨年出た新メニューで、うまそうなのだが、いつものメニューを変える気になれないのだ。

「特捜局の騒動は、収まりますかね？」

ブレグマンはグリルドチーズ・サンドを手にし、何気なく尋ねた。

「極東本部のオコナーに、毎日状況を送らせている。進展はないというかむしろ悪化しているようだ。野党の政治家がこの事件を起爆剤にして、与党を貶めようとしている。問題は朝倉が、護衛艦勤務を命じられて日本にいないことだ。八ヶ月の任務だそうだ。有能な捜査官が封印されることで、特捜局が潰れてもおかしくはない」

ハインズは渋い表情でコーヒーを啜った。「極東本部」というのは、米海軍横須賀基地内にあるNCIS支部のことである。極東エリアのNCISの支部を統括しているため、そう呼ばれていた。ブルックス・オコナーは、支局長であり極東本部長でもあった。

「朝倉にはNCISどころか、米国の危機をさんざん救って貰っています。このまま傍観していてもいいんですか？」

ブレグマンは抑揚のない声で言った。ハインズの副局長という立場をよく理解しているために強くは言えないのだ。

「分かっている。私自身、彼に命を助けられたこともあるからね。それに特捜局との情報交換は今後も期待されている。ゴシップ雑誌と妄想政治家の言いがかりで、潰すわけにはいかない。だが、肝心の日本政府が特捜局の価値を分かっていないことが問題なのだ。今の総理大臣はリーダーシップを取れるような逸材でもない。前の総理大臣が掲げた、特捜局を発展させて日本版ＦＢＩにするという構想も理解していないらしい。側（そば）で見ていて本当に腹が立つよ」

ハインズは珍しく感情を露（あらわ）にしている。

「私のチームは、今のところ事件を抱えていませんよ」

ブレグマンはサンドイッチを頬張（ほおば）りながら呟（つぶや）くように言った。

「君のチームの捜査能力はＮＣＩＳで一番ということは分かっている。だが、それは米国内での話だ。日本でそれが発揮できるかと言えば、それはノーだ。まして、捜査対象は日本人だ。捜査権もない。君が休暇を取ってでも行くというのなら止めないがな」

ハインズは鼻先で笑った。捜査協力できるのなら、とっくにチームを派遣していた。それができないから苛立っているのだ。

「日本で足を使って捜査できるとは思っていませんよ。米海軍が関係しているわけでもありませんから。ただ、今回、騒いでいる連中って、なんとなく匂うんですよ」

ブレグマンは口の中のサンドイッチをコーヒーで流し込むと言った。

「匂う？」

ハインズはベーグルサンドに伸ばしかけた手を引っ込めて首を傾げた。

「騒動が、似ていると思いませんか？」

ブレグマンは両手を広げて見せた。

「焦(じ)らすな」

ハインズは首を横に振り、ベーグルサンドを手にした。

「日本に対する中国や韓国の言い掛かりですよ。どっちも自国の不正や腐敗は棚に上げて、反日活動をしているじゃないですか。日本が福島の原発の処理水を放出すると発表しただけで、大騒ぎしているのがいい例ですよ。知っていますか？　中国や韓国の原発では、福島の処理水よりも高濃度のトリチウム入りの排水を垂れ流しているんです。日本を貶めて、自国民の鬱憤(うっぷん)を晴らすんですよ」

ブレグマンは鼻息を漏らした。

「まあ、処理水とはいえ、放出するのは問題だが、少なくとも中国と韓国に抗議する資格はないな。だが、特捜局を貶める行為とそれの、どこが似ているんだ？」

ハインズはまだ納得していない。

「日本を貶める行為は、同盟国である我が国にも影響を与えます。処理水の問題だけじゃないです。尖閣(せんかく)諸島問題も中国は、米国が騒ぎを大きくしたくないことを見透かしている。今回の特捜局の騒動も米国政府は静観していますよね。下手に発言すれば、特捜局との協力関係を取り沙汰(とざた)されて、ＮＣＩＳも同じように不正を疑われるからじゃないですか？」

ブレグマンはちらりとハインズを見た。

「特捜局が不正を働いていないことは分かっている。そんなことを心配するはずがないだろう。朝倉はこれまで捜査の過程で米国の安全保障と深く関わった。昨年の空母ロナルド・レーガンの原子炉爆破を未然に防いだのも彼だ」

　ハインズは頷きながら答えた。朝倉の働きがなければ、原子炉は爆破されただろう。前代未聞のテロだっただけに、ホワイトハウスでも大統領と側近だけが知っているに過ぎない。公表されれば、危機管理意識に問題ありと、軍上層部だけでなく大統領の責任が問われるからだ。

「もちろん分かっていますよ。彼の機転がなければ、空母は核汚染されたスクラップになり、空母打撃群が壊滅し、世界のパワーバランスは崩壊したでしょう」

　ブレグマンは肩を竦めた。

「特捜局の収支を公表できないのは極秘捜査のためだろう。日本政府が苦し紛れに特捜局とＮＣＩＳとの捜査協力を公表することを、米国政府が恐れているのは確かだ。下手な援護射撃はできない。日本の反米野党から攻撃を受けるからな」

　ハインズは溜息を吐き出し、ベーグルサンドを頬張った。

「公に援護射撃はできませんよね。だったら、極秘に助ければいいんじゃないですか。うちのチームにはシャノンがいるんですよ」

　ブレグマンはサンドイッチを口に詰め込み、コーヒーを飲んだ。チーム唯一の女性捜査官であるシャノン・デービスのことだ。彼女は特別捜査官ではなく、ＩＴ捜査官として働いている。そのため、チームだけでなく、ＮＣＩＳのＩＴのプロとして科学捜査ラボにも携わっていた。それは表の顔で彼女は優秀なハッカーなのだ。捜査が行き詰まった際は、彼女のハッカーとしての腕を借りることもあった。ともすれば非合法な手段となるため、捜査側として裁判で不利にならないように気を配らねばならない。

「悪くない。だが、私は聞かなかったことにする。君の裁量で動いてくれ」

ハインズは小さく頷いた。

フェーズ2：海賊対処行動

1

第151連合任務部隊は、二〇〇九年一月八日に設立された、ソマリア沖の海賊に対処するための米海軍を中心とした多国籍海上部隊である。

初代司令官は米海軍少将が務め、その後は参加国の中から任命されており、二〇一五年、二〇一七年、二〇一八年、二〇二〇年には海上自衛隊の海将補が司令官に就任した。

日本は二〇一四年二月から海上自衛隊のP-3C哨戒機を派遣航空隊として参加させ、任務部隊に大きく貢献している。

また、二〇一一年に、ジブチ国際空港内の十二ヘクタールを借りて格納庫や駐機場や宿舎などを設置し、自衛隊初の海外の恒久的な基地とした。

二月二十三日、午後一時三十分。

護衛艦しおなみは、ジブチ港に停泊していた。

大勢の乗組員が額に汗を浮かべ、埠頭に積み上げられた荷物を手渡しで護衛艦に積み込んでいる。食糧や補給品など、物資の補給をしているのだ。補給を終えれば、先任の護衛艦と任務を交代することになっている。

中村は乗組員に交じって作業に加わっていた。朝倉も手伝いたかったが、さすがに佐官には手伝わせられないと断られたため側で見守っているのだ。

気温は三十八度、湿度は八十九パーセント、茹だるような暑さだが、護衛艦を出迎えたジブチ基地勤務の海上自衛官は涼しい方だと言う。真夏になれば最低気温が四十度から下がらず、湿度は九十九パーセントに達するらしい。

高温多湿で雨量も極端に少ないジブチ共和国で農耕は難しく、家畜を飼うこともままならない。貧困な国がアデン湾の要所としての利点を活かし、米国をはじめとした先進国に軍事基地の設置を許しているのは、ひとえに金のためである。

「三佐、あまり気を遣わないでください。隊員が恐縮しますから」

隣りに立った高井が、苦笑した。朝倉は率先して、荷物運びを手伝うつもりだった。大湊を出港してから、毎日、訓練の邪魔にならないように甲板を走り、艦内に設けられたトレーニングスペースでバーベルを持ち上げるなど体を鍛えている。だが、それでも、運動不足だと感じるのだ。

これまで海上自衛隊や米海軍の艦船に乗り込んだことはあるが、せいぜい一週間程度で今回のような長期の乗船経験はない。閉ざされた空間で長期間生活するというのは、慣れもあるのだろうが強靭な忍耐力が要求されることが改めて分かった。どんな仕事でもいいから力仕事がしたいのだ。

ちなみに八ヶ月間も家を留守にすることになったため、妻の幸恵は実家があるＫ島に帰っている。昨年からフリーの旅行プランナーとして活動しており、英語とフランス語が堪能なために海外の代理店からも仕事の依頼を受けるそうだ。パソコンとインターネットが繋がる環境があればどこでも仕事ができるので、離島の実家でも問題ないらしい。

「気を遣うなと言われてもな。私と中村の二人が、八ヶ月も無駄飯を食うんだ。気を遣わないほうがおかしいだろう」

朝倉は肩を竦めた。

「何を言っているんですか。我々に銃撃や近接戦の指導をしていただくだけで充分ですよ」

高井は笑って答えた。

砂埃を上げながら埠頭を走ってきた陸上自衛隊の高機動車が、数メートル先に停まった。米軍のハンヴィーと外観が似ており、乗員数は運転手も入れて十名と、同じく陸自の７３式トラックと呼ばれている四駆の１／２トラックよりも一回り大きい。

助手席から砂漠使用の迷彩服を着た自衛官が降りてきた。ジブチに駐屯する自衛官には、米軍と同じようなこの迷彩服が支給されているのだ。

「朝倉三佐でありますか？　警務隊の益岡光雄二尉です。お迎えに参りました」

益岡は迷うことなく朝倉の前に立ち、敬礼した。一番体格がよくオッドアイの自衛官ということで目立つのだろう。

ジブチ基地には海上自衛隊から約三十名、陸上自衛隊からは高機動車や軽装甲機動車などを整備する隊員や警務隊員合わせて八十名ほどが駐屯している。ジブチに着いたら警務隊に挨拶しに行くと事前に伝えてあったのだ。

「わざわざ迎えに来てくれたのか。すまないな」

朝倉は敬礼を返し、益岡と握手をした。

「助手席にお乗りください。私は後部ベンチに座ります」

益岡は会釈すると、高機動車後部に乗り込んだ。後部はベンチシートが向かい合わせにあり、詰めれば八人乗れる。

「自分もご一緒していいですか？」

中村が朝倉の返事を待たずに後部座席に飛び乗った。中村は朝倉の世話係兼ボディーガードを自称している。世話係は分かるが、ボディーガードは余計なお世話だ。

「はっ、はい」

益岡が呆気に取られている。

「よろしく頼む」

苦笑した朝倉は助手席に乗り込んだ。

ジブチ港は、首都ジブチがある半島の突端の西側にある。東西に長い三千メートルの滑走路を持つジブチ国際空港は、港から七キロほど離れた半島の東側にあった。また、自衛隊基地は、空港の北東の角にある。

朝倉と中村を乗せた高機動車は半島の西側を通るヴニス通りに入る。ジブチとの地位協定により、入国審査は免除されているので手続きは何もいらない。

左手に地上十七階建てのジブチ初の超高層ビル〝メッヅタワー〟が見えてきた。ブルーの洒落（しゃれ）た外観だけでなく、生体認証や敷地出入口の検問所などセキュリティも高い近代的な設備も備えている。ビルは人工湖の中に建っており、駐車場には椰子（やし）の木などの植栽が植えられていた。ジブチが誇るこのビルの九階に日本大使館がテナントとして入っている。

二〇一七年に行方不明となった特戦群時代の同僚である平岡雄平（ひらおかゆうへい）の捜索で、ジブチに近いエチオピアの北東にある小さな街までやってきたことがある。結果的に平岡を救い出すことはできなかったが、彼の証言で防衛装備庁が関わる不正を暴くことができた。

任務終了後、一緒に活動をしたＮＣＩＳのブレグマンらとともにジブチの米軍基地から輸送機に乗って帰国している。〝メッヅタワー〟は二〇一七年に竣工（しゅんこう）したと聞く。だが、ジブチ市内をゆっくりと観光している暇もなかったので記憶にもない。もっとも負傷していたので、移動中に窓の外を見る余裕もなかったからだろう。

「美しいビルだ」

朝倉は〝メッヅタワー〟を見ながら乾いた声で呟いた。前回アフリカに来た時は、平岡を救い出すという使命に燃えていた。だが、今回は、日本から追放されるように畑違いの護衛艦勤務を命じられてやってきたのだ。

佐野と国松に極秘に捜査するように要請してきた。もっとも、朝倉が言うまでもなく、彼らは何をするべきか分かっていた。彼らなら何かを掴(つか)むことができるだろう。だが、朝倉が一切手出しできない虚(むな)しさはどうしようもないのだ。

「市内にはスーパーマーケットもあり、都会的なエリアもありますよ。それ以外の場所には、近付かないように言われています。特にジブチの西岸には絶対行かないように命令が出ています。この国は決して我々の味方ではありませんから」

益岡は皮肉っぽく言った。ジブチ港の東の外れに中国のジブチ保障基地がある。中国は海賊対策任務のためとしているが、中国の「一帯一路」政策でアフリカにおける影響力を増大させるのが目的ということは周知の事実である。

二〇二一年十月、陸上自衛隊司令部情報幕僚と地域情報班長の二人が、ジブチ市内で中国の軍人をスマートフォンで撮影したところ、ジブチ共和国警備隊によって十数時間も拘束されるという事件が発生した。日本人は自衛官でなくても地位協定によって守られているにも拘(かか)わらず、不当に拘束されたのだ。また、二一年十月以外にも自衛官が拘束されたり、されそうになる事件が相次いでいるという。

日本側の抗議で二人の自衛官は十数時間後に解放され、スマートフォンは後日返還された。だが、ジブチ共和国警備隊が中国軍の意のままに動いたことは問題となった。ジブチは金を多く落とす国によって、態度を変えるということだからである。同時に、中国は警備隊を顎で使うように動かし、些細(ささい)な諜報(ちょうほう)活動にも断固たる態度を取ることを見せつけたのだ。

「出港は明日だが。市内観光はしないだろう」

朝倉は自嘲気味に笑った。

2

二月二十四日、午前八時四十分。

国松は地下鉄溜池山王（ためいけさんのう）駅に近い路地に佇（たたず）んでいた。コートを着て書類バッグを提げたこの界隈（かいわい）で珍しくもないサラリーマン風の格好をしている。

二人の警察官が近付いてきた。巡回パトロールをしているのだろう。三十分前も見かけた。

舌打ちをした国松は、二人と目を合わさないようにスマートフォンを出して眺めた。

「失礼ですが、ここで待ち合わせでもしているのですか？」

警察官の一人が立ち止まって尋ねてきた。

「ええ、そうなんですよ」

国松はスマートフォンをコートのポケットに仕舞い、苦笑を浮かべた。

「我々は三十分前にもあなたを拝見しています。お手数ですが、運転免許証など、身分証明証を見せていただけませんか？」

警察官は丁寧な言葉を選んでいる。国松は不審者には見えないはずだが、それでも彼らは確認せざるを得ない理由はあった。衆議院議員宿舎の出入口に通じるスロープが見える場所に立っているからである。

「ご苦労様です」

国松はジャケットの内ポケットから特捜局のＩＤであるバッジを出して警察官に見せた。

「特捜局。……あの？」

警察官は首を傾げた。「あの？」というのは、記事で有名なという意味だろう。

「今仕事中なんです。自然に振る舞ってもらえますか？」

国松はバッジをポケットに仕舞いながら言った。「仕事中」と言えば、捜査中ということだ。敬礼でもされたら目立つからである。

「了解しました」

警察官は小さく頷くと離れて行った。

質問した彼はともかく、同僚の警察官はよく分かっていなかったようだ。特捜局の問題は、週刊晩秋の情報が一人歩きする形で拡散され、政府はそれを否定しながらも特捜局の業務を停止させるなど対応のまずさばかりが目立つ。そのため、警察関係者にも正しい情報は伝わっていないのだろう。

黒のベンツが、衆議院議員宿舎の出入口スロープを下りてきた。

「こちら、バラクーダ。ターゲット確認。右折した」

国松はジャケットに隠し持っている無線機で仲間に連絡した。今回のコールネームは釣り好きの国松が決めており、三人とも魚の名前にしている。

――サーモン。了解です。

北井から返事があった。彼は自分のバイクに乗り、赤坂二丁目交番前交差点近くで待機している。横山は国松の自家用車であるトヨタのプレリュードに乗って六本木通り近くに停めていた。議員宿舎から出てきた車が右左折どちらでも対応できるようにしているのだ。

左手から走ってきたプレリュードが、国松の前に停まった。

「行ってくれ」

プレリュードの助手席に乗り込んだ国松が、運転席の横山に命じた。

ベンツに乗っている園崎幸太郎を尾行しているのだ。昨日から国松ら防課の三人は、園崎が議員宿舎から出て帰宅するまでマークしている。

「毎日尾行したら園崎はボロをだしますかね」

横山が呟くように言った。声に覇気がない。

「一パーセントの可能性さえなくともひたむきに足を使って捜査する。それが捜査官だと、私がまだ駆け出しの警務官の頃、当時第一一〇地区警務隊副長を務めていた後藤田さんから教わった」

国松はしみじみと言った。

「後藤田局長の部下だったんですか？」

横山が両眼を見開いて聞き返した。

「後藤田さんは、捜査の鬼と呼ばれていた。現場では怖かったぞ。君たちが知っている後藤田さんとはだいぶイメージが違ってね」

国松は息を漏らすように笑った。

「お人好しで昼行灯と呼ばれた後藤田さんが、捜査の鬼だったんですか？」

横山が首を横に振った。

「一昨年、朝倉さんが局長を辞して特別捜査官になることで、定年退職した後藤田さんは局長に復職している。その時、後藤田さんは特捜局の指揮官というより、捜査官の保護者として働く決心をされたそうだ。捜査は現場に任せるが、その責任はすべて自分が負うというものだ。だからこそ、場違いな非難も甘んじて受け入れて辞職された」

国松は大きな溜息を吐いた。

「それじゃ、なおさら我々が汚名をそそがなければなりませんね」

横山が右拳を握りしめた。

「いや、たとえ汚名をそそいだところで後藤田さんは二度と復職はされないだろう。あの方はそういう人だよ。私が無念を感じるのは、あれほど高潔な人物の引退の花道を飾れなかったことだ」

国松は眉間に皺を寄せた。

「国松さん。すみませんでした。もう二度と弱音は吐きません」

横山も険しい表情になり、頷いた。

「防課と警課、あわせてもたった六人の捜査官での捜査だ。それに副局長もいない。心細いのはだれしも同じだ。気を引き締めて行こう」

国松は自分に言い聞かせるように言った。

3

午前八時五十分。港区元麻布(もとあざぶ)。

佐野はコンビニエンスストアの焙煎(ばいせん)コーヒーメーカーでブレンドコーヒーを淹(い)れていた。

「この辺(あた)りは洒落たカフェが多いんですが、オープンするのが昼近くですからね」

大竹はこの店で購入したおにぎりやサンドイッチを入れた買い物袋を手にしている。

「いやいやあんまり洒落た店は、私には合わない。昔ながらの純喫茶でコーヒーを飲む方が落ち着くんだ。それに最近のコンビニのコーヒーはなかなか美味(うま)い。文句はないよ」

佐野は温和な表情で答えた。佐野は警視庁一課のころから穏やかな言動で凶悪犯さえも完落ち（全面自供）させるため、「仏の佐野」と呼ばれていた。

「単純に椅子に座ってゆっくりとコーヒーを飲みたいだけです。すみません。贅沢(ぜいたく)を言って」

大竹は苦笑を浮かべた。

「ストレスを解消するための愚痴(ぐち)は吐きだした方がいい。私は、聞くだけならいつでも耳を貸すよ。愚痴はこぼしてもコーヒーはこぼすなってね」

佐野はコーヒーが満たされた紙コップに樹脂製の蓋をしながら言った。

「愚痴ではありませんが、私は副局長が八ヶ月の任務の後で、どうなるのか心配でたまりません」

大竹は自分のカップをコーヒーメーカーにセットすると、カフェオレのボタンを押した。

「防衛省と警察庁は大将を八ヶ月間も日本から遠ざけることで、沈静化を図るつもりなのだろう。今騒いでいるマスコミも国民の反応が鈍いため、静かになってきている。新たな情報がなければ一ヶ月もすれば取り上げるマスコミもなくなるだろう。だが、政府がこのまま無策なら八ヶ月後に大将が帰ってくるタイミングを狙ってマスコミはまた騒ぐはずだ。そうなったら大将は詰め腹を迫られるかもしれないな」

佐野はコーヒーの香りを嗅（か）ぐと頷いた。大将とは朝倉のことである。警視庁時代の朝倉にとって佐野は大先輩にあたる。佐野が朝倉を「大将」と呼ぶのは、親しさもあるが敬意を表してのことだ。

「だからこそ、我々の捜査が必要なんですよね。分かっています」

大竹は噛み締めるように言うと、コーヒーが注（つ）がれたカップをマシンから取り出し、別のカップをセットした。野口の分である。

二人は十分ほど前まですぐ近くのマンション〝セルポンティナ〟の張り込みをしていた。対象者は三階の住人である竹本真奈美（たけもとまなみ）、銀座のバー〝みずへび〟のママである。

竹本は午前零時四十分に銀座の店を閉め、タクシーで元麻布の自宅に戻っている。

佐野らはマンションから少し離れた場所に車を停めて張り込みをしていた。休憩は歩いて三十秒のこのコンビニエンスストアなのだ。佐野と大竹がトイレと束の間のコーヒーブレイクの間、野口が張り込みを続けている。

「生き返るな」

佐野はコンビニエンスストアを出たところでコーヒーを一口啜り、ほっと溜息を漏らした。

「宇多川（うだがわ）は現れますかね？」

大竹は両手に買い物袋を提げて、小声で尋ねた。

佐野のチームは昨日、週刊晩秋の関係者や社員に聞き込みをした。その結果分かったことは、特捜局の記事を掲載したのは、宇多川克紀（かつのり）という編集長で自ら情報を集めて記事を書いているということだ。宇多川は記者上がりで、これまでも重要な事件や政財界の暴露記事を書いてのしあがった人物らしい。彼の記事のおかげで週刊晩秋は売り上げが一・六倍に上がり、社長をはじめとした重役の信頼も厚いと言われている。

宇多川は記事を書くにあたって強力な情報源を持っているようだが、上司にさえそれを教えることはないという。社共民主党の情報源は宇多川だという噂もあるほどだ。

だが、宇多川の年功序列を無視した昇格に社内外を問わず敵が多く、昨日の聞き込みだけで宇多川のネガティブな情報が沢山得られた。宇多川は田園調布（でんえんちょうふ）に自宅を構えているが、愛人宅に泊まることも多いという。愛人は何人かいるようだが、銀座のバー〝みずへび〟に頻繁に通っており、竹本は愛人の筆頭だという噂がある。まだ確認はとっていないが、数人の社員から同じ情報を得られた。パワハラで数人の社員が辞めたという噂もあったが、佐野は愛人の捜査に絞り込んだ。

週刊晩秋の記事にまともに反証をあげたところで、特捜局の信用を回復することは不可能と考えた佐野は、文責である宇多川自身の信頼を落とすことで記事の信憑性（しんぴょうせい）をも貶める作戦にでたのだ。その過程で特捜局の情報源が摑めれば、捜査は次の段階に進むことができる。

「それを調べるんだろう。捜査のコツは先を急がないことだ」

佐野はにこりと笑って歩き出した。コンビニエンスストアで買った朝ごはんは、張り込み中の車の中で食べる。

「ところでお聞きしたかったのですが、竹本が宇多川の愛人だと分かってもその先に進めるのでしょうか？」

大竹は佐野と並んで歩いた。

「昨年の米空母での事件で、たまたま取材のために乗り込んでいた〝サンライフ企画〟というテレビ番組制作会社を覚えているかい？」

佐野はにやりと笑った。

「脱税で告訴(こくそ)しない条件で情報を得ましたね」

大竹は首を捻った。

「あの企画会社の社長は、テレビ局にコネがある。しかも、テレビ局の悪事にも相当くわしい。昨年の事件以来、ちょくちょく一緒にお茶を飲んでいるんだ」

佐野は悪戯(いたずら)っぽく笑った。脛(すね)に傷を持つ人間は絶対放っておかないのが佐野である。二度と悪事をしないように監視する傍ら情報を引き出すのだ。

「ひょっとして情報屋にしたんですか。さすがですね」

大竹は目を見開いた。優秀な刑事だが、キャリアは浅い。情報屋を使いこなすような捜査の仕方はまだできないだろう。

「まあな。今回は、情報元として活躍してもらうつもりだ。『週刊晩秋編集長の愛人』というのはセンセーショナルな話題になるだろう。同時に週刊晩秋のライバル会社〝週刊新調社〟にも知り合いがいるから情報を流す。もっとも、すでに宇多川のパワハラ問題の情報は流してあるから独自に取材しているはずだ」

佐野は淡々と言った。

「なるほど、なるほど。さすがに顔が広いですね」

大竹は何度も頷いた。

「やるなら派手にやらないとな。特捜局を敵に回す恐ろしさを思い知らせてやる」

佐野は珍しく感情を露にした。情報があっという間に拡散する社会で、偽情報で身を滅ぼされる人は少なくない。今回の問題はまったくの偽情報ではないが、情報を操作することにより、その見方や解釈は変わる。悪意を持って情報を操作すれば、正義は押し潰されるということだ。佐野は情報を悪用する宇多川が許せないのだ。

「佐野さんって怖い人ですね」

大竹は横目で佐野を見ながら左右に首を振った。

4

二月二十四日、午前九時二十分。

朝倉を乗せた高機動車は、ジブチ基地を出ると西岸を通るヴニス通りには向かわずに市内を抜けて東海岸にあるカッシーノ・ショッピングモールに着いた。

昨日は、挨拶をしたらすぐに護衛艦にもどるつもりだったが、基地の様々な人物に引き合わされて話し込んでしまった。その上夕食もご馳走になり、その後は歓迎会まで開かれて夜遅くなったために基地に泊まったのだ。

日本での特捜局を巡る騒ぎを知っているに違いないのだが、彼らは気を遣って一切口にしなかった。警務隊には特捜局のこれまでの活躍は知れ渡っている。世間を騒がせているマスコミや野党政治家の攻撃は、関係者なら明らかにおかしいと分かるからだろう。

ジブチ市内にはいくつかショッピングモールがあるようだがカッシーノは品揃えがいいと聞き、朝倉は益岡に案内を頼んだ。護衛艦しおなみがジブチ港に寄港したのは補給のためで、今日の午後三時には出航予定と聞いている。また、埠頭の外に出られる乗組員も限られているようなので、朝倉は何かお土産を買おうと思っているのだ。

「自分用のお土産を買ってもいいですか？」

後部座席から飛び降りた中村がはしゃいでいる。釣り道具は持参したものの、艦上では釣りができないと文句ばかり言っていた。この数日、おとなしいのでさすがに諦めたようだ。

「乗組員の土産を買ってからだ」

朝倉は中村を無視してエントランスに入った。エアコンの冷気が、身体（からだ）中に張り付いていた汗の皮膜を霧散させる。

「涼しい！」

続いて建物に入った中村が叫んだ。自衛隊基地内の司令部となっている建物もエアコンは効いていたが、節電のため設定温度は二十八度ほどにしてあったらしい。それでも充分涼しいのだが、ショッピングモール内の温度は快適を通り越して肌寒さを覚えるほどだ。

「置いていくぞ」

朝倉は振り返ることなく、通路を進んで行く。

「待ってくださいよ」

中村が走り寄ってきた。

「何がいいかな？」

朝倉は背丈を越す陳列棚に並んだ商品を見て益岡に尋ねた。

「物資は港で補給しています。嵩張（かさば）るお菓子を除いた嗜好品（しこうひん）では如何（いかが）でしょうか？」

益岡は首を捻った。

「嗜好品……。煙草(たばこ)や酒は駄目だからコーヒーというところかな。嵩張らないお菓子はどうかな。ドライフルーツとか」

朝倉は立ち止まって見回した。平屋だが、とにかく広い。そのせいか買い物客がちらほらという感じである。

「いい選択ですね。栄養価の高いデーツは人気がありますよ」

益岡は笑みを浮かべた。デーツとは中東地域原産のナツメヤシの果実である。

「警務隊の土産を買い損ねたからな。それも買うつもりだ。俺はデーツだ。中村、益岡さんとコーヒーを買えるだけ買ってこい。益岡さん、よろしくお願いします」

朝倉は棚の間の通路を出て左右に展開されている棚の列を見た。いきなり直進したのは間違っていたようだ。日本のスーパーマーケットなら、商品を分類した表示板が天井からぶら下がっているのだが、そうした物はないらしい。どこかにエリア別の案内板があるのだろう。

「了解です。中村さん、ご案内します」

益岡は手招きすると、右手の通路に入って行った。

朝倉は二人を見送ると、反対側の通路に進んだ。

「おっ。あった。あった」

朝倉はずらりとドライフルーツの並んだ区画を見つけた。

「デーツも無農薬や無添加の物を選ばないとな。うん？」

周囲を見回した朝倉は、右眉をぴくりと動かした。数メートル離れた棚の前に紺色の迷彩服を着た軍人が二人立っていたのだが、朝倉を見て両眼を見開くと走って立ち去ったのだ。二人ともアジア系であった。

第１５１連合任務部隊には欧米以外に韓国やシンガポール、それに中国も加わっている。迷彩柄を見ただけではどこの国の海軍なのかまでは確認できなかった。少なくとも砂漠仕様の日本と米国でないことは確かである。

立ち去ったのは自衛隊を嫌悪しているか、オッドアイの朝倉の顔付きが気に入らなかったからだろう。随分前の話だが、新宿で歩いていただけで喧嘩（けんか）を売られたことがある。異相は今に始まったことではないので、気にすることはない。

「デーツは向こうか」

朝倉はショッピングカートを見つけると、デーツが並んでいる棚へ向かった。イラン産やトルコ産など種類も豊富にある。

「うん？」

朝倉は右眉を吊り上げた。

赤いベレー帽を被った六人の迷彩服の兵士が、突然現れて朝倉を取り囲んだのだ。ＦＡ-ＭＡＳアサルトライフルを手にしている。

「我々と一緒に来てもらう。抵抗するな」

年配の兵士が朝倉の前に立って英語で命じてきた。傍らの兵士がＦＡ-ＭＡＳの銃口を朝倉に向けている。服装と銃からしてジブチ陸軍の服装である。ショッピングモールの警備を担当しているのだろう。

「抵抗はしない。私は日本の自衛官だ。理由を聞かせてくれ」

朝倉は軽く両手を上げ、英語で答えた。

「理由を説明する必要はない。一緒に来れば分かる」

指揮官らしき兵士は、表情も変えずに顎を振ってみせた。

「分かった」

朝倉は溜息を吐くと、兵士たちに従った。

兵士たちは買い物客に気を遣っているのか、朝倉を囲んでいるものの銃口は下げたままである。

「どこに行く？」

朝倉は年配の兵士に尋ねた。正面の出入口とは反対方向に向かっているのだ。

「黙っていろ」

年配の兵士は振り返りもせずに売り場の突き当たりにある両開きのドアを押し開けた。従業員用の通路である。方角的に建物の裏側に出るに違いない。

二つ目のドアを開けると、熱風にさらされた。近くに二台のトラックが停められている。荷物の搬入口のようだ。

右手のトラックの陰から先ほど見た東洋系の兵士が現れた。よく見ると、そのトラックの後ろにハンヴィーが停車している。

「指示に従った。日本人のようだが、問題ないのか？」

年配の兵士は東洋系の兵士に尋ねた。

東洋系の兵士の一人は朝倉の前に立ち、もう一人は背後に回った。彼らがジブチ陸軍兵士を動かしたらしい。

「問題ない」

前に立った兵士が朝倉の顔を舐め回すように見て笑った。

「うっ！」

朝倉は首筋に痛みを覚えて振り返った。

背後に立っている兵士の手に注射器が握られている。

「貴様……」

拳を握った朝倉の意識が急速に薄れて消えた。

5

午後三時五十分。市谷、傭兵代理店。

〝パーチェ加賀町〟の地下二階に、傭兵代理店の本部はあった。

社長である池谷の下で働いている社員は、古参の男性スタッフ一名と女性スタッフが三名の計四名である。だが、スタッフルームには、パソコンが置かれたデスクが二十席も設置されていた。

　傭兵代理店は登録されている傭兵を海外の紛争地帯に派遣するだけでなく、戦闘時のサポートもする。スタッフルームを社内では〝作戦司令室〟と呼ぶのはそのためだ。戦闘中の傭兵のサポートでは必要に応じてスタッフを増員するため、緊急時に備えた席が用意されているのだ。とはいえ、平時のスタッフルームは閑散としている。

　就業時間は午前八時から午後五時までとされているが、海外で活動する傭兵がいる場合、時差の関係で徹夜というのも珍しくない。就業時間など関係ないので、そういう意味ではブラック企業と言える。だが、サポート業務がない時は、出退社はフレックス、休暇も自由に取れるし、労働時間を気にする者もいない。

「麻衣（まい）、仁美（ひとみ）。二人とも今日は休暇取っていたでしょう？　たまには外出したら」

　友恵は、自席で仕事をしている岩渕（いわぶち）麻衣と白川（しらかわ）仁美に言った。代理店の創業時から働いている友恵は三十代前半とまだ若いが、女性スタッフのチーフ的な存在である。

　スタッフルームにいるのは女性三人だけで、男性社員の中條修（おさむ）は、夜勤になっている。以前は傭兵が海外に派遣されている時だけ夜勤にしていたが、最近は代理店を二十四時間稼働させるべく自分の意思で夜働くことが多いのだ。

「私たちは休暇を会社で過ごしているだけです。ご心配なく」

　麻衣は口元に手を当ててわざとらしく笑った。代理店に採用されて一年以上経（た）つため、友恵に注意されても平気である。仁美は昨年の十一月にスタッフになったばかりなので、麻衣の態度に苦笑していた。

二人とも防衛省情報本部に所属する自衛官で、傭兵代理店に極秘に出向しているのだ。彼女らはIT技術の腕を買われて代理店にきている。代理店の人手不足を補うということもあるが、実際は友恵の下で学ぶことで、さらなるスキルアップを目指しており、代理店勤務は修業ともいえた。同時に海外の傭兵代理店から得られる各国の情報を防衛省にもたらすという使命も持っている。

「それって、どこかで聞いた台詞ね」

友恵は鼻先で笑った。池谷に休暇を取るように言われると、友恵は決まって「休暇を会社で過ごしている」と答えるのだ。彼女はスタッフルームの自席だけでなく、隣りに彼女専用の作業部屋も持っている。それに、〝パーチェ加賀町〟の最上階に自分の部屋があった。マンションにいる限り、自宅だろうとスタッフルームだろうと変わりはない。そういう意味では、麻衣と仁美もマンションに部屋を借りているので状況は友恵と同じである。それに、友恵にとって仕事は趣味のようなものだ。以前は、友恵は自室で仕事をすることが多かったが、麻衣らとコミュニケーションを取るべくスタッフルームで仕事をするようにしていた。

「私のようになったら、彼氏ができなくなるわよ」

友恵は首を左右に振ると、彼女が管理しているクラウドサーバーの一つを覗いてみた。特捜局で独自に捜査をしている捜査官に貸し出したサーバーである。

数年前友恵は、傭兵である藤堂浩志から朝倉を直接紹介された。「使える男だから、それとなく世話をしてやってくれ」と頼まれたのだ。傭兵ではないため、代理店の正規の手続きをしないでサービスを提供するということである。同じように公安調査庁の元諜報員で、現在はフリーランスのエージェントとして活動している影山夏樹（かげやまなつき）も紹介されてサービスを提供していた。

二人には友恵が開発した独自の機能を持つスマートフォンを渡してある。また、依頼があれば、代理店が持つ極秘情報も渡していた。もっとも、最新の世界情勢に関する情報は夏樹の方からもたらされることが多いため、逆に恩恵に与（あずか）っている。藤堂が紹介した男たちの共通点は、正義に裏打ちされた活動をしていることだ。そのため、サービスは惜しむなと言われている。

朝倉は一月十六日付で海賊対処行動水上部隊への参加を命じられ、自分が日本で活動できなくなることを危惧した。そこで、部下に捜査を命じるとともに、友恵に協力を要請してきたのだ。友恵は池谷に事情を説明し、特捜局への対応を許可されている。

「竹本真奈美、銀座のバー〝みずへび〟のママ。ふうむ」

友恵は特捜局のクラウドサーバーのデータを見て唸った。

特捜局は六名の捜査員を二つのチームに分けて、週刊晩秋と園崎幸太郎衆議院議員を調べていた。彼らはクラウドサーバーに捜査情報をアップロードすることで、チーム間の情報を共有している。というのも特捜局は事実上閉鎖されており、公に活動することはできないためだ。

友恵はネットで検索してみたが、〝みずへび〟に関しては住所と電話番号程度の店舗情報は出てくるが、竹本真奈美の情報はヒットしない。

「今どきＳＮＳもなしか」

友恵はありとあらゆるＳＮＳを調べてみたが、同姓同名の竹本真奈美はあるが、銀座のバーのママである彼女の情報は見当たらないのだ。

「友恵さんのお仕事って、私たちも手伝えませんか？」

麻衣が席を立ち上がって尋ねてきた。

「どうしようかな」

友恵は麻衣と仁美を交互に見た後、天井を仰いだ。特捜局に協力していることを知っているのは、友恵と池谷の二人だけなのだ。

「お願いします。どんな仕事でもしますから」

麻衣が友恵に向かって両手を合わせた。

「ここで得た情報は、本部に報告する義務があるんでしょう？」

友恵は麻衣の目を見据えた。

「えっ、ええ」

麻衣は戸惑(とまど)いながらも頷いた。

「ある捜査に限って本部への報告義務を無視することができる？」

友恵は腕組みをして二人を見た。

「できます」

麻衣は仁美と顔を合わせて即答した。

「それじゃ、三人で取り掛かりましょう」

友恵は笑顔で声を掛けた。

フェーズ3：誤認

1

朝倉は体が大きく揺らいだ感覚を覚え、目覚めた。

真夜中なのか、鼻先も見えない闇の中にいる。

「むっ」

朝倉は体を起こそうとして眉を吊り上げた。右手を動かすと、左腕が引っ張られたのだ。確認するまでもなく、手錠が掛けられている。

現状は、明らかに拉致(らち)されたとみるべきだろう。だが、動揺することはない。胡座(あぐら)をかいて背筋を伸ばすと、深呼吸した。

特戦群時代、毎日ありとあらゆる訓練を行った。その中で、敵に拉致された場合を想定した訓練も受けている。拘束された場合の脱出方法や状況判断の仕方など様々だ。厳しい訓練の中で、技術だけでなく拷問を受けても軍事情報を決して漏らさないという精神を徹底的に叩き込まれる。

カッシーノ・ショッピングモールでジブチ陸軍の兵士に店外に誘導され、建物の外に出た瞬間、焼けるような外気の熱風に晒(さら)されたことを覚えている。だが、その後の記憶は頭の中に靄(もや)がかかったようにはっきりとしない。

両手を組んで目を閉じ、精神統一をすることで記憶の糸を手繰(たぐ)り寄せる。

朝倉が連れていかれたのはショッピングモールの搬入口であった。二台のトラックが停まっており、一台は黄色、もう一台は水色の商業用貨物トラックだった。

「そうだ。トラックの後ろにハンヴィーが停まっていた」

朝倉の脳裏に当時の情景が次第にはっきりと浮かんできた。水色のトラックの背後に車体が砂漠仕様の迷彩塗装が施されたハンヴィーの映像が浮かんだ。

「待てよ。フロントマスクが違う」

朝倉は蘇(よみがえ)った映像に首を捻った。米軍が一九八九年から運用している高機動多用途装輪車両であるハンヴィーとよく似ているのだが、朝倉が見た軍用四駆のヘッドライト周辺のデザインが違ったのだ。

「〝猛士〟だったのか。俺としたことが」

朝倉は舌打ちをした。〝猛士〟とは、〝東風　ＥＱ２０５０〟という中国人民軍の軍用多用途軽車両であるが、外見はハンヴィーと瓜二(うりふた)つなのだ。それもそのはずで、中国の東風汽車集団が、ハンヴィーの民生品であるハマーを入手し、分解した上でパーツの一つ一つをコピーして作り出した軍用車両だからだ。中国の得意とする無許可製造である。

東洋系の迷彩戦闘服を着た二人の兵士は人民軍の兵士で、朝倉は彼らによって拉致されたということだろう。ジブチ陸軍は中国にいいように使われているらしい。

目を開けると、暗闇に慣れたらしく部屋の様子が分かってきた。三畳ほどの広さで洋式便器と壁に折り畳みベッドがある。金属製のドアには小さな丸窓があり、ドアに鍵が掛けられていた。専用の監禁部屋らしい。

床が揺れた。どうやら大きな船に乗せられているようだ。

微かに笛の音が聞こえる。

「これは……」

朝倉は溜息を吐いた。海自艦でも号令を発する前、注意を引くためと号令の種類を知らせるために号笛（サイドパイプ）を吹く。その音に似ているのだ。中国兵に拉致されたことを考えれば、中国人民軍の艦船に乗せられた可能性は高い。洋上でないのなら艦船は、中国の保障基地の桟橋に係留されているのだろう。

振動が伝わってきた。エンジンが本格的に動き出したようだ。

「まずいな」

舌打ちした朝倉は立ち上がった。艦船は出港するらしい。洋上に出たら監禁されている部屋から脱出しても、どこにも逃げることができなくなる。

「誰かいるか？」

朝倉はドアを叩きながら、中国語で尋ねた。中国語に不自由はしない。特戦群時代に英語はネイティブ並みに話せたが、中国語とロシア語の読み書きはともかく会話は得意でなかった。だが、この数年の中国やロシアの大国主義的行動は国内にも影響を及ぼし、必要性を感じて鍛え上げた。

「うるさい！」

丸窓から男が覗き込んで中国語で怒鳴った。いい反応である。

「水を飲ませろ。殺す気か！」

朝倉も負けじと大声で叫ぶと、足でドアを蹴った。

「ドアから離れろ！」

さきほどの男がまた怒鳴る。

「分かった」

朝倉はドアから離れた。

ドアが乱暴に開き、アサルトライフルの０３式自動歩槍を手にした兵士が入ってきた。ちなみに槍は中国語で銃の意味である。兵士は銃のストックで朝倉を叩き伏せようと振り上げた。

朝倉はすかさず屈(かが)み込んで兵士の懐に入り、右肘で男の顎を突き上げる。兵士は衝撃で勢いよく壁に後頭部をぶつけて昏倒(こんとう)した。

０３式自動歩槍を拾った朝倉は部屋から外に出た。

「うっ！」

胸に激痛が走り、全身が痺れる。

薄暗い廊下に別の兵士が待ち構えており、テーザー銃を撃ってきたのだ。だが、米国製のテーザー銃とは少し形が違う。

「最大電圧で倒れないとは、さすがだな、馬振東（マーシントウ）」

男は鼻先で笑うと、顎を引いた。

後頭部に打撃。

「くっ！」

振り返った朝倉は、特殊警棒を手にした男を見て気を失った。

2

二月二十四日、午前十一時十分。ジブチ、カッシーノ・ショッピングモール。

中村は、険しい表情でショッピングモールの奥にある災害センターの前に立っている。

朝倉とは午前九時二十四分ごろに護衛艦の乗組員への土産を買うべく店内で別れた。中村は警務隊の益岡と一緒にコーヒー豆を購入し、二十分ほどして朝倉のスマートフォンに電話をかけている。何度電話をかけても通じず、中村は益岡とショッピングモール中を探し回ったが、見つけることはできなかったのだ。

また、中村は朝倉のスマートフォンの位置情報を見ようとしたが、表示されなかった。特捜局の捜査員には局からスマートフォンが支給されており、互いの位置情報を確認することができた。スマートフォンの電源が落とされているか、故障しているかのどちらかだろう。

　三十分後、益岡は最悪の場合も考え、十名の警務隊員を呼び寄せてショッピングモール内の捜索を開始した。同時にモールの警備責任者に話を通し、協力を要請している。

　益岡が不機嫌な顔で災害センターから出てきた。

「どうでしたか？」

　中村は駆け寄って心配げに尋ねた。

「警備責任者に、館内の警備員に無線連絡をしてもらった。だが、いい大人が姿を消したからって捜査するのは大袈裟（おおげさ）だと言われたよ」

　益岡は顔を真っ赤にしている。相当腹を立てているようだ。

「去年の例もあります。ジブチ陸軍にも問い合わせてみたらどうでしょうか？　朝倉三佐の顔を見た陸軍兵士が、逮捕した可能性もありますよ」

　眉間に皺を寄せた中村は益岡に迫った。朝倉の顔が凶悪だと言っているのだ。

「分かっている。だからこそ、部下を呼んだのだ」

　益岡は苛立ちを隠そうともせずに答えた。

「館内の監視カメラの映像を見ることはできないのですか？」

　中村は引き下がることなく、益岡に詰め寄った。

「もちろん言った。言ったさ。だが、警備責任者は、三佐は自分の意思でどこかに行った可能性もあると言って取り合わないんだ。警備隊に連絡して市内を探した方がいいとも言われた。他にどうしろというんだ」

益岡は中村の胸ぐらを摑んだ。怒りで我を忘れているらしい。

「……しっ、失礼しました。……しかし、なんとかしなければ」

中村は、首を絞められたかのように息も絶え絶え（たえだえ）に言った。多少演技が入っているのだろう。

「すまない。つい興奮してしまった」

益岡は手を離すと、頭を下げて咳払（せきばら）いをした。朝倉をこのショッピングモールに連れてきただけに責任を感じているようだ。

「上官に対して生意気な口を利いて、お詫（わ）びします。お尋ねしますが、衛星携帯電話機はお持ちですか？」

中村は深々と頭を下げた後、上目遣いに尋ねた。

「司令部にあるが、どこに連絡するんだ？」

益岡は首を捻った。

「特捜局に優秀な人材がいますので、連絡をしたいのです。三佐を見つける手掛かりを得られるかもしれませんよ」

中村はにやりと笑って見せた。

「私はここから抜けられないので、部下に基地まで送らせる。しかし、しおなみは午後三時に出港予定だ。基地に戻るのなら艦長の許可を得て欲しい」

益岡は厳しい表情で答えた。ジブチ基地だけでなく、護衛艦しおなみでも朝倉が行方不明ということで騒ぎになっている。だが、朝倉の所在が分からなくても、護衛艦しおなみの出港予定は変わらない。ジブチ沿岸警備隊や他国艦との連携もあるため、護衛艦のスケジュールを簡単に変えることはできないのだ。

益岡が心配しているのは、行方不明の朝倉はともかく、中村が出港に間に合わない場合は命令違反で処罰を受ける可能性があるということだ。

「ぎりぎりまで、私は諦めません」

中村は姿勢を正して言った。

「分かった」

益岡は無線で馬場（ばば）という部下を呼びつけ、中村を基地に送るように命じた。

二十分後、中村はジブチ基地に到着した。

中村は早速司令部に赴き、衛星携帯電話機を借りると、周囲の自衛官に愛想笑いをして建物の外に出た。

「中村です。戸田さん。折り入ってご相談が」

中村は周囲を窺いながらＩＴ課の戸田に電話をかけた。

――お久しぶりです。どうしたんですか？　唐突に。

戸田は戸惑っているようだ。

「緊急事態なんです。副局長が拉致されたかもしれません」

中村は小声で答えた。

——ええっ！　本当ですか！　ちょっと待ってください。

がたがたと席を立ち、移動する音が衛星携帯電話機から聞こえる。

——お待たせしました。詳しく教えてください。

戸田は囁（ささや）くような声で言った。

「ジブチにあるカッシーノ・ショッピングモールで消息を絶ったんです。自分で勝手に移動するとは考えられません。でも、目撃者がいないんですよ。ショッピングモールという場所柄、監視カメラはあると思います」

中村はそこまで言うと言葉を切った。ショッピングモールの監視カメラのサーバーをハッキングして欲しいのだが、違法なことを頼もうとしているだけに詳しく説明したくないのだ。

——了解です。

戸田は中村の意図を察したらしい。

通話を終えた中村は司令部に戻って衛星携帯電話機を返却し、待機していた馬場の運転する高機動車でジブチ港に向かった。艦長に退艦許可を得るためである。

「ふう」

助手席に座る中村は、何度も深呼吸した。

艦長の藤原は、多分退艦許可を出してくれるだろう。だが、問題はその後である。閉鎖状態の特捜局の朝倉に乗艦命令が出た理由は、政治的な問題だ。中村はその朝倉にぶら下がった形で乗艦を許されたに過ぎない。にも拘わらず退艦したとなれば、厳罰を受ける可能性がある。特捜局の捜査課で退職者一号になるかもしれない。そう思っただけで、中村の呼吸は浅くなり、気分が悪くなるのだ。

「大丈夫ですか？」

ハンドルを握る馬場が、青ざめた顔の中村を気遣った。

「大丈夫ですよ、と言ってください。泣きそうですから」

中村はいつになく弱々しい声で答えた。

3

二月二十四日、午後六時三十九分。東京市谷。傭兵代理店。

「〝ガラハット〟。〝ＴＣ２Ｉ〟」

スタッフルームに入った中條は自席に座ると、〝ガラハット〟というＡＩセキュリティシステムの名と戦略システムの名を続けて呼んだ。すると、声紋認証と顔認証が自動的に行われ、デスク上のモニターに様々なアイコンが並んだ世界地図が表示される。その内の一つをクリックすると、地図上に、無数の赤い点が表示された。

一つ一つの点は傭兵代理店と契約している傭兵が所持しているＧＰＳ発信機の位置情報である。傭兵に支給している代理店特性のスマートフォンからもGPS信号をトラッキングできた。二つの信号が百メートル以上離れた場合、自動的に管理者に通告される仕組みになっている。

友恵が作成した〝TC2I〟という戦略システムで、GPS信号を地図上に表示するだけでなく軍事衛星やドローンからの情報も反映することができる。

中條はかつて陸上自衛隊第一空挺団の自衛官だった。傭兵代理店に出向し、傭兵チームに加わって極秘の任務を遂行したこともある。だが、膝の故障で闘えなくなり、自衛隊を退役して代理店のスタッフになった。

「問題はないな」

中條は両腕を伸ばし、首を回した。ウクライナで闘っている契約傭兵のサポートを自主的にしている。契約傭兵とはいずれも長年の付き合いがあり、友人ということもあるが、自分が闘えない分頑張って欲しいからだ。

いつもは午後十時から、翌日の午前六時までの夜勤である。だが、今日は、友恵をはじめ、麻衣や仁美が五時半に退社するというので、早めに出社したのだ。出社直後に契約傭兵の所在を確認するのが日課になっていた。彼らが戦闘地帯にいるのなら安全も確認する。通常業務は、世界中の傭兵代理店のネットワークに侵入し、様々な情報を収集することだ。

「……おっと、忘れるところだった」

〝TC2I〟からログアウトしようとした中條は、慌てて〝TC2I〟の画面を切り替えた。友恵から特捜局の朝倉の位置も毎日確認するように言われていたのを思い出したのだ。

「あれっ。おかしい」

中條は代理店が提供したスマートフォンのＧＰＳ信号を確認したのだが、朝倉と影山の位置情報が表示されないのだ。影山は諜報活動をするためいつもＧＰＳ信号を切断しているので仕方がないが、朝倉は普通に使っているはずだ。

「待てよ。最後に信号が検知された場所が表示できるはずだ」

中條は〝ＴＣ２Ｉ〟の設定を変えて、朝倉のスマートフォンのＧＰＳ信号の軌跡を表示させた。

「これは、まずい」

中條はスマートフォンで友恵を呼び出した。

数分後、スポーツウェア姿の友恵がスタッフルームに現れた。彼女の部屋着である。

「呼び出してすまない」

中條は退社直後に呼び戻されて不機嫌そうな友恵に頭を下げた。代理店では時として社長の池谷よりも彼女の方が立場は上ということがある。それだけ仕事ができるからで、中條は友恵よりも年上だが、頭が上がらないのだ。

友恵は無言で自席に座ると、〝ＴＣ２Ｉ〟を立ち上げた。

「朝倉さんの最後の位置情報が、ジブチの西岸になっている。待って、これは、中国の保障基地じゃない！」

友恵は右手で額を押さえて叫んだ。

「朝倉さんが自ら中国の基地に行くとは考えられない。スマートフォンは通じないし、拘束されているかもしれないよ。どうしたらいいんだ」

中條は友恵の傍らに立ち、頭を抱えた。

「こちらで電源を入れて確認しましょう」

友恵は〝TC2I〟の管理者だけが扱えるコントロールパネルから、朝倉のスマートフォンの電源を入れようとした。代理店の特性スマートフォンは、電源が落とされた状態でも外部から電源を入れることができるのだ。

「だめね。反応がない。スマホが破壊されたのか、電池残量がなくなったのかもしれないわ。とりあえず、特捜局の国松さんに知らせましょう」

友恵は国松に暗号メールを送った。

「伝えたところで彼らにはどうしようもないだろうね。政府に報告するにも、情報源は明かせないから。それに今の弱腰政府じゃ、中国に強く言えない。そもそも、抗議したところで聞くような相手じゃないからね」

中條は腕組みをして渋い表情になった。

「そうですよね。ここは社長に出張(でば)ってもらいましょう」

友恵はスマートフォンで池谷を呼び出した。

一分とかからず、部屋着を着た池谷が現れた。

「朝倉さんが人民軍に拘束されたって本当ですか？」

池谷は友恵と中條を交互に見て尋ねた。

「スマートフォンの位置情報を見る限り、そう考えられます。最後に検知された位置情報を、防衛省を通じて政府に知らせるべきです」

友恵は強い口調で答えると、〝ＴＣ２Ｉ〟をスタッフルームの壁に設置してある百インチディスプレーに表示させた。

「もちろんそうします。政府が非公式に抗議することはできるでしょう。しかし、中国は知らないと答えるだけでしょうね。逆に言いがかりだと猛反発するでしょう」

池谷は百インチディスプレーに映し出された地図上の赤い点を見つめながら首を振った。

「何かいいアイデアはありませんか？　朝倉さんは、中国に恨みを買っているはずです。このままでは殺されてしまいます」

友恵は高い声で言った。朝倉のこれまでの極秘捜査情報を彼女は把握しているのだ。

「我が社と契約されている傭兵のみなさんは、いずれも任務中で協力をお願いすることができません。どうしたものか。そうだ。柊真（とうま）さんは、どうですか？　ケルベロスは昨年、ウクライナから引き上げていますよね」

池谷は腕組みをして言った。ほとんどの契約傭兵は、ロシアに対抗すべくウクライナで闘っている。

「柊真さんは、今ニジェールで任務についています」

友恵は首を左右に振った。

明石（あかし）柊真は藤堂と同じく傭兵で、フランス外人部隊出身の仲間と一緒にケルベロスというチームを結成してフランスを拠点に活動している。昨年の十二月にウクライナで作戦中の四人の仲間をロシアの特殊部隊の奇襲攻撃で失い、二人の日本人傭兵を新たに迎え入れた。

　その後、藤堂率いるリベンジャーズと協力し、ロシアの特殊部隊を殲滅（せんめつ）させた後にウクライナから引き上げている。もっとも藤堂は特殊部隊の爆弾テロに巻き込まれて負傷し、一ヶ月ほど戦線から離脱していた。

「そうでしたね。それに、ケルベロスに依頼しても誰が彼らに報酬を払うのかという問題がありますからね」

　池谷は長い顎に手を当てて首を傾げた。命懸けの仕事をする傭兵に対して報酬の当てがない仕事は打診すらできないと言いたいのだろう。

「分かりました。影山さんに連絡を取ってみます」

　友恵は池谷を睨みつけながら言った。

4

　朝倉は腹部に激痛を覚え、瞼（まぶた）を開いた。

　意識が朦朧（もうろう）としているが、眼前に見覚えのある男が立っている。

　朝倉は後ろ手に椅子に縛り付けられていた。

「まだ、薬が効いているらしいな。一発じゃ目が覚めなかったか」

男は中国語で言うと、朝倉の腹部を殴った。

「うっ」

一瞬胃液が持ち上がった。腹筋でガードしようとしたが、力が入らなかった。打たれた薬のせいだろう。

「へなちょこパンチで思い出した。ショッピングモールにいた中国人か」

朝倉は苦痛を見せずに笑った。男は、カッシーノ・ショッピングモールでジブチ陸軍兵士を顎で使っていた中国兵の一人だ。傍らに一緒にいた兵士も立っている。

「強がりは一丁前だな。目は覚めたのか」

男は傍らにいる兵士と顔を見合わせて笑った。

「俺を誰だか分かっていないようだが、日本人だ」

朝倉は二人を睨みつけた。

「怖い顔をするな。おまえが誰だか知っている。だが、おまえは、馬振東だ」

男は小さく頷いて言った。

馬振東とは李世仁(イ・セサイン)と名乗り、日本に潜入していた中国の極秘情報機関である〝紅軍工作部〟の工作員であった。

二年前、朝倉は海上自衛官が関わる米軍機密漏洩(ろうえい)事件を捜査するためにＮＣＩＳと合同捜査を行っている。捜査の過程でフリーのエージェントである影山夏樹と知り合い、馬振東とその仲間である林波の謀略を阻止した。

影山は公安調査庁の元特別調査官だっただけに、捜査一課の敏腕刑事顔負けの働きをしている。だが、現役時代から〝冷たい狂犬〟と異名を持つ彼の捜査は、手段を選ばない冷酷無比なものだった。

任務を妨害された馬振東は、体に爆弾を巻き付けて朝倉を襲った。だが、返り討ちにされて自爆死した。二人の死体は政府機関によって極秘に処理されている。だが、影山は〝紅軍工作部〟に二人が爆死したと、虚実取り混ぜた情報を中国で流した。〝紅軍工作部〟が、行方不明になった二人を捜索しないようにするためである。

「俺は馬振東じゃない！　朝倉俊暉、日本の官憲だ！」

朝倉は大声で怒鳴った。

「そんなことは知っている」

男は平然と答えた。

「それなら、すぐ解放しろ。正式に謝罪するのなら、穏便に済ませてやる」

朝倉は鼻息を漏らした。

「まあ、落ち着いて聞け、日本人。我々が得ている確かな情報は、馬振東と林波が任務中に行方不明になったということだけだ。二人が爆死したという情報もあるが、死を偽装して日本に隠れ住んでいる可能性も考えられる。どちらにせよ、二人は任務を放棄したということだ。おかげで〝紅軍工作部〟の威信は地に落ちた。それを挽回できるのは、君だけだよ。馬振東と付き合いがあった私でさえ、他人の空似どころか、本人だと思ったくらいだ。君が馬振東として本国で処刑されれば、連れ戻した我々は称賛され、〝紅軍工作部〟の名誉も回復できるだろう」

男は人差し指を立てて笑った。彼らは〝紅軍工作部〟に所属する工作員らしい。

「馬鹿な。そんなことをしたら国際問題になるぞ」

朝倉は首を振って溜息を吐いた。男たちの身勝手さに、呆(あき)れて怒りを失ったのだ。

「大丈夫だ。君が拘束されたことを証言する者は誰もいない。君がここにいることを知る者はいないし、処刑したところで誰も気にしない。馬振東が行方不明になったが、謎のままだ。それと同じだ。死体はすぐに焼却され、跡形(あとかた)もなくなる。誰が、君の死を証明できるんだ？」

男は大袈裟に腹を押さえて笑った。

「俺は中国のどこに連れて行かれるんだ。北京(ペキン)か？」

朝倉は落ち着いた口調で言った。すぐに殺されるのでなければ、脱出のチャンスはいくらでもあるということだ。

「まあ、そんなところだ。いきつけの美味いレストランを紹介できないのが、残念だよ」

男は傍らの男と顔を見合わせて笑った。

「それは残念だ。ちなみに俺の本名も知っているようだが、君らの名前も教えてくれ。俺を捕らえて称賛されるのだろう。私が君らに名誉を与えるのなら名乗るのが礼儀だ」

朝倉は二人の顔を交互に見た。

「我々が称賛されるのは、君が死んでからだと思うが、敬意を込めて名乗ろう。私は楊狼(ヤンラン)少校、彼は毛豹(マオパオ)上尉だ」

楊狼は「名誉」と聞き、得意げに言った。ちなみに少校は他国の軍隊では少佐、上尉は大尉に相当する階級である。

「おまえたちが私をジブチで発見したのは偶然か？」

朝倉は笑みを浮かべて尋ねた。

馬振東が朝倉と酷似（こくじ）しているのは、まったくの偶然であった。お互い顔を合わせて驚いたぐらいだ。〝紅軍工作部〟は中国共産党主席室直下の非公開の諜報組織で、人民軍の中でも極秘扱いされている。そんな組織の工作員がたまたまジブチにいたとは考え難いのだ。

「偶然？」

楊狼がそう言うと、毛豹が吹き出した。偶然ではないということだ。

「そういうことか。特捜局を攻撃しているマスコミと国会議員を後ろで操っているのは、紅軍工作部なんだな？」

朝倉は楊狼を睨みつけた。

「ふん。真相は闇の中と言いたいが、図星だ」

楊狼は笑いを堪（こら）えながら答えた。朝倉を殺すので、死人に口無しということなのだろう。

「いい情報を教えてやろう」

朝倉は楊狼らを見て笑みを浮かべた。

「ほお。我々に情報を漏らして命乞いでもするのか？」

楊狼は真顔になった。

「情報では、おまえたちは近々死ぬ」

朝倉は二人を見て頷いた。

「ほお。どこからの情報だ」

楊狼は首を傾げた。

「俺だ。おまえらをぶっ殺すからだ」

朝倉は鼻先で笑った。

5

二月二十四日、午前十時五十五分。西アフリカ・ニジェール。

ディオリ・アマニ・ド・ニアメー空港は、ニジェールの首都ニアメの南東に位置する。この国最大の国際空港であるが、滑走路とエプロン以外は、荒れ果てた大地が剝き出しになっていた。

ニジェールは国土の大半をサハラ砂漠に覆われており、首都の幹線以外は舗装されておらず、日干し煉瓦の家屋も多い。街全体が色を失ってみえるのは、干ばつや洪水などの自然災害の影響で深刻な食糧難と不安定な政治経済による貧困が蔓延しているからだ。

柊真はフランス軍が使用している東の格納庫の前で、砂埃が舞う乾いた滑走路を見つめていた。

夜明け前、気温は二十二度まで下がったが、この時間すでに三十三度まで上がっている。

「今回の任務は、複雑だよな」

仲間のセルジオ・コルデロが、隣りに立った。

ニジェールに限らず西アフリカの国々はフランスの植民地であった。第二次世界大戦後、多くの国が独立したもののフランスは軍を駐留させるなど、その影響下に置いてきた。

だが、植民地時代にフランス領スーダンと呼ばれていたマリ共和国のように軍事クーデターを勃発させ、フランスとの関係を断つ国も現れた。その背景に〝プーチンのシェフ〟と呼ばれる、オリガルヒ（大富裕層）のエフゲニー・プリゴジンが創設した民間軍事会社である〝ワグネル・グループ〟が関係している。

ワグネルはクーデターを陰で操り、反欧米の政権を樹立することでロシアの西アフリカでの影響力を高めたのだ。それは、マリに限ったことではなく、ニジェールにおいても同じであった。

「まあな」

柊真はぼそりと答えた。

ケルベロスは空港に勤務する民間人に扮しているが、ニジェールで活動する〝ワグネル・グループ〟を探し出し、殲滅するという任務を受けていた。ケルベロスはウクライナでロシアの特殊部隊に四人の仲間を殺害されており、ワグネルに煮え湯を飲まされている。依頼を受けた際、対ロシアという任務であるため、二つ返事であったがニジェールに着任し、この国の貧困を目の当たりにして任務の正当性を疑い始めたのだ。

宗主国であったフランスは、アルカイダやイスラム国（ＩＳＩＬ）の脅威に対抗するためにニジェールと軍事協定を結んでフランス軍の部隊を駐留させている。だが、それは口実の一つであり、ニジェールの地下資源を守るためでもあった。ニジェール北部の鉱山からウランが産出され、東部では油田も発見されている。フランスにとって軍隊を送るだけの価値があるのだ。

「知っているか？　フランスはニジェールと五度も軍事協定を結んでいるんだぞ」

セルジオは笑いながら皮肉っぽく言った。

「フランスはこの国をただ利用しているだけだって言いたいんだろう？　フランスは軍を送り込んでも経済を立て直すために何かしようって気はない」

柊真はふんと鼻息を漏らした。

街では、飢えのため膝を抱えて路上に座っている子供や職もなくぶらついている人々をよく見かける。フランスは地下資源の心配はしても、貧困にあえぐ国民に興味はないのだ。フランスの外人部隊では国家に忠誠を誓わされた。だが、フリーとなってからはフランスという国を特別視するつもりはないのだ。

「ワグネルがこの国を狙っているが、それはロシアがフランスに取って代わるだけの話だ」

セルジオは肩を竦めて見せた。

「おまえの言っていることは、間違っていない。だが、ワグネルはイスラム系武装勢力を掃討すると称して、何の関係もない人々をも巻き添えにして村ごと殲滅することもある。俺たちの使命はより大きな悪を退治することだ。さっさと片付けてフランスに戻るぞ」

柊真は苛立ちを隠すことなく言った。格納庫の片隅に二段ベッドが四つあり、柊真と五人の仲間はそこで寝泊まりしている。市内のホテルに宿泊しないのは、武器を持ち込めないからだ。

ズボンのポケットのスマートフォンが反応した。日本の傭兵代理店から支給された物である。通信は暗号化されるので、通話を傍受される心配はない。それに傭兵代理店からの情報や暗号メールを受け取れるなど優れた機能を持つため、個人のスマートフォンとは別にいつも持ち歩いていた。当然、このスマートフォンに電話をかけてくる人物も限られている。

「ご無沙汰しています」

柊真は笑顔で電話に出た。画面に暗号コードが表示されているが、誰だかは分かる。

――ニジェールのワグネルは片付けたか？

影山である。彼もフランスを拠点に活動しているため、個人的な付き合いもあった。

「えっ！　まだです。なかなか情報が得られなくて」

思わず右眉を吊り上げた柊真は、苦笑した。影山はフリーのエージェントであるが独自の情報網を持っており、柊真らの極秘任務も把握しているようだ。極秘任務と言っても、国軍の兵士や軍関係者に聞き取りをするという地道な活動である。フランス語が公用語なので会話には苦労しないが、金を渡して情報収集をするのだ。

――空港の南にあるホテル・ユニバース・エアポートに、ロシア人が八人宿泊している。そいつらがニジェール軍幹部に影響を与えているワグネルの先駆隊のメンバーだ。政府に協力的な軍人の暗殺任務も請け負っていると聞く。すぐ近くの倉庫に武器を隠してあるらしい。

影山は淡々と言った。

「本当ですか？」

柊真の声が裏返った。

――私の組織には優秀なメンバーがいてね。モスクワにあるワグネルの本部のサーバーから情報を得た。ニジェール政府も軍部も腐敗している。どのみち夏までにはクーデターが起こり、親欧米政権は倒されてロシアの手に落ちるだろう。だが、何もしないよりはマシだ。

影山は微かに息を吐いた。笑ったのかもしれない。

「どうして、そんな情報を教えてくれるのですか？」

柊真は首を捻った。影山は欧米の諜報機関の仕事も引き受けている超が付くエージェントであり、親切心で情報を与えるような人間とは思えないのだ。

――実は日本の傭兵代理店から、ある日本人が中国に拉致されたという情報を得た。君とは関わりはないが、私のよく知っている人物でちょっとした借りもある。捜索に協力しようと思っているが、彼を奪回する際は君の手を借りるかもしれない。だから、八人のロシア兵をさっさと始末して、任務を終わらせて欲しいのだ。

影山は抑揚のない声で答えた。

「了解しました」

柊真はにやりと頷いた。

フェーズ4：アデン湾の脱出

1

二月二十四日、午後七時十分。千駄ケ谷(せんだがや)一丁目。

国松は東京体育館傍(そば)のサブウェイで、本日二度目の食事であるサンドイッチを頰張っていた。北井と横山は、近くの路上で社共民主党本部が入っているビルを見張っている。交代で食事をしており、彼らは先に済ませていた。

園崎代議士は、三時間前に本部に入ってから動きを見せていない。その間、本部ビルに出入りする人物をチェックしている。国会の代表質問で特捜局を責めているのは園崎であるが、社共民主党の与党への攻撃戦略ということもあり、彼だけが問題というわけではないのだ。

園崎は社共民主党の副委員長を務めており、彼の質問の内容は委員長や書記長も把握しているはずだ。そのため、他の党幹部もマークするべきなのだが、国松らはたったの三人なので園崎以外の張り込みは諦めていた。

――こちらシュリンプ。ターゲット確認。徒歩で南に移動するもよう。

横山から無線が入った。

「こちらバラクーダ。対応する」

国松は無線に小声で答え、苦笑した。すぐ近くの席で食事をしているカップルが奇異の目を向けているのだ。コーヒーを飲み干し、食べかけのサンドイッチを紙ナプキンで包むとコートのポケットに突っ込む。急いで店の出入口の内側に立った。すぐ目の前を園崎と女性が通り過ぎる。

「こちら、バラクーダ。ターゲットに付いている女性は確認したか？」

店を出た国松は、園崎から距離をとって歩きながら他の二人に尋ねた。園崎が邪魔で女性の顔が確認できなかったのだ。

――私設秘書の木下知恩（きのしたちおん）です。写真も押さえてあります。

北井から返事が返ってきた。彼は望遠レンズが付いたデジタルカメラを持っている。画像データは彼のスマートフォンを介して、クラウドサーバーに転送するようにしていた。

「例の美人才女か」

国松は小さく頷いた。

木下は東大法学部を優秀な成績で卒業し、学生時代から社共民主党の手伝いをしていたらしい。身長一七一センチでスタイルも良く、芸能プロダクションから何度もスカウトされたそうだ。だが、芸能関係にはまったく興味がないらしく、卒業後は社共民主党の職員になり、園崎の専属になった。だが党では公設秘書ではなく、私設秘書としたのだ。

――私設秘書ねえ。

国松は首を傾げた。目の前を通り過ぎた際、園崎の顔が妙に緩んでいた。園崎は木下を秘書以前に女性として見ているに違いない。捜査官というより、男の勘である。

「おっと」

ジャケットの左ポケットに入れてあるスマートフォンが振動したので、国松は慌てて取り出した。傭兵代理店から支給された物だ。個人のスマートフォンは捜査に使用せず、こちらを使っていた。

画面を見ると、暗号メールが届いている。

国松は園崎を気にしながら、メールを開いた。

「S・A、……何！」

息を飲んだ国松は思わず立ち止まった。

〝S・A、ジブチで拉致される〟と短文のメールである。〝S・A〟とは朝倉のことに間違いない。ジブチで拉致されたということは、護衛艦を降りて上陸した際に襲われたということだろう。

――こちら、サーモン。どうなっているんですか！

北井は尋ねるというより、怒鳴り声である。国松は思わず、イヤホンを外してまた嵌め直した。

――これって、ボスのことですよね？

横山も不安そうな声で尋ねてきた。

「分からない。メールで私も初めて知ったんだ。確かめる。あっ！」

国松は二十メートルほど先を歩いていた園崎の姿がないことに気が付いた。交差点の角を曲がったに違いない。

「しまった。ターゲット、ロスト」

舌打ちした国松は走って鳩森八幡神社前の交差点に出た。

「くそっ！」

国松は地団駄を踏んで悔しがった。園崎は交差点近くでタクシーに乗り込み、立ち去ったのだ。

「ターゲットがタクシーに乗った。鳩森八幡神社脇の道を南に向かっている」

国松は交差点を渡りながら連絡した。

――こちら、サーモン。了解！

北井の声が聞こえるのと同時に、バイクに乗った彼が交差点を走り抜ける。

「頼んだぞ」

国松は右拳を握りしめた。

2

午後五時五十分。

朝倉は、中国人民解放軍海軍・昆明級駆逐艦〝青洲〟の医務室のベッドに横たわっていた。

五時間前にジブチ港を出港し、約百五十キロ沖のアデン湾を航行している。

朝倉は後頭部を殴られて気を失ったが、二人の兵士に担がれて移動中に意識を取り戻した。

これまで何度も殴られたが、完全に気を失うことはあまりなかった。自慢ではないが、他人より頑丈にできているのだ。監禁室に戻されるのかと思ったが、医務室に担ぎ込まれた。特殊警棒でまともに後頭部を殴られたので、脳震盪(のうしんとう)を起こしたと思われたのだろう。気を失った演技を続け、医務室のベッドの手すりに、両手を手錠で繋がれて横たわっている。

医務室に来てから一時間半経過しており、医官も監視の兵士も室内にはいない。身動きが取れないので確認はできないが、ドアの外に兵士が立っている可能性はある。天井に手術用のライトがあり、除細動器はもちろん監視モニタなど医療機器は充実していた。医官は外科手術もできる腕を持っているに違いない。

ドアが開いた。

「まだ気を失っているのか」

毛豹の声である。

「金属製の特殊警棒で殴ったんでしょう。死んでもおかしくはない。脈は正常のようなので明日には目覚めますよ」

医官も一緒のようだ。朝倉の腕を取って脈を簡単に確かめた。

「それなら、もう監禁室に戻してもいいだろう？」

毛豹が尋ねた。

「念のために数時間、ここに寝かせておいた方がいいでしょう」

医官が遠慮がちに答えた。どこの国の軍隊でも医師の資格を持つなら大尉以上の階級のはずだ。

「趙(チョウ)先生、そんな生温(なまぬる)いことじゃ困るんだ。こいつは、国家を裏切った犯罪者なんですよ」

毛豹は高圧的に言った。医師の方が階級は上のはずだが、〝紅軍工作部〟は階級とは別の権限を持っているらしい。

「分かった。連れて行っていいよ。勝手にしてくれ」

医官は大きな溜息を吐いて頷いた。

「そうさせて貰います。おい、馬振東を連れ出せ」

毛豹が大声で怒鳴ると、０３式自動歩槍を手にした二人の兵士が医務室に入ってきた。

兵士らはベッドの手すりに繋がれている手錠を外し、乱暴に朝倉の腕を摑んで起こした。その瞬間、体を僅かに捻る。近くのワゴンを倒し、派手にベッドから落ちた。

「何をしているんだ。さっさと連れ出せ」

毛豹は声を荒らげた。この男はそもそも短気らしい。

「すみません。意外とこの男は重いんですよ。担架を使わせてください」

兵士は頭を下げながら慌てて朝倉の体を起こした。わざとやったとはばれていないようだ。

「言い訳はいい。連れて行け！」

毛豹は右手でドアを差した。

「はい！　直ちに」

二人の兵士は慌てて朝倉を医務室から引き摺り出し、廊下で担架に乗せた。

朝倉は床に頭をぶつけ、引き摺られても気を失った振りを続けた。手錠は前で掛けられており、二人の兵士を倒すのは容易いことである。だが、あえて無抵抗を選んだ。

アデン湾に派遣されている中国艦は昆明級駆逐艦である。NATOコードなら旅洋3型という駆逐艦は、二百八十人の乗員が乗り込んでいるはずだ。とても全員を相手にできるものではない。アデン湾は、アフリカ側の海岸線とイエメン側の海岸線が二百七十キロ前後離れている。いくら遠泳が得意の朝倉でも、脱出後に岸まで泳ぐことは不可能だろう。それらの条件を踏まえて策を練っているのだが、今のところいいアイデアが浮かばない。無策で行動に出るのは極めて危険である。

中国艦が中国の母港に戻るにしても、任務をこなしながら戻るために一ヶ月近くかかるはずだ。それまでは殺されないと思われるので、脱出のチャンスはあるだろう。

「この男は本当に重いな」

担架を前で担いでいる兵士が不満を漏らした。

「百キロ以上あるぞ。こんな仕事をさせるなんて」

後ろの兵士もぼやいた。

「こんな重い男をラッタルじゃ運べないだろう。ここは第二甲板で、監禁室は第四甲板なんだぞ」

前の兵士が首を傾げた。

「監禁室から医務室まで四人がかりだったらしいぞ」

後ろの兵士が溜息を吐いた。

「それなら、貨物エレベーターを使おう」

　前の兵士が立ち止まった。

「砲弾とかを運ぶ貨物専用のエレベーターだぞ。この男は運べても、俺たちは乗り込めない。そもそも人が乗ることは禁止されている」

　後ろの兵士が首を横に振ると、担架を床に下ろした。

「乗り込みを禁止されているのは、乗員だけだ。この男は違う。どっちかが先に第四甲板で待っていればいいだろう」

　前の兵士は肩を竦めた。

「それで行こう。貨物エレベーターは戦闘訓練でもなければ使わない。誰も気が付かないさ」

　後ろの兵士が笑顔になった。

　二人の兵士は廊下を進んで両開きのドアがある部屋に入り、朝倉を乗せた担架を部屋の奥にある貨物エレベーターの前に運んだ。

「俺が先に第四甲板まで下りている。おまえなら一人でこの男を乗せられるだろう。蹴って転がせばいいんだ。済んだらラッタルで下りてこい」

　前の兵士が近くのラッタルを下りて行った。後ろの兵士よりも一回り小柄なのだ。

　残された兵士は、担架から離れて貨物エレベーターの呼び出しボタンを押した。ドアは油が切れているのか、軋(きし)み音を上げながら開く。

「嫌な音がするな」

兵士は頭を掻きながらエレベーター内部を見回した。

朝倉は音もなく立ち上がると、兵士の背後に立った。兵士の身長は一八〇センチほど、朝倉よりは少し低いようだ。

「ご苦労」

朝倉は振り返った男の顎に右肘を振り抜く。念のために崩れ落ちる男の顔面に膝蹴りを入れる。男は声も立てずに床に倒れた。衝撃が大きければ、叫び声も上げないものだ。

左手に隠し持っていたピンセットの先で手錠の鍵を開けた。診察台からわざと落ちたのは、左手を伸ばせばワゴンのピンセットに手が届くことを確認済みだったからである。手錠が外せれば、行動開始と決めていた。親指の関節を外して手錠を抜く手段もあるが、後遺症が残るので避けたかったのだ。

朝倉は気を失っている兵士の青い迷彩戦闘服を脱がせて着替えた。この艦で朝倉が着ていた砂漠仕様の迷彩戦闘服は目立つからだ。少々小さいが、問題ない。階級は四級軍士長、下士官でも中級でそれほど階級が高いわけでもないが、ある程度自由度は利くだろう。

下着姿の兵士に手錠を掛けて担架と一緒にエレベーターの奥に転がした。03式自動歩槍はマガジンを抜いてポケットに入れると、銃本体はエレベーターに投げ入れた。下手に銃を持っていれば怪しまれるからだ。壁際にあるパネルの第四甲板のボタンを押した。ドアがゆっくりと閉じる。朝倉もエレベーターに乗り込んだ。

エレベーターが停止し、ドアが開く。

「何!」

ドア前に立っていた、先に第四甲板に下りていた兵士が両眼を見開いた。

兵士の両肩を摑むと膝蹴りで体を沈ませ、後頭部に肘打ちを叩き込む。倒れた兵士の持ち物を調べてからエレベーターに押し込み、０３式自動歩槍を投げ入れるとドアを閉めた。さきほど倒した兵士から小型のタクティカルナイフだけ抜き取っている。

エレベーターがある部屋は倉庫になっており、荷物が積まれている。

「確かにあまり使われていないんだな」

朝倉は周囲を見回すと、床に落ちている迷彩帽子を被った。

3

朝倉はラッタルを下りて第五甲板に出た。

昆明級駆逐艦なら第五甲板が最下層になるはずだ。特戦群時代、中国とロシアの武器は小銃から潜水艦や駆逐艦に至るまで構造や性能などを徹底的に教え込まれた。両国は戦略上、日本の敵国とされているためだ。中露が侵略のために日本の領海に侵入、あるいは港や岸壁に接岸した場合、乗り込んで破壊することを想定した座学も受けたことがあった。

もっとも二十年前に学んだ二世代前の深圳級駆逐艦の知識は古い。それでも、ステルス性に配慮し、エンジンはドイツとウクライナ、戦術情報処理装置はイタリア、レーダーはフランス、戦術デジタル・データ・リンクは米国という具合に、主要武器やパーツは欧米の最新技術を寄せ集めてＮＡＴＯの新鋭艦なみの性能を持つ駆逐艦であった。

現在、世界中が脅威と感じている中国海軍の基礎を作ったのは、欧米諸国の軍事会社と中国の諜報機関が盗み出した先進国の軍事機密いわゆる〝知的財産窃盗〟と言っても過言ではない。

船尾に向かって通路を抜けると、機関室があった。目視できる範囲で三人の兵士が働いている。七千トンクラスの船なので、さらに奥へ行けば発電室やエンジンルームなどがあるだろう。朝倉は通路を戻り、ラッタルを上がって第四甲板に戻った。装置は最新で一回り大きそうだが、朝倉の知識としてある深圳級駆逐艦の構造とさほど差異はなさそうだ。この上の第三、第二甲板は乗員の居住区がある。階級にもよるが船室は二人、多くて四人だろう。二百人以上の敵を一挙に戦闘不能にすることはできないが、四人ずつなら素手でもなんとかなる。だが、就寝中ならともかく、一人でも大声を出されたらお仕舞いだ。それに腹も減っているし、水分も摂（と）っていないので闘う前に脱水症状になる可能性もあった。調理室に忍び込むにしても第二甲板にあるはずだ。

――どうしたもんか。

腕組みをした朝倉はラッタルの下で悩んだ。

「邪魔だぞ」

ラッタルを下りてきた将校に注意された。

「失礼しました」

敬礼した朝倉はラッタルを駆け上がった。二百八十人もの乗員がいれば、朝倉と背格好が似た兵士も何人もいるのだろう。船内の通路は薄暗く、帽子の鍔（つば）で目元も隠せる。将校は振り向きもせずに通り過ぎて行った。

「そうだ」

朝倉は第三甲板からさらにラッタルを上り、第二甲板の医務室に向かった。医務室なら水はもちろん栄養剤はあるだろう。食糧でなくても最低限の栄養は摂れるはずだ。

医務室のドアをノックした。

「どうぞ」

返事が返ってきた。声からすると、先ほどの趙という医官に違いない。

「失礼します」

舌打ちをして朝倉はゆっくりとドアを開けて中を覗いた。誰もいないように願ったが甘かったようだ。

趙がデスクに向かって書類を見ている。

朝倉はドアを閉めると医官の後ろに立ち、タクティカルナイフをその首に突きつけた。

「おっ、おまえは……」

振り返った趙は、両眼を見開いて声を震わせた。

「危害は加えたくない。これから言う物を用意してください。ケタミンと注入する注射器、それに飲料水と栄養剤。とりあえず、それだけで結構」

朝倉は丁寧に言った。ケタミンは麻酔薬である。

「分かった。栄養剤は、ビタミンCの錠剤と漢方薬ならある」

趙は棚から精製水のボトルと二つの樹脂製の瓶を出して朝倉に渡すと、ケタミンのアンプルを別の棚から出した。

「精仙泉（せいせんせん）？」

朝倉はさっそく精製水を飲みながら、精仙泉というラベルが貼ってある瓶を見て首を捻った。原材料を見ると、豚睾丸（こうがん）エキス、マムシ乾燥末、馬睾丸エキス、馬ペニスエキスなどなど、栄養剤というより精力剤の成分だからだ。

「それは、よく効くぞ。一度に大量に飲むと持続勃起（ぼっき）症になるから注意したほうがいい」

趙は朝倉を見て鼻先で笑うと、注射針をアンプルに刺してケタミンを注射器に満たした。

「ないよりはましか。その注射を自分にしろ。医官を殴りたくないのだ」

朝倉は二つの瓶をポケットに突っ込むと、注射器を指差した。

「どうせ、そんなことだろうと思った。殴られるよりはましだ。君は紳士的と言えよう」

趙は自分の左腕をアルコールで消毒しながら答えると、注射器のプランジャーロッド（押し子）を少し押して空気を抜いた。

「あなたは、楊狼と毛豹が〝紅軍工作部〟の工作員だと知っているか？」

朝倉は趙が素直そうなので尋ねた。

「この艦では、私を含め上級士官だけが知っている。虫の好かない連中だよ」

趙は鼻から荒い息を吐き出して言った。心底嫌っているようだ。

「それでは、私が日本の自衛官で、彼らはそれを知りつつ拉致したことも知っていますか？」

朝倉は医務室の器材を見つめながら尋ねた。

「何！　それは本当か。だから、砂漠仕様の戦闘服を着ていたのか。国際問題になるぞ。だが、彼らがあえて無謀なことをするのなら、何か極秘の使命があるのだろう。いくら君が反論しても無駄だ。艦長すら彼らには逆らえない。なんせ〝紅軍工作部〟だからね」

趙は首を左右に振った。中国は習近平（しゅうきんぺい）主席の威光を恐れ、直接命令を受けなくても忖度（そんたく）することで極端な政策を実行する政治家が多い。政治だけでなく、軍も同じということだ。

「N_2O……亜酸化窒素のことか。これは使えるぞ。趙先生……」

医務室の器材を見てはっとした朝倉は、振り返って舌打ちをした。趙はすでに注射器を使用した後で、机にうつ伏せになっていたのだ。朝倉からとんでもない情報を得たので、早く気を失いたかったのだろう。

部屋の片隅に二つのボンベが載せられたキャスター付きの機械があり、ボンベの一つはN_2O、もう一つにはH_2Oと記されているのだ。亜酸化窒素と医療用酸素を混合すれば、笑気（しょうき）ガスになる。ボンベ付き器具は笑気ガス生成装置らしい。手術用の麻酔薬ほどではないが、笑気ガスは軽い麻酔状態にすることができる。

「使い方を教えてもらおうと思ったんだがな」

苦笑した朝倉は、装置の電源を入れてみた。デジタル式でロータリースイッチがついており、装置からパイプが出て、先端の吸入マスクに繋がっている。試しにロータリースイッチを右に回してみると、吸入マスクから微かに空気が漏れるような音がした。液晶画面に四十パーセントと表示されたところでロックが掛かり、ロータリースイッチは回せなくなる。

「なるほど、笑気ガスの濃度が四十パーセントで安全ロックが掛かるのか。だが、ロック解除ができるな」

朝倉は頷きながらロック解除と書かれたボタンを押し、ロータリースイッチを一杯に回した。すると、表示は七十パーセントまで上がった。笑気ガスといえども高濃度で障害を起こす可能性があるからだろう。濃度は七十パーセント止まりということだ。

朝倉は笑気ガス生成装置の電源を抜いて、医務室から運び出した。重量はあるが、キャスターがついているので簡単に動かすことができる。通路を進みながら消火栓を探した。

「あった」

朝倉は「消防栓」と記されたドアを見つけた。ドアを開くと、消火器と消火用ホースが格納されており、その上の棚に防毒マスクが並べてある。艦船の通路に火災に備えて防毒マスクが格納されているのは、万国共通だろう。その内の一つを取り出して、笑気ガス生成装置に引っ掛けた。再び通路を進み、貨物用エレベーターのある倉庫に向かう。とりあえず、安全な場所で作戦を練るつもりだ。

倉庫のドアを開き、内部を確認した朝倉は笑気ガス生成装置を引っ張り込んでドアを閉めた。

「さて、どうしたものか」

朝倉は積み上げられている荷物に腰を下ろした。

館内の通風口に笑気ガスを流して乗員を麻痺状態にするつもりだ。ステルス性を高めた船体は密封度が高い。そのため、外部から新鮮な空気を取り入れて艦内に流す。吸気口から濃度の高い笑気ガスを流し込めば、艦内に行き渡らすことができるはずだ。艦全体にガスを充満させるのは不可能だろうが、艦橋や戦略室などがある前部構造物に限定してガスを流し、命令系統を遮断すれば制圧は簡単なはずだ。だが、吸気口の正確な位置を調べなければならない。おそらく、上部甲板のどこかにあるのだろう。

乗員を麻痺状態にすれば、一人でも武器を使わずに制圧できるはずだ。０３式自動歩槍が二丁あるので、朝倉なら笑気ガスを使わずに敵を殲滅させることもできるだろう。だが、ほとんどの乗員は朝倉が拉致されたことも知らないはずで、敵でもない。怪我を負わせることもできればしたくないのだ。

ドアが開いた。首に汚れたタオルをぶら下げ、道具箱を手にした兵士が入ってきた。ベルトには、ハンマーやドライバーが差し込んである。作業兵のようだ。

「御休憩中でしたか？」

作業兵は、上目遣いで尋ねた。タオルで階級章が見えないが、朝倉の四級軍士長よりも下なのだろう。

「まあ、そんなところだ。何をしにきた？」

朝倉はゆっくりと立ちながら聞き返した。部屋は薄暗いので、兵士は朝倉の顔がよく見えないのだろう。もっとも乗員が二百八十名もおり、部署が違えば普段口も利かない乗員は大勢いるはずだ。

「貨物エレベーターの点検です。ドアの開閉時に音がすると一昨日クレームを受けました」

作業兵は真面目に答えた。海上自衛隊の護衛艦で言えば、応急工作員という職種なのだろう。

「それなら、先週ここのエレベーターの点検は済ませたんじゃないのか？」

朝倉は欠伸をしながら言った。気の良さそうな男なので関わらせたくないのだ。

「それはありません。さきほど命令を受けたばかりですので」

作業兵は首を傾げながらエレベーターのドアを開けた。

「何！」

エレベーター内部を見た兵士は声を上げた。例の二人の兵士が気を失ったまま横たわっているのだ。

「悪いが、協力してもらうぞ」

朝倉は作業兵を羽交い締めにし、顎の下にタクティカルナイフを押し当てた。

4

午後八時二十分。

朝倉の前を大きな段ボール箱を抱えた作業兵が歩いている。

呉磊という名前で、今年で四十四歳になるが初級士官の下士という階級だそうだ。下士官の中でも一番下ということだ。部下もいないので艦内のメンテナンスのための修理修繕はほとんど一人でこなしているという。

自分は日本人で拉致されたため、脱出のためにこの艦を機能不全にすると言ったら、呉磊は進んで自分の身分を明かした上で手伝わせて欲しいと言ってきたのだ。農家出身で貧乏なため、上官に賄賂を渡すこともできない。下士になるのに、十八年掛かったらしいが、それ以上昇級できないのだという。しかも、「万年初級士官」と士官のみならず新人の水兵からも馬鹿にされる始末らしい。中国に蔓延している拝金主義は軍でも顕著で、金で階級や配属先まで買えると聞いたことがあるが、事実だったようだ。呉磊は、この艦を混乱させるのなら喜んで手伝うと嬉々としている。

朝倉はシートを掛けて隠した笑気ガス生成装置を引っ張って呉磊に従っている。彼はこの駆逐艦の構造を熟知しており、吸気口まで案内してくれるという。また、吸気口カバーを外してくれるそうだ。笑気ガス生成装置と一緒に二丁の０３式自動歩槍を隠してある。呉磊を全面的に信じているわけではないので、いつでも闘える状態にしているのだ。

数メートル先のラッタルから下りてきた若い兵士が、呉磊を見てにやけた表情になり、後ろに立っている朝倉の階級章をちらりと見た。自分より上かどうか確認したのだろう。

「万年初級士官じゃないか。床掃除は終わったのか！」

呉磊を見て笑いながら揶揄ってきた。胸の階級章は呉磊より三つ上の三級軍士長である。年齢は二十代前半か。どうせ、親に階級を買って貰ったのだろう。

「終わりました。これから他の場所で作業があるんです」

呉磊は素直に答えた。床掃除は水兵クラスの仕事である。だが、下手に口答えすると苛められるからだろう。

「嘘を吐け。床が汚れているぞ」

若い兵士は床に唾を吐いた。

「すみません。今、掃除します」

呉磊は逆らうことなく段ボール箱を床に置いた。中に道具箱やカラーコーンや大型のモバイルバッテリーも入れてあるのでかなり重いようだ。呉磊は膝を突くと、首にかけているタオルで床を拭き始めた。タオルは機械オイルに塗(まみ)れているが、汗を拭くためのものだ。いつもこんな調子なのだろう。

呉磊が朝倉を進んで手伝いたいという気持ちがよく分かる。

「ここも汚れているぞ」

若い兵士は自分の足元に唾を吐いた。

「はい」

呉磊は立ち上がると、若い兵に近付いた。

「馬鹿を相手にするな」

朝倉は呉磊の肩を摑んで下がらせた。

「偉そうになんだ。俺の父親は海軍大校なんだぞ。貴様。どこの所属だ？」

若い兵士は朝倉の胸ぐらを摑んで顔を覗き込むと、両眼を見開いた。見慣れないどころか、オッドアイに驚いたようだ。ちなみに大校は諸外国では大佐である。

「特捜局だ。馬鹿野郎」

　朝倉は兵士の頭を摑むと頭突きを喰らわせ、膝蹴りで兵士の鳩尾(みぞおち)を蹴り上げた。兵士は衝撃で体を数十センチも宙に躍らせ、床に落ちた。最初の頭突きですでに気を失っていたが、少々感情が入ったらしい。もっとも、朝倉の身分を確認されると困るので、そのまま行かせるつもりはなかったのだが。

「あぁ」

　呉磊が昏倒している兵士を指差し、尻餅をついた。まさか朝倉が暴力を振るうとは思ってもいなかったのだろう。

「この馬鹿をどこかに隠したい」

　朝倉は呉磊の脇を抱えて立たせて言った。

「ラッタルの下の隙間に入れておけば、気付かれません。……ありがとう」

　呉磊は、小さな声で答えた。ラッタル下はスペースがあり、シートでも被せておけば気にならないだろう。

「なるほど」

　朝倉は若い兵士の後ろ襟を摑むと、通路を引き摺ってラッタルの下に転がし、笑気ガス生成装置に掛けていたシートで兵士を覆った。

「このラッタルを上ると、後部第一甲板に出られます。本当は前部甲板に出た方が早いのですが、艦橋がある前部構造物に近いので怪しまれます。前部構造物のすぐ背後の煙突がある構造物の裏側に吸気口があるのです。第一甲板から外部に出れば、そこまで行けます。ただ、その装置を担いで上がらなければなりません。しかも、この先のラッタルは狭いので私は手伝えません」

呉磊は笑気ガス生成装置を見つめながら言った。

「先に甲板に出て見張っていてくれ」

朝倉は気を失っている兵士と一緒に一丁の０３式自動歩槍をシートの下に隠し、別の銃を肩に掛けた。二丁も持っているのは、怪しまれるだけである。

「分かりました。気を付けてください」

呉磊は緊張した面持ちで頷くと、段ボール箱を抱えてラッタルを上がって行った。ラッタルのすぐ上がハッチになっており、その上が第一甲板になっている。

「よっしゃ」

朝倉は短く息を吐き出して気合を入れると、笑気ガス生成装置の下部を掴んで担いだ。見た目通り、結構重い。五十キロはあるだろう。だが、右肩に載せれば問題ない。左手でラッタルの手すりを掴み一段一段上がる。

天井に張り巡らされているパイプに頭をぶつけてしまうため途中から中腰になり、一番上まで上がったところで止まった。無理な姿勢を続けたので全身にびっしょりと汗を掻いている。

左手でハッチをノックした。

「誰もいません。上がって来てください」

呉磊がハッチを開けた。

「うりゃ」

朝倉は先に笑気ガス生成装置を持ち上げ、力を振り絞って甲板に載せた。足場がラッタルなので踏ん張りが利かないのだ。ハッチを抜けて這い上がるように甲板に出ると、さすがに息が切れる。そのままうつ伏せの状態で息を整えた。無理な体勢で重い物を担ぎ上げたこともあるが、腹が減ってエネルギー切れなのだ。

「大丈夫ですか？　できればすぐに行きたいのですが」

呉磊が周囲を気にしながら言った。朝倉がぐったりしているので心配になったのだろう。

「腹が減っているだけだ」

朝倉は立ち上がると両手で頬を叩き、笑気ガス生成装置を起こした。

「それじゃ、行きますよ」

呉磊が外甲板に通じるハッチを開けて様子を窺い、手招きをした。外は薄闇に包まれている。行動を起こすには都合のいい時間帯だ。

朝倉は笑気ガス生成装置を引いて呉磊に続いた。

十数メートル船首に向かって進んだ呉磊は、煙突がある構造物の裏側に入った。抱えていた段ボール箱を甲板に下ろし、中から小型の三角コーンを出して周囲に並べた。

「こうしておけば、修理だと思われますよ。ライトで手元を照らしてください」

朝倉が道具箱から出したライトで照らすと、呉磊はレンチで正面にある三枚の雨避けカバーのうち右端のカバーを外しはじめた。ボルトをすべて外し終えると、直径三十センチほどの穴があり、奥にファンが回っている。右端の吸気口が、艦橋がある前部構造物に通じているのだろう。

「笑気ガスの吸入マスクを中に入れてください。そしたら、周りを板で塞ぎ、周囲をテープで留めるんです。その方がガスの濃度が濃いまま送ることができるはずです」

呉磊は段ボール箱から板を出して言った。ここに来る前に彼が管理している倉庫に立ち寄った。修理用の機材やペンキなどが整然と置かれていたそこから、呉磊は段ボール箱に道具箱やAC電源があるモバイルバッテリーなど色々詰め込んできたのだ。

「了解」

朝倉は呉磊の指示に従って笑気ガス生成装置からホースを伸ばし、吸入マスクを吸気口の奥まで入れた。最後に呉磊が運んできたモバイルバッテリーに装置の電源ケーブルを接続した。

呉磊は段ボール箱から四枚の板を出し、一枚一枚補修テープで吸気口に貼り付けた。それでも隙間はできたが、問題はないだろう。

「これでいいでしょう。ガスを流してください」

呉磊は額の汗を首に巻いたタオルで拭いた。

朝倉は笑気ガス生成装置の電源を入れ、ロータリースイッチを右に回した。ガスが流れているのを確認すると、ロックを外してさらに濃度を上げる。

「よし！　七十パーセントまで上がった」

ガス濃度を確認した朝倉は、小さく頷いて防毒マスクを手にした。

5

午後九時十分。

防毒マスクを装着した朝倉は、０３式自動歩槍を手に前部構造物のラッタルを駆け上がった。予想に過ぎないが、前部構造物全体に笑気ガスが流れ込んだはずだ。確かめるには、構造物に踏み込む他ない。

次の階層のラッタルまで行くと、倒れている兵士がいた。ラッタルを上っている途中で、麻痺して足を踏み外したらしい。ラッタルは階段というより、手すりが付いた梯子（はしご）に近いので、下手をすれば首の骨が折れる。だが、頭が上になっているので足から落ちたのだろう。

最上階のドアを蹴って艦橋に踏み込んだ。銃を構えたが、その必要はないらしい。乗員は誰しも床に倒れている。目を開けて呆然（ぼうぜん）としている者もいるが、焦点が定まっていないので麻痺しているのだろう。ほとんどの乗員は目を閉じていた。イビキを搔（か）いている者もいる。

朝倉は０３式自動歩槍を肩に担ぎ、中央の窓際にある羅針盤の近くの航海用計器を覗き込んだ。護衛艦しおなみでは時間がある時は、艦橋で学ぶことが多かった。朝倉の三佐という階級は、護衛艦しおなみでは上から三番目に位置する。そのため、艦長の藤原も朝倉に護衛艦の指揮系統の手順などを教えたかったのかもしれない。航海用計器の扱い方は理解している。

中国の艦船は北斗衛星導航系統（北斗衛星測位システム）という全地球衛星型の航法衛星システムを使っているはずだが、基本は同じである。

「ジブチ港から二百九十六キロの海域か」

計器で位置を確認した朝倉は舌打ちした。中国の艦船にも自衛艦に積まれているような内火艇あるいは作業艇と呼ばれている艦載艇が積まれているはずだ。だが、二百九十六キロも航続距離があるかは疑問なのだ。だが、脱出する手段はそれ以外に考えられない。

背後でドアが開いた。

朝倉は振り返って03式自動歩槍を構える。

ドア口で防毒マスクを被った兵士が両手を上げた。

「わっ、私です。呉磊です」

呉磊は声を裏返らせて言った。防毒マスクをどこかで調達したらしい。

「何をしに来た？」

朝倉は銃口を下げて問いかけた。協力は笑気ガスの散布までで充分だと、言ってある。散布に関わっていることは誰にも見られていない。だが、これ以上関わると、朝倉が叩きのめした兵士以外にも一緒に行動しているところを見られる可能性がある。気絶させた兵士は人質として連れて行くので、呉磊の罪は問われないはずだ。

「内火艇を一人で下ろせると思っているんですか？」

呉磊は肩を竦めて見せた。

「海上に下ろした後で、海に飛び込むつもりだった。問題ない」

朝倉は航海用計器から離れると、倒れている乗員の身体検査を始めた。衛星携帯電話機があれば、ジブチの自衛隊基地と連絡が取れる。朝倉を拉致した〝紅軍工作部〟の二人をどうにかしてやりたいが、脱出と連絡が最優先事項で彼らを叩きのめすのは我慢である。

「ひょっとして、衛星携帯電話機を探していますか？　艦長と副長以外は持っていませんよ。前部構造物内の自室の金庫に拳銃と一緒に保管してあるはずです。手に入れるのは難しいです。急ぎましょう。ガスは間もなく切れますから」

呉磊は朝倉に近付いて口調を強めた。

「分かっている。衛星携帯電話機が駄目なら、この艦の電信室を使うか」

朝倉は舌打ちした。笑気ガスは麻酔薬と違い、効果はすぐ薄れると聞いている。もたついている暇はないのだ。

「それなら、ＣＩＣと同じ階です」

呉磊は足元を指差した。ＣＩＣは戦闘情報処理システムのことで、中国艦船でも同じ単語を使っているらしい。

「行くぞ」

頷いた朝倉は、出入口に向かった。

「ちょっと待ってください。すぐ終わりますから」

呉磊は朝倉を引き止めると、羅針盤に駆け寄った。するといきなりベルトからハンマーを抜いて羅針盤を叩いた。

「何を……」

朝倉は言葉を飲み込んだ。彼の意図は分かっている。呉磊は羅針盤を壊すと、航海用計器も破壊し始めた。朝倉が脱出した後で追跡できないようにしているのだろう。護衛艦といえども自分の位置すら分からなければ、目視での航行を余儀なくされる。追跡どころではなくなるはずだ。

「これで大丈夫です。こちらです」

破壊された計器盤を見回した呉磊が、朝倉の脇を抜けて先に下りて行く。

ラッタルを駆け下り、通路を抜けて次のラッタルに向かう。

目の前のドアが開き、兵士がよろめきながら出てくると通路に倒れた。だが、起きあがろうともがいている。

「ガスの効果が弱まっていますよ」

呉磊が兵士を跨（また）いだ。

「通信はどうでもいい。脱出だ」

朝倉は兵士を跨ぐと、踵（かかと）で兵士の後頭部を蹴って気絶させた。

「行きましょう。後部甲板の内火艇に食糧を入れておきました」

呉磊は慌てた様子でラッタルを下りて行く。

「気が利くな」

苦笑した朝倉は呉磊に続く。

呉磊は前部構造物から出ると、防毒マスクを脱ぎ捨てて後部甲板に向かって走った。朝倉も防毒マスクを投げ捨て甲板を走る。

「おい。万年初級士官、何で走っている？」

甲板ですれ違った兵士が、呉磊を見て笑った。

「おっと」

朝倉は兵士とすれ違いざま、その顎に肘打ちを入れた。兵士は衝撃で後ろに一回転し、甲板に叩きつけられて昏倒する。かなり強打したので、記憶も吹き飛ぶだろう。

「早く。乗って、乗って」

呉磊は内火艇の前で立ち止まり、右手を振った。護衛艦で装備されている全長十一メートルの作業艇とよく似ている。

「すまない」

朝倉は内火艇に飛び乗った。

呉磊は操作ボタンを押した。クレーンが作動して吊り下げられている内火艇が船外に移動すると、ゆっくりと下ろされる。

朝倉は内火艇の甲板に立ち、クレーンの操作をしている呉磊を見つめていたがすぐに見えなくなった。気を失わせてラッタルの下で眠らせてある兵士を残してきてしまった。あの兵士が正気を取り戻せば、朝倉と呉磊が一緒にいたことを怪しむだろう。だからと言って呉磊を連れて行くのは、彼にとって危険である。内火艇でどこまで行けるか分からないからだ。陸地に着けずに漂流する可能性もあった。朝倉が脱出したのは、どこで死を迎えるかの選択という賭けと同じである。

朝倉は着水後にすぐに発進できるように、エンジンルームのハッチを開けて内部を確認した。特戦群時代に船舶免許も取得しており、訓練でインフレータブルボートの操縦は何度もしている。

「異常はなさそうだな」

一通り調べた朝倉は着水と同時に内火艇を吊り下げているフックを外し、エンジンを始動させた。

「むっ！」

眉を吊り上げた朝倉は、肩に下げてあった０３式自動歩槍を構えた。内火艇のすぐ近くで大きな着水音が聞こえたのだ。

「助けて！」

暗い海から男の声がする。

銃を肩に掛けてライトで海を照らすと、救命胴衣を着けた呉磊が海面に顔を出した。海軍に所属しているのに泳げないらしい。

「こっちに来い！」

朝倉は船体から手を伸ばし、呉磊を海から引き上げた。

「……助かりました。……一緒に連れて行ってください」

呉磊が咳（せ）き込（こ）みながら甲板に座り込んだ。飛び込んだ際に海水を飲み込んだらしい。

「誰だ。内火艇を下ろした奴（やつ）は！」

甲板から怒鳴り声が響いてきた。内火艇を下ろすクレーンの作動音に誰か気が付いたのだろう。

「行くぞ」

ハンドルを握った朝倉は、左手でリモコンレバーを前に倒して内火艇を発進させた。

6

午後十時十分。アデン湾。

朝倉は内火艇のエンジンを切った。

中国艦船〝青洲〟から脱出し、とりあえず南に向かって内火艇を進めた。ジブチ港までは二百六十キロ近くあるが、東アフリカにあるソマリランドの海岸線までなら百キロ程度で行ける。ソマリランドは、三つに分裂したソマリアの中でも比較的治安がいいと聞く。ジブチに向かう途中で燃料切れになって漂流するよりはましだと考えたのだ。

だが、朝倉らを高速で追ってきた小型船舶があった。おそらく駆逐艦青洲に積載してあった高速インフレータブルボートだろう。数キロの距離はあったのだが、すぐ詰められてしまった。高速艇の投光器の光がどんどん近付いてくる。そのため、朝倉はエンジンを切って気配を消すことでやり過ごすことにしたのだ。

「エンジンを切っては駄目です。追いつかれます。それとも闘うんですか？」

傍らの呉磊が早口で文句を言った。

「スピードじゃ敵（かな）わない。息を潜めてやり過ごすのだ」

朝倉は諭すように答えた。内火艇はせいぜい二十ノット、時速なら三十七キロほどだ。追跡しているのが高速インフレータブルボートなら、三十ノット以上、五十五キロ以上のスピードは出せるだろう。

「それなら、待ち伏せして、銃撃すれば撃退できます」

呉磊は声を上げた。

「三十発のマガジンが一つあるだけだ。すぐに撃ち尽くす。それに銃撃戦は望んでいない。〝紅軍工作部〟の二人は敵と思っているが、青洲の乗員を敵とは思っていないんだ」

朝倉は首を横に振った。船は波の影響で常に上下に動いている。標的が定まらない状況では、弾丸を無駄にするだけだ。そもそも呉磊は、銃撃戦の意味すら分かっていない。勝利するということは、敵に死傷者を出すことで、その逆もあるということだ。

「私にとって、青洲の乗員は全員敵です。それに追跡しているのは対海賊制圧隊のはずです。暗視装置も付けているはずです。抵抗しなければ、殺されてしまいますよ」

呉磊の声が次第に震えてきた。

「それはまずいな。そもそもなんで追い掛けてこられるんだ。レーダーで探知されているのか？」

首を傾げながらも朝倉は、エンジンを始動させた。操舵席にあるコンパスで方位を確認し、再び南に向かって進んだ。艦橋の位置情報システムは破壊したが、レーダーは無傷だ。ＣＩＣも動き出したのかもしれない。

「青洲のレーダーでは、ＦＲＰ製のこの内火艇を捉えることはできないはずです」

呉磊は青ざめた顔で答えた。ＦＲＰとは、繊維強化プラスチックのことである。

「待てよ。ＧＰＳ発信機が、どこかに取り付けてあるんじゃないのか？　それ以外に考えられないだろう。エンジンルームを調べてくれ」

朝倉は操縦しながら指示をした。

「分かりました」

呉磊は後部にあるエンジンルームのパネルを開けた。

耳元で空気を切り裂く音がする。

「なっ！」

朝倉は身を屈めると同時に振り返った。百メートル後方に二隻(せき)の船が猛追している。銃撃してきたのだ。

「くそっ！」

朝倉は無駄と知りつつリモコンレバーを押したが、これ以上のスピードは出ない。

銃撃音。

「くそっ！」

舌打ちした朝倉は、ハンドルを左右に切って蛇行運転を始めた。振り切ることができないので、標的にならないようにする他ないのだ。

「あった！　バッテリーに直接接続されていました。なんで今まで気が付かなかったのだろう」

呉磊は大声を出した。機械をいじって元気を取り戻したらしい。

「まずい」

朝倉は蛇行運転を止めた。追尾していた高速艇が二手に分かれ、内火艇の左右に付いたのだ。思っていた通り、インフレータブルボートだ。二隻とも操縦士以外に四人の武装兵が乗り込んでいる。内火艇を挟み込もうという魂胆に違いない。左右に分かれて銃撃すれば、同士討ちになる。距離を縮めて乗り込むつもりなのだろう。朝倉が武器を携帯していないと思っているらしい。

ボートが急速に接近してきた。

「馬鹿め」

にやりとした朝倉は、ハンドルを切って左の一隻にぶつけた。衝撃でボートは一回転して転覆した。

「一丁上がり」

朝倉はハンドルを逆に切って残りの一隻に寄せる。だが、からくも逃げられ、高速艇は再び背後に付いた。

銃弾が朝倉の肩を掠(かす)めた。インフレータブルボート船首の両舷に二人の兵士が腹這いになって銃撃している。

「くそっ！」

朝倉は振り返って眉間に皺を寄せた。

「操縦を代われ！」

頭を下げて隠れている呉磊に命じると、朝倉は肩に掛けていた０３式自動歩槍を手にし、振り返って膝立ちになる。

「早く撃ち返して！」

呉磊は金切り声で叫んだ。

「慌てるな」

朝倉はインフレータブルボートの上部に付いている投光器を狙っている。距離はおよそ二十メートル。お互い違う上下運動で海面を走っているので、落差は四十センチから一メートル近く違うこともある。だが、ほぼ同じスピードなので、一定のリズムは掴めてきた。敵の狙撃手もリズムを掴んできたようだ。ボートがバウンドするタイミングに合わせて撃ってくる。しかも狙いが定まってきた。どちらが先に相手を倒すか、時間の問題である。

朝倉は心の中で「今だ」と呟き、引き金を引く。三連発の二発目の銃弾が投光器を破壊した。

インフレータブルボートのエンジン音が止まった。ＧＰＳだけでなく、目視でも追えなくなったのだ。再びエンジン音を立てたボートは、反転して転覆した僚船に向かった。朝倉らの追跡を諦めて仲間の救助に向かったようだ。

「やった！　振り切りましたね」

呉磊は両手を上げて喜んでいる。

「大変なのは、これからだぞ」

朝倉は操縦を代わり、鼻先で笑った。

「分かっていますが、私はこれで自由を手に入れることに成功しました」

呉磊は手を叩いて小躍りしている。

「自由は自由だが……」

朝倉は苦笑した。亡命しない限り、一生逃亡生活である。亡命したとしても、それが自由と言えるかは疑わしい。

「実を言うと、私が海軍に入隊したのは、若い頃に北京で戸籍の自由を求めるデモに参加し、逮捕されたからです。十年の禁固刑を言い渡されて強制労働所に入れられました。入所後半年ほど経った頃、海軍に入隊すれば罪が免除されると言われたのです。しかし、入隊後に三十年の満期退役でなければ、また強制労働所に戻されると言われています。私にとって中国の艦船は牢獄と同じだったのです。後で知ったのですが、そんな制度はなく、強制労働所の職員に騙されたのです」

呉磊はしみじみと言った。

中国の戸籍制度は、諸外国と大きく違う。非農業家庭戸籍（都市戸籍）と農業家庭戸籍（農村戸籍）に大別される。都市戸籍から農村戸籍への変更は自由だが、その逆は極端に制限されているのだ。これは都市部への人口集中を防ぐためとされている。

だが、農村から都市部への出稼ぎが一般化していることを考えれば、戸籍制度は農民を低賃金労働力として維持するためと考えるべきだろう。事実、農村戸籍の国民は給与や医療を含めた社会保障も低く、人権を軽視される傾向にある。中国が日本を凌ぐ経済大国になっても、格安の製品を作り続けることができるのは、奴隷的な労働層が都市部の富裕層よりも圧倒的に多いからである。

「なんと……」

朝倉は言葉を失った。

「これからは、自由になった人間として生きていけるのです。苦難は覚悟の上です」

笑みを浮かべた呉磊は、エンジンルームからバッグを出して朝倉の足元に置いた。内火艇に積んでおいたと言っていた食糧なのだろう。

後ろを振り返った朝倉はリモコンレバーをニュートラルにし、内火艇を停めた。転覆したインフレータブルボートの投光器の光が、はるか彼方（かなた）に見える。だからといって安心はできないが、エンジンルームに取り付けてあったＧＰＳ発信機は呉磊が海中に捨てたので、もう追っては来られないだろう。

「エンジンルームに食糧を隠してあったのか。これは……」

朝倉は両眼を見開いた。バッグの中には保存食だけでなく、服やナイフやパスポートまで入っている。しかもバッグは機械油で汚れていた。随分前から隠してあったに違いない。

「脱出用のバッグです。私は、希望と呼んでいました」

呉磊は、バッグから銀色のパックを出し、中からチョコレートバーを出して朝倉に渡した。

「そうか。それならおまえを本当に自由にしてやる」

朝倉はリモコンレバーを前に倒し、船を進めた。

フェーズ5：決死の逃避

1

二月二十四日、午後七時五十五分。西アフリカ・ニジェール。

柊真は、空港の南に位置するホテル・ユニバース・エアポートの駐車場の暗闇に佇んでいる。

九時間ほど前、影山からニジェールで活動しているワグネルの情報を得た。柊真はすぐに仲間と二手に分かれてワグネルのロシア人が宿泊しているホテルと、武器が隠してあるという倉庫を見張ることにしたのだ。

ホテルは首都の中心部を南北に抜ける〝四月十五日大通り〟に面しており、武器を隠してある倉庫はホテルの三十メートル西の大通り沿いにあった。

柊真らは日が暮れるのを待って倉庫に忍び込んで調べている。煉瓦造りの八十平米の平屋で、正面は撥(は)ね上げ式の木製ガレージドアになっていた。ガレージドアを開けると、大通りから丸見えになる。そのため、屋根のトタン板を外して忍び込んだ。

倉庫の中にはアサルトライフルのＡＫ７４ＭやサブマシンガンのＰＰ‐１９、それにＭＰ‐４４３、手榴弾のＲＧＤ‐５などの武器が木箱に入れられて大量に保管されていた。また、ロシア連邦軍の歩兵機動車であるＧＡＺ‐２３３０〝ティーグル〟が置かれていたのだ。武器の量から考えて八名のワグネルの先駆隊の兵士のためだけではないらしい。後続の部隊に用意されたのか、あるいは現地で雇った兵士に供給する可能性もある。

最新の兵器ではないが、ワグネルにもあるいはニジェール軍にも渡したくはない。そこで柊真らは武器を納めてある木箱を開くと爆発するようにＲＧＤ‐５でトラップを仕掛けておいた。急ぐのでないのなら、ロシア人が木箱を開くのを持っていればいいのだ。

——連中は動きそうにないな。

一緒に組んでいるセルジオからの無線連絡だ。柊真のチームはＡチームでセルジオと昨年加入した日本人の岡田優斗である。彼の友人で同じく日本人の浅野直樹は、Ｂチームのフェルナンド・ベラルタとマット・マギーと組んで、倉庫を見張っていた。柊真らケルベロスは、グロック１７と短機関銃のＨ＆Ｋ ＭＰ５で武装している。

空港の格納庫には、他にもフランス陸軍に支給されているアサルトライフルのＦＡ‐ＭＡＳも用意していたが、街中では目立つのでストックを収納した状態で全長五百五十ミリというＭＰ５にしたのだ。

「日が暮れたから、動かないかもしれないな」

柊真はホテルの正面玄関を見張っていた。セルジオと岡田は裏口を担当している。

――そうだな。時間通りに決行するか？

「だが、まだ早い」

柊真は腕時計を見ながら答えた。

午後十一時にアクションを起こすと決めていた。一般人を巻き込まないようにホテルに踏み込み、八人のロシア人を拘束するのだ。もっとも、敵が抵抗した場合は、生死は問わないとクライアントであるフランス政府から言われている。特に期限は設けられていないが、夏樹からすぐにミッションを終わらせるように言われているので、今夜中に終了させるつもりだ。

ホテルの従業員に金を渡し、宿泊しているロシア人の部屋番号を聞き出していた。また、ホテル内の監視カメラの映像から、八人のロシア人を特定している。

「うん？　Ｒ３が出てきたぞ」

柊真は無線で仲間に伝えた。ワグネルの八人の傭兵をＲ１からＲ８までコールネームで呼ぶことにしてある。柊真らは監視カメラに映っていた映像を各自のスマートフォンで共有し、ロシア人の顔を覚えていた。

――この時間に外出か？

セルジオが怪しんでいる。

「いや。ホテル前で煙草を吸っている」

柊真は男の行動に首を傾げた。ホテル内は禁煙ではない。気温はこの時間でも三十六度もあり、夜風に吹かれてなど気晴らしにもならないのだ。

男は煙草を吸いながら周囲をさりげなく窺っている。

「見張りに出たらしい。奴らは行動に出るかもしれないぞ」

柊真は車の陰に身を隠して呟いた。

――どうせ、新たな暗殺命令でも受けたのだろう。

セルジオの皮肉っぽい笑い声が聞こえる。

男は煙草を咥(くわ)えたままスマートフォンで電話を掛け始めた。ホテルの周囲には柊真ら以外に人はいない。少なくともホテル前から人影は見えないはずだ。

男がスマートフォンをポケットに仕舞うと、七人の男たちがホテルから出てきた。明かりの消えたラウンジにでもいたのだろう。彼らは〝四月十五日大通り〟に出て西に向かう。

柊真らも彼らの十五メートル後方を付いて行く。

男たちは、例の倉庫の前で立ち止まった。

「こちら、バルムンク。連中が倉庫に入ったら襲撃する。位置に着け」

柊真は無線で仲間に連絡すると走った。倉庫のガレージドアが開いたのだ。

――こちら、ヘリオス。了解。

倉庫を見張っていたマットから無線の返事がきた。彼らは倉庫の脇の路地に隠れている。

柊真は走りながらポケットに手を突っ込み、直径十三ミリの鉄礫(てつつぶて)（鉄球）を取り出して両手に握った。幼い頃から古武道を修練しており、印字という投擲(とうてき)術も得意としている。

男たちが倉庫に入って行き、最後の男がガレージドアを閉めようと、ドアにぶら下がっている紐(ひも)を引っ張った。

舌打ちして柊真は閉じかけたドアの隙間から飛び込んだ。

「何！」

男たちは同時に声を上げ、反射的に隠し持っている銃に手を掛けた。柊真は、男たちの中央に回り込んで膝立ちになり、両手を高速で振った。

「うっ！」

四人の男たちが頭部に鉄礫を当てられて昏倒する。

柊真は立ち上がり際に、別の二人に鉄礫を命中させて倒した。さらに一番奥にいた二人に駆け寄って左飛び蹴りで男の顎を蹴り抜き、着地前に右側足蹴りで反対側の男の喉に決める。八人のロシア兵を倒すのに十秒と掛からなかった。

ガレージドアが開けられ、セルジオらがＭＰ５を構えて雪崩(なだ)れ込んできた。

「俺たちの出番はないのかよ」

気を失っている八人のロシア人を見たセルジオが肩を竦めた。

「ノーヒット、ノーラン。しかも三振の山。たまには敵にバントぐらい許せよ」

野球好きのマットが首を横に振って笑った。

「文句を言うな。次のミッションが待っている」

柊真が右手を上げると、仲間が次々とハイタッチした。

2

ソマリランドの海岸線に向かっていた内火艇のエンジンが、突然止まった。

「調べてくれ」

ハンドルを握っていた朝倉は、エンジンを切って言った。

「任せて下さい」

呉磊は返事をすると、バケツを朝倉に渡した。船底に溜(た)まった海水を交代で掻き出しているのだ。

一時間ほど前に内火艇を追ってきた二隻の高速インフレータブルボートを振り切ることができた。だが、その際、激しい銃撃により船体にかなりの銃弾を受けてしまった。朝倉は軽傷で済んだが、穴を空けられた船体は意外と重傷らしく、たえず海水を掻き出さなければならない。分かる範囲で穴が空いた箇所には布などを詰めているが、船尾の確認できない場所から染み込んでくるようだ。

「大変だ。Ｖベルトがちぎれている。銃弾が掠めたようです」

エンジンルームを見ていた呉磊が声を上げた。Ｖベルトはエンジンの回転をウォーターポンプやエアコンなどに伝達するためのベルトである。銃弾が当たってちぎれかかっていたのだろう。強制停止させるためにエンジンが狙われていたのかもしれない。

「なんとかなりそうか？」

朝倉はバケツで掬った海水を船外に捨てながら尋ねた。

「大丈夫ですよ。私は優秀ですから」

呉磊は鼻歌を歌いながら答えた。

「まさか、ストッキングで修理するんじゃないよな」

朝倉は冗談ぽく言った。昔はよく車のエンジンのベルトはストッキングで代用できると言われたが、都市伝説かもしれない。

「私がストッキングを履いていると思いますか？　ベルトにドリルで穴を空けて針金で繋ぐんですよ。応急処置には違いありませんが」

呉磊は道具箱から電気ドリルを出して真面目に答えた。

「技術者が一緒で心強い。力仕事は俺に任せとけ」

朝倉はバケツに溜まった海水を勢いよく船外に撒き散らした。脱出時に食べた非常食のチョコレートバーと漢方の滋養薬で元気になっている。

「もう大丈夫です。ただし、エンジンを三千回転以上に上げないで下さい。針金が切れるかもしれません。とりあえずエンジンを動かして具合を見ます」

十分後、修理を終えた呉磊は額の汗を戦闘服の袖で拭った。ボロ雑巾のようなタオルは破って銃弾の穴に詰めてあるのだ。

「分かっている」

朝倉はリモコンレバーがニュートラルになっていることを確認し、エンジンを掛ける。

「大丈夫そうですね」

呉磊はエンジンにライトを当てて大きく頷くと、朝倉からバケツを受け取った。

「了解」

朝倉はリモコンレバーをゆっくりと前に倒した。

星明かりでなんとか海面は見える。だからと言って三百六十度暗闇に包まれており、海と空の境目が見えるわけでもない。

「うん？」

朝倉はガソリンのゲージがエンプティになっていることに気が付き、眉を吊り上げた。

中国製の内火艇のエンジンの燃費は知らないが、さほど天候の影響を受けない状況なら百キロは航行できるはずだ。

「エンジンの燃費が悪いのか？」

朝倉はゲージを指先で叩きながら尋ねた。ゲージの誤作動ならいいのだが。

「悪くないですよ。ソマリランドには後一時間で着くと思います」

呉磊がバケツで海水を浚（さら）いながら答えたが、足元がふらついている。朝倉に代わった方がよさそうだ。船底の海水の水位が高くなっている。呉磊は体力の限界なのだろう。

内火艇のエンジンが妙な音を立てて止まった。

「また、ベルトが切れたか！」

呉磊が慌ててエンジンルームを覗いた。

駆逐艦青洲を脱出したのは午後九時二十分ごろ。現在の時刻は午後十一時三十二分で、二時間十分間ほど走り続けていることになる。巡航速度は二十ノット、微風で波もさほど立っていない。潮流や風の影響を計算に入れなければ、約七十五キロ進んだことになる。とすれば、ソマリランドの海岸線まではあと二十キロから三十キロほどというところだろう。

「Vベルトは異常ありません。どうして？」

呉磊はエンジンをライトで照らしながら首を捻った。

「燃料計が、エンプティになっているぞ」

朝倉はバケツを拾って言った。

「そんな馬鹿な。燃料はまだ残っているはずです。いつも満タンになっていますから」

呉磊はエンジンルームに頭を突っ込んだ。

「燃料タンクを調べてみろ」

朝倉はバケツで海水を掻き出しながら舌打ちした。海水の水位が上がったのは、呉磊の働きが悪いからではなかった。三十分前に比べると、浸水するスピードが倍近く上がっている。銃撃で損傷した箇所が大きくなったのだろう。

「大変だ。燃料パイプに穴が空いている。銃撃で損傷したんだ」

呉磊は大きな溜息を吐いた。

「予備の燃料はないのか？」

朝倉はバケツを休むことなく動かした。

「ありません。そこまでは用意できませんでした。お手上げです」

呉磊は首を左右に振って船底に座り込んだ。

「諦めるな。おまえも海水を掻き出すのを手伝え。船が沈まなければ、海岸に流れ着くかもしれないぞ」

朝倉は手を休めることなく言った。

「この船は捨てましょう」

呉磊は船首の座席のシートを外し、中からバッグを取り出して海に投げた。バッグは海上で破裂音を立てて勢いよく拡がった。テント状の屋根付きの救命ボートである。

朝倉は呉磊が用意したバッグを手に海に飛び込むと、救命ボートにバッグを投げ入れた。

「用意がいいな」

「すみません。実は、私は泳げないんです」

呉磊は海に飛び込む様子はない。駆逐艦青洲から飛び降りた時に溺れそうになったので躊躇しているのだろう。もっとも、救命胴衣をしているので溺れることはない。

「分かっている」

朝倉は救命ボートを摑んで泳ぎ、内火艇に寄せた。

「乗り移れ！」

朝倉は救命ボートを押さえながら命じた。

「はい」

呉磊は鼻を摘(つま)んでボートに飛び移った。よほど海が怖いのだろう。

「世話の焼ける奴だ」

朝倉は救命ボートに這い上がった。

「あっ！　道具箱を忘れました。すみません。取ってきます」

必死の表情の呉磊が、立ち上がって内火艇の船縁(ふなべり)に摑まった。

「危ないから座っていろ」

苦笑した朝倉は、内火艇に乗り移って船底をライトで照らした。道具箱はエンジンルームのすぐ近くに置いてあり、海水に浸(つ)かっている。

「なっ」

両眼を見開いた朝倉は、摑んだ道具箱を放した。

いつの間にか木造船が救命ボートに横付けされていたのだ。しかも、数人の男がライフルの銃口を朝倉と呉磊に向けている。

「撃つな！」

朝倉は両手を上げ、英語とアラビア語で叫んだ。

3

朝倉は得体の知れない木造船の小屋の中に押し込まれている。

エンジンが破損し、浸水で沈没の危機に陥った内火艇から救命ボートに移ろうとしたその時、二隻の木造船に乗った男たちに襲われた。

ＡＫ４７で武装した三人の男たちが内火艇に乗り込み、両手を上げている朝倉の背中と腹を殴りつけてロープで縛り上げた。身長一八四センチ、百キロのプロレスラーのような体軀をした朝倉を警戒したのだろう。呉磊に暴力を振るわれることはなかった。

「自由になった途端に不自由になるとは、人生うまくいきませんね。彼らは海賊でしょうか？　絶滅したと思っていましたが」

呉磊は今にも泣き出しそうな声で呟いた。小屋と言っても適当に板を打ち付けただけで、内部から外が丸見えの掘っ建て小屋である。広さは一・五メートル四方、高さは一メートルほどで、朝倉と呉磊は、背中合わせに座っていた。

「絶滅？　どうかな」

朝倉は鼻先で笑った。ソマリア沖・アデン湾周辺で海賊は二〇一一年の二百三十七件をピークに減少し、二〇一五年で零件になっている。その後は二〇一七年の九件を除き年間二、三件程度、この数年は二〇二一年に一件発生しているが、零件で推移していた。第151連合任務部隊が機能しているということだろう。

発生件数が零件なのに海上自衛隊の護衛艦を送る必要があるのか、また違憲だと反対する市民団体や政治団体もある。だが、ソマリアが政情不安と貧困に苦しんでいることに変わりはないため、監視活動を怠れば海賊はまた発生する可能性はあるのだ。

もっとも、第151連合任務部隊の参加国はソマリア沖で合同訓練や情報交換をすることも目的としており、その活動自体が大規模な演習とも言える。海上自衛隊も含め、参加国の海軍にとってメリットはあるのだ。

「それにしても、夜中に海賊って行動するんですかね？」

呉磊はもぞもぞと動きながら囁くように言った。縛られているので居心地が悪いのだろう。

「漁具は積んでいるようだが、俺たちは問答無用で拘束され、内火艇も奪取された。それを海賊行為というんだ」

朝倉はふんと鼻息を漏らした。

内火艇の船体を調べた男たちは、沈まないように救命ボートを浮き代わりに括り付けた。彼らの木造船に二隻を繋いで曳航している。持ち帰って修理すれば使えると判断したのだろう。特に内火艇のエンジンは、彼らにとって価値があるはずだ。

「何人ですかね？　それに何語を話しているのですか？」

呉磊は緊張のせいかよく喋る。彼は中国語以外の言語は何も話せないらしい。

「アラビア語で話している。暗くて顔もよく見えないが、ソマリランドの沖合で襲われたはずだからソマリ人なのだろう」

朝倉は英語、ロシア語、中国語、それにこの数年でアラビア語も習得している。四年半前にアフガニスタンでタリバンに拉致されたことがある。その際、通訳兼ボディーガードとして雇った今は亡き寺脇京介に世話になった。帰国後、アラビア語の必要性を痛感し、必死に勉強したことが役立っているようだ。

「彼らの会話で、何か分かりませんか？」

呉磊は行く末が心配でたまらないのだろう。

「奴らは、船を手に入れたことで喜んでいるらしい。内火艇を修理して何に使うか盛り上がっている。それと、女と食い物の話だ。特に有力な情報はない」

小屋の近くで車座になっている男たちの会話は、嫌でも聞こえてくる。彼らはたわいもない話をしているだけだ。

「食事？　彼らはずっと何かを食べていますよ」

呉磊は首を傾げているらしい。

「奴らが口にしているのはカートと呼ばれる葉っぱだ。一種の麻薬だな」

朝倉は鼻先で笑った。

英語でカートと呼ばれる植物はニシキギ科の常緑樹で、ソマリ語で〝ガット〟、スワヒリ語で〝ミラー〟、エチオピアでは〝チャット〟と呼ばれ、葉や枝を噛むことで覚醒作用が得られる。アルカロイド系のカチノンと呼ばれる成分が含まれており、高揚感や多幸感が得られるが、効果が弱いため、大量の葉っぱを食べ続けなければならない。呉磊が、「ずっと食べている」と表現したように男たちは、絶えず葉っぱを口にしているのだ。

「彼らは麻薬中毒なんですか？」

呉磊は麻薬効果がある葉っぱを食べているということが理解できないようだ。中国では所持していただけでも終身刑や死刑にできるからだろう。

「危険というほどではないが、依存性はあると聞く。ソマリアに限らず、エチオピア、ジブチ、ケニア、そしてアデン湾を隔てたイエメンでも使用されている」

朝倉は小声で説明した。

「おい！　中国人！　こそこそ何の話をしている！」

近くにいる男が棒で朝倉を突いてきた。

「俺は日本人だ。勘違いするな」

朝倉はアラビア語で言い返した。

「だからどうした？　俺たちには関係ない。おまえをどうするかは村長が決めるんだ」

男は朝倉の胸や顔を棒で突き、喚いた。

「くそっ！」

朝倉は縛られた手で顔を守りながら歯を食いしばった。

4

二月二十五日、午前十二時四十分。エジプト、カイロ。

カイロのイスラム地区（旧市街）にある石畳のセカト・アル・バドスタン（通り）を肘が擦り切れたツイードのジャケットを着た男が歩いていた。口髭を蓄え、日に焼けた彫りの深い相貌のその男は、雑踏によく溶け込んでいる。

通りは低層の古いアパートが隙間なく並び、その一階には様々な店が軒を連ねていた。やがて露天商が狭い路地の両側に所狭しと並ぶ、カイロ最大のスーク（市場）であるハーン・ハリーリ・バザールに男は足を踏み入れる。

バザールの人混みを縫うように歩き、ワリ・アル・ナーム・カフェの角を右に曲がると、狭い通路のような路地に入った。バザールというと開放的なイメージがあるかもしれないが、ここは迷路のように複雑である。路地の左手に彩を添えている絨毯屋の絨毯が並べられ、右手にはテーブルと椅子が通路に我が物顔で置かれている。男はテーブル席の間を抜け、〝エル・フィシャーウィ〟というカフェに入った。

店内の壁には大きな鏡がいくつも置かれ、入って右側の壁と左奥の壁が合わせ鏡になっているため、通路がどこまでも続くトンネルのような錯覚を与える。客は通路の左右にある壁際のテーブル席で飲み物を飲むか、水煙草を蒸していた。人気店のため満席に近い状態である。

男は奥のテーブル席でグラスに注がれた紅茶〝シャーイ〟を飲んでいる東洋系の男の前の席にゆったりと座った。

「すみません。相席なら他の席に座って貰えませんか？　まもなく知人が来ることになっています」

東洋系の男は、下手くそだがアラビア語で丁寧に言った。

「栄珀（えいはく）。おまえは馬鹿なのか、それとも理解力が足りないのか、どっちだ？」

男は表情もなく中国語を話し、ボーイに滑らかなアラビア語で「〝シャーイ〟、サーダ（砂糖なし）」と注文した。〝シャーイ〟とだけ言えば、砂糖を入れて適度に甘い状態で出される。エジプト人は甘めを好むので「スッカル・ズィヤーダ（砂糖をきかせたもの）」と頼むのだ。

「ええっ。紅龍（ホンロン）先生ですか。すみません。分かりませんでした」

声を聞いた栄珀は、細い目を見開いて謝った。目の前に座った男は変装した影山である。人民解放軍総参謀部・第二部第三処に所属する諜報員である紅龍の身分を持っていた。しかも中校、諸外国の軍隊なら中佐という階級なのだ。

影山は変装の達人で、他人に素顔を見せることはない。本来なら〝冷たい狂犬〟として追われる身なのだが、諜報員に成りすますことで逃げるどころか中国の諜報機関から情報すら得ているのだ。

「こんな有名店を待ち合わせ場所に選んで、エジプトの暮らしにまだ慣れていないのか？」

影山は小声で尋ねた。

〝エル・フィシャーウィ〟は三百年以上続く世界最古のカフェと言われ、ノーベル文学賞を受賞した故ナギーブ・マフフーズや米国の名優であるモーガン・フリーマンも通った人気店である。そのため、観光客も多く訪れるのだ。

栄珀は北京にある総参謀部本局で長らく働いていたが、昨年はじめてエジプト在中国大使館に出向していた。彼はＩＴ技術者のため内勤だったのだが、エジプトの大使館で情報収集活動を命じられたのだ。

「すみません。観光客に人気店の方が怪しまれないと思いまして」

栄珀は屈託なく笑って見せた。ハッカーとして天才的な技術を持ち合わせているが、おっとりした性格で憎めない。諜報員には向かないタイプである。

ボーイが〝シャーイ〟と水が入ったグラスをテーブルに置いた。

「サーダでしたね」

影山はさりげなくボーイにチップとして五ポンドを渡した。

「ありがとう」

「青魚の居場所は分かったか？」

影山は水の入ったグラスで喉を潤しながら尋ねた。〝シャーイ〟の前に水を飲むのはエジプト人の慣習である。「青魚」とは駆逐艦青洲のことである。影山は独自の情報網で拉致された朝倉が青洲に乗せられたことまでは摑んでいた。だが、洋上の駆逐艦の情報はさすがに得ることができず、栄珀に調べるように頼んでいたのだ。

「分かりました。不思議なことに、昨夜からアデン湾を航行中に艦橋の位置情報システムが電気系統の故障のため使用不能となり、微速で航行をしていると上層部に報告されています。現在は修理のため、ジブチ港に引き返しているそうです」

栄珀は身を乗り出して小声で言った。店内はアラビア語が飛び交いざわついているので気にすることはないが、駆逐艦の情報はトップシークレットだからである。

「電気系統の故障だけで、ジブチ港に引き返すか？　駆逐艦クラスなら、予備の部品も用意されているはずだ」

影山は表情を変えることなく尋ねた。

「詳しくは報告書に書いてありませんでしたが、事故で三名の乗員が負傷したそうです。その内の二名をジブチの病院に入院させる予定らしいですね。それも引き返す理由の一つでしょう。艦内での事故は青洲の艦長の責任になります。問われないように、このまま航海して隠し通すのが普通です。引き返すというのは、よほどのことだと思いますよ」

栄珀は首を捻りながらも説明した。納得はしていないのだろう。

「引き返して航海スケジュールを大幅に狂わせた上で本国に帰れば、艦長の座も危ういな。電気系統の故障、それに事故で三名の乗員が負傷したことはどちらも事実なはずだ。だが、別々に起きたのではないのだろう」

影山は腕を組んで考えた。

朝倉が自ら拘束を解いて艦橋を襲撃し、電子計器類を破壊した可能性はあるだろう。位置情報システムを破壊すれば、脱出後に追われる心配がないからだ。脱出の際に朝倉を阻止しようとした兵士を倒し、駆逐艦に搭載されている小型ボートを奪取して逃走したと考えれば辻褄（つじつま）が合う。

「青洲はどこで引き返したんだ？」

影山は質問を続けた。予測を立てるにも情報が足りないのだ。

「ジブチ港から二百九十六キロの海域です。座標も分かりますよ」

栄珀は自分のスマートフォンを出して答えた。

「詳しいデータは暗号メールで送ってくれ。二百九十六キロなら、ソマリランド沖だな」

影山は小さく頷いた。ソマリランドは治安がいい。コンパクトな政府だが、窮状を訴えれば助けてくれるはずだ。朝倉ならそれを承知でソマリランドに向けて脱出したに違いない。駆逐艦搭載のボートなら五、六時間でソマリランドの海岸線に到着するだろう。

とすれば、夜明け前に上陸し、ソマリ人と接触してどこかに連絡しているはずだ。だが、未（いま）だに朝倉の消息が分からないということは、ソマリランドに到着していないのだろう。ボートがエンジンの故障で漂流しているのか、追手に殺害された可能性も考えられる。他にも朝倉に不利な条件はあるだろう。だが、現状では情報不足である。

「もっと青洲の情報が欲しい。艦長よりも権限のある者が乗船していた可能性がある。乗員記録があるはずだ」

影山は駆逐艦青洲がジブチに戻ったことが朝倉の脱出に関係しているのならば、艦長に命令できる人物が乗っていた可能性もあると考えたのだ。

「了解です。乗員名簿はすでに手に入れてありますが、ジブチ港で乗船した名簿は別にあるはずです。それを調べてみます。すぐに戻ります」

頷いた栄珀は店を出ていった。

影山は姿勢を変えることなく、店内の鏡に映る栄珀の後ろ姿を見つめた。

5

朝倉は騒音で目覚めた。

昨夜、内火艇を曳航する木造船の操舵手以外の男たちは、しばらくすると眠ってしまった。男たちが寝静まったのを確認した朝倉は、体力を温存するため眠りについていたのだ。

「なんだ」

朝倉は、苦笑した。耳元の騒音は呉磊のイビキだったのだ。

「どこまで来たんだ？」

改めて周囲を見回した朝倉は首を傾げた。夜が明けるどころか小屋の天井の隙間から見える太陽は高い位置にあるのだ。すでに昼の十二時前後かもしれない。ソマリランドの海岸線まで二、三十キロの海域にいると思っていた。そのため、夜が明ける前に到着すると考えていたのだ。

内火艇を曳航しているためスピードが出ないこともあるだろうが、時間が掛かりすぎている。海岸線沿いに東に移動している可能性もあるだろう。少なくとも、第１５１連合任務部隊の基地があるジブチとは反対の方向に向かっているはずだ。

「うん！」

朝倉は右眉を吊り上げた。正確な時間が分からないためなんとも言えないのだが、船は太陽を背にして進んでいるのだ。

「陸が見えたぞ」

船首にいる男が大きな声を上げた。

「ソマリランドに着いたんですか？」

呉磊も目覚めたらしい。彼は船尾に体を向けているので、小屋の隙間から外が見えても空か海だろう。だが、朝倉は板の隙間から前方が見える。

「俺もそれを期待していたが、違うようだ」

朝倉の目には緑のない砂色の荒涼とした陸地が見えるのだ。ソマリランドの海岸線も似たようなものだが、それでも所々緑が見えた。

「それじゃ、東のプントランドですか？」

呉磊は嗄れた声で尋ねてきた。脱水症状をおこしているのかもしれない。

ちなみにプントランドはアフリカの角と呼ばれるエリアで、一九九八年にソマリア北東部の氏族が自治宣言をして独立した。また、一九九一年にソマリアの旧英国領である北西部が共和国として独立したのがソマリランドで、どちらも国際的に国家としては認められていない。

「いや、それも違うらしい。船は北に向かっている。船員の顔がそっちから見えるか？」

朝倉は小屋の隙間から船員の顔を見ながら言った。

「えっ！　アフリカ人じゃない」

呉磊は声を出して咳き込んだ。驚きのあまり息が詰まったのだろう。

船員はアラブ系の顔をしているのだ。昨夜は暗いせいで顔がよく見えなかったこともあるが、ソマリランド沖にいたので勝手にソマリ人だと思い込んでいたようだ。

「おそらくイエメン人だろう。彼らはソマリア沖で漁をすると聞いたことがある」

朝倉は首を振った。ソマリアの漁師が海賊行為をするのは、イエメンの漁師がソマリア沖で漁場を荒らすためという理由もあるらしい。いずれにせよ、朝倉らを拘束しているのが、ソマリ人からイエメン人になったところで事態はよくならないだろう。

木造船が砂浜に乗り上げた。桟橋があるような港ではなく、ただの砂浜なのだ。三艘の小船が停泊している。見た目は寂れた漁村のようだ。

「出ろ」

男がＡＫ４７を突きつけて怒鳴った。

朝倉と呉磊は小屋から出ると、船から突き落とされた。朝倉は足から落ちたが、呉磊は頭から落ちて海中でもがいている。朝倉は咄嗟に呉磊の胸ぐらを摑んで引き起こした。

「死ぬかと思った。……ありがとう」

呉磊は海水を吐き出して咳き込んだ。

「歩け」

船から突き落とした男が、ＡＫ４７の銃口で背中を押してきた。

「分かったから、押すな」

朝倉は振り返って睨んだ。

「死にたいのか！」

男は朝倉に銃口を向けた。昨夜朝倉を棒で突いてきた男に違いない。元来短気なようだ。だが、この男が船に乗っていた仲間に指示を出しているので、船頭なのかもしれない。

「やめろ！　イハーブ。何事だ！」

浜辺からやってきた年配の男が、怒鳴った。二十メートルほど先に日干しレンガで作ったのか、砂浜に馴染む小屋がいくつかある。

「ハッサン。こいつら、中国人の犯罪者ですよ。人質として使えます」

イハーブは得意げに言うと、朝倉らが乗った内火艇が二隻の高速インフレータブルボートの攻撃をかわして追尾を逃れたことから話し始めた。偶然にも朝倉と高速ボートとの交戦に遭遇し、脱出する内火艇を追ったそうだ。彼らはエンジントラブルで停止した際に距離を縮め、二度目のエンジントラブルで包囲したらしい。

「追われていたのなら、中国にとっては問題視される人物であることは確かだ。交換用の人質として使えるかもしれないな」

ハッサンは朝倉と呉磊を交互に見て小さく頷いた。他にも浜には何人もの男たちがいるが、木造船を浜に引き上げるために働いている。

「それに奴らが乗ってきたボートを曳航してきました。銃撃で穴が空いた箇所を埋めれば使えます。俺たちの木造船より、スピードがでますよ」

イハーブは内火艇を指差して笑った。

「馬鹿者！　我々は海賊じゃないぞ。卑しい行為はするな！」

ハッサンは、眉間に皺を寄せて怒鳴った。

「それじゃ、沈めますか？」

イハーブは肩を落として尋ねた。

「おまえの愚かな行為も、神の思し召しかもしれん。いまさら船を捨てれば、神の怒りを買うかもしれない。修理して使うのだ」

ハッサンはイハーブの肩を優しく叩いた。ハッサンがリーダーに違いない。他人の扱い方が実にうまい。

「中国人はどうしますか？」

機嫌を直したイハーブは笑顔で尋ねた。

「大事な人質だ。丁重に扱え」

ハッサンは朝倉を繁々と見て言った。

「水と食料をくれ。仲間は脱水症状を起こしている」

朝倉は気怠そうに言った。特戦群時代に食事や睡眠をとらないサバイバル訓練を何度も受けているので、空腹には耐えられる。だが、水は飲まなければ朝倉でも脱水症状で倒れるだろう。

「アラブ語が話せるのか。ただの軍人ではなさそうだな。人質としての価値も上がるだろう。名前を聞こうか？」

ハッサンは朝倉の前に立って尋ねた。

「馬振東だ」

朝倉はハッサンらの正体が分かったため、あえて日本人だとは言わなかった。イエメン政府は中国と関係を深めている。中国人が人質交換に役立つというのなら、イエメンの反政府武装組織であるフーシーに違いないのだ。

フーシーは米国とイスラエルを敵対視している。日本は米国の同盟国であるため、日本人だと名乗れば彼らに危険な目に遭わされる可能性があった。あえて中国人の振りをすべきだと考えたのだ。

「名は覚えておこう。妙なことは考えるな。殺すまでだ」

ハッサンは朝倉の目を見据えて言った。

「大人しくしているさ」

朝倉は不敵に笑った。

フェーズ6：イエメンのアジト

1

イエメン共和国は二〇一五年にイスラム教シーア派の武装組織であるフーシーがクーデターを起こし内戦に突入、さらにサウジアラビアを主導とする有志連合軍が介入することで内戦は激化し現在に至っている。

首都サナアを含む西部はフーシーが占拠し、東部をラシャード・アル＝アリーミー大統領の現政権、アデン湾に面した南部は南部移行（暫定）評議会（ＳＴＣ）が治めていた。

フーシーはイランの後ろ盾があると言われており、イランから物資の支援を実際受けていると見られている。フーシーは有志連合軍の海上封鎖に反発し、紅海・アデン湾海域で船舶への攻撃を繰り返してきた。フーシーの脅威も、第１５１連合任務部隊の任務に多大な影響を与えていることは事実だろう。

二月二十五日、午後六時二十分。

朝倉と呉磊は、穴蔵のような小屋にいる。

小屋は砂地に穴を掘り、その上に簡単な木枠に貼られたトタン屋根を被せたまさに掘っ建て小屋なのだ。風通しは悪いが、二メートル半近く掘られているので意外と暑くない。屋根の隙間が四方にあるので穴蔵は明るいが、夜は当然のことながら鼻先も見えなくなるだろう。

「ここは、おそらく南部移行評議会のエリアだろう。どうしてフーシーのアジトがあるんだ？」

朝倉は胡座をかいて腕組みをして独り言を呟く。手を縛り上げられていたロープは、解かれている。小用はその辺にしろと言われた。砂地なので染み込むだろうということだ。

「その南部移行評議会という組織のアジトじゃないんですか？」

呉磊は砂の壁にもたれて言った。ここに入れられてから二時間ほど経つ。その前に水を飲まされたので、なんとか脱水症状からは脱したようだ。そのうえ一リットルのペットボトルを一本渡されている。

「南部移行評議会は、現政権と和平合意している。人質交換というのはおかしい。外にいる連中はフーシーと見るべきだ。それにどの建物も、砂地に紛れるように偽装してある。南部移行評議会ならそんなことはしないはずだ」

朝倉は立ち上がると壁を拳で軽く叩いた。コンクリートのように硬い。おそらく、セメントや珪砂(けいしゃ)を砂に混ぜて塗ったのだろう。砂の穴なら手で掘って崩せば出られると思っていたが、簡単には逃げられそうにない。

「人質というのなら、殺されることはないでしょう。でも、政権側に引き渡されたら、中国に送還される可能性がありますよね。それは困ります」

呉磊は情けない声を出した。

「俺たちは青洲から脱出した。ここから逃げることも可能なはずだ」

朝倉は鼻先で笑った。

「脱出計画はありますか？」

呉磊は朝倉の傍らに立ち、小声で尋ねた。

「ない。そのうち考えるさ。脱出よりも食い物を盗むのが先だ」

朝倉は右手の壁をよじのぼり、天井との隙間から外を覗いた。赤い太陽が砂丘に飲み込まれようとしている。腕時計は武器と一緒に奪われているので、時間は分からない。

前方が砂浜ということは、穴に落とされる前に確認済みだ。小屋に出入口はなく、穴にトタンの屋根を載せ、杭に屋根の枠組みを縛り付けるという簡易なものだ。だが、出入口がないので脱出は困難である。と、彼らは思っているはずだ。

「私は、早く走ることはできません。それに泳げないことは知っていますよね。条件は悪いですが、それも考慮に入れてください」

呉磊は横になり、目を閉じた。

「おい！　飯だ」

北側の屋根の一部に穴が空いた。三十センチ四方の板が載せてあったらしい。

穴から紐に吊るされた麻袋が下ろされた。

「さっさと、中身を取れ」

穴に向かって男が怒鳴った。

「急かせるな」

朝倉は麻袋を摑み、中から丸いパンを二枚出した。ラホーハと呼ばれるイエメンやソマリアなどで食されるパンケーキのような物である。中身はそれだけだ。

中身を出すと、麻袋は引き上げられた。

「飢え死にさせる気か？」

朝倉は壁を蹴った。

「食えるだけマシだと思え」

食事を出した男が笑いながら屋根の穴を塞いだ。

「くそっ！」

朝倉は再び壁を蹴った。

「そんなに怒っても仕方がありませんよ」

呉磊は首を振って朝倉が手にしているラホーハを一枚取った。

「俺が怒っているように見えるか？」

朝倉は笑みを浮かべ、壁を指差した。床から六十センチほどの高さの壁に二つの穴が空いている。先ほど、つま先で蹴った部分だ。タクティカルブーツの先は安全靴のように硬い。朝倉が渾身の力で蹴ったので、砂壁の表面の固められた層が崩れたのだ。

「こっ、これは……」

穴の空いた壁を見た呉磊が、ラホーハを落としかけた。

「これをデカくすれば、足場になる」

朝倉は跪いて穴を覗いた。

2

午後七時五十分。エジプト・カイロ。

影山は、ケンピンスキー・ナイル・ホテルのプールサイドからナイル川の夜景を見つめていた。

昼に栄珀と簡単な打ち合わせをしてからカイロの旧友と情報交換をした。公安調査庁時代に、仕事上で知り合ったエジプト総合情報庁の諜報員だったモハメドという男である。数年前に退官し、市内で病院を経営しているが、今も総合情報庁と太いパイプがあった。そのため、エジプトに来たら必ずモハメドに会って情報交換する。

エジプトは、グローバルサウス（南半球を中心とする新興国・途上国の総称）の地域大国であるインドと親交を深めており、中東で影響力を高めようとしている中国を警戒していた。そのため、総合情報庁は中国関連の情報収集にも力を入れている。

総合情報庁はジブチで中国が不穏な動きをしていることを警戒し、ジブチ陸軍情報部にも手を回していた。そんな中、日本の自衛官が中国軍に拉致された可能性があるという情報を得たらしい。しかも、ジブチ市内の守備隊が拉致に関与したという。むろん、その日本人とは朝倉のことだろう。

ジブチには中国政府から多大な資金が流入しているため、関係した兵士は命令に従っただけと不問にされたそうだ。だが、エジプトで得られる情報はそこまでだった。このまま何も情報が得られなければ、明日にはジブチに飛ぶつもりである。

プールはホテルの十二階のガラスの柵に囲まれたオープンデッキにある。気温は十七度、夜風は少々冷えてきた。だが、カイロでも一番の夜景が見えるとあって人気のスポットである。

「ムッシュ・エンリケ？」

ボーイが尋ねてきた。「エンリケ」とは、影山が使っている偽名の一つで、エジプトで知っているのはモハメドだけである。彼とはプールサイドで待ち合わせをしていたのだ。昼間は電話とメールで情報を得ただけなので、会ってはいない。モハメドは、夜にもてなしたいと言っていたのだ。

「私だが」

影山は不審な挙動をしないかボーイの目を見て返事をした。

「メッセージカードを預かっております」

ボーイは小さな封筒を渡してきた。

「ありがとう」

影山は封筒を受け取り、ボーイにチップを渡した。

カードには、〝クルーザーの用意ができましたので、お越しください。目の前の桟橋に停泊している『アヌビス号』です〟とフランス語で書かれている。フランス語をあえて使うのは、暗号を使うほどでもないがボーイに読まれたくないからだろう。

「なるほど」

影山はふんと鼻息を漏らした。モハメドがプールサイドで打ち合わせをするはずがないと思っていた。影山に尾行や監視がいないか確認するためにプールサイドを指定したのだろう。おそらくこのホテルを部下に見張らせていたに違いない。

エントランスを出てホテル前のナイル・コーニッシュ通りを渡り、モスク脇の路地を抜けると、ナイル川に出られる。プレジャーボートが何艘も停泊しており、近くのコンクリート製の桟橋に八十フィートは優に超える巨大なクルーザーがあった。船名を確認するまでもなく、クルーザーのデッキからモハメドがちらりと顔を覗かせた。

影山は、船尾の渡し板から船に乗り移った。乗り込むと同時に船員が手際よく離岸の作業をし、クルーザーは桟橋を離れた。

「よくいらっしゃいました」

アロハシャツを着たモハメドが軽く会釈し、すぐに船内に入って行く。元諜報員の癖で、狙撃を恐れているのだろう。

奥にドアがあり、その斜め前に螺旋(らせん)階段がある。おそらく一番下のデッキは、寝室などのプライベートゾーンだろう。

影山はモハメドに従って階段を上がり、一つ上のデッキに入った。さらにもう一つ上にもデッキがあるようだ。正面の両開きのドアの向こうは、六、七十平米はあるキャビンで左舷側にカウンターバーがあり、右舷側に革張りのソファー席がいくつかある。奥はステージになっているのか、煌びやかなカーテンが掛かっていた。天井にミラーボールがあり、四隅のスピーカーからジャズが流れている。

「持ち船か？」

苦笑した影山はアラビア語で尋ねた。

「会社名義ですが」

モハメドは笑いながらソファー席を勧め、指を鳴らした。病院の他にも手広く経営しているらしいが、知りたいとも思わない。

ボーイがグラスとアイスバケットに入れられたシャンパンを持ってきた。

「再会を祝して乾杯しましょう」

モハメドがシャンパンを注いだグラスを掲げたので、影山もグラスを持ち上げた。

「新たな情報が入ったんだな」

影山はシャンパンを口にすると、おもむろに尋ねた。船上で会うというのは、盗聴盗撮のリスクが少ないため、極秘情報の受け渡しに最適である。モハメドは単に贅沢なクルーザーを見せびらかしたいだけではないはずだ。

「むろん、それもあります。この船は政財界の要人が心置きなく使えるように設計しました。おかげで様々な情報が手に入ります。お話は芸術を鑑賞しながらにしましょう」

モハメドは手を叩いた。すると、天井のミラーボールが回転し、ＢＧＭがジャズからアラビアンミュージックに変わった。ナイル川を下って郊外に出るつもりなのだろう。

前方のカーテンが開き、ベリーダンサーが現れた。

「彼女は生粋（きっすい）のエジプト人ダンサーです」

モハメドは自慢げに言った。

「素晴らしい」

影山は頷いた。カイロはベリーダンスの聖地ではあるが、いまやほとんどのダンサーは東欧人や欧米人だそうだ。エジプトは数十年に亘（わた）ってイスラム教が厳格になり、世俗的なベリーダンサーの地位は堕（お）ちた。一般のエジプト人はイスラムの戒律に反するベリーダンサーの衣装の際どさからストリッパーと同一視すると聞く。

警察はベリーダンサーの衣装が性的か、下着が規定に合っているかどうかをチェックするそうだ。違反していると判断されると、容赦なく逮捕され投獄される。そこまでされてはエジプト人でなり手がいなくなるのも当然である。エジプトの知識人は、外国人によるベリーダンスはディスコと同じで、芸術ではないと嘆いているらしい。本物のベリーダンスは、観光客が入れるような場所では見られないのだ。

ベリーダンサーは影山の前で音楽に合わせて腰を激しく振り、魅惑的なポーズを披露する。まさにアラビアンナイトである。

「思わぬところから、拉致された日本人の居場所が分かりましたよ」

モハメドは葉巻に火を点けながらフランス語で言った。ダンサーに理解できないように気を遣っているのだろう。

「思わぬところから入る情報こそ価値がある」

影山はフランス語で相槌を打った。

「イエメンですよ。ただ、フーシーに囚われているようです」

「本当か？」

影山はダンサーから目を離さずに平静を装った。

「フーシーは二人の中国人を人質に拘束していると言っているそうですが、風体がお聞きしていた日本人に間違いないのです。フーシーに潜入しているサウジの諜報員からの情報です」

モハメドは声のトーンを変えることなく話した。朝倉はオッドアイのでかい男だと伝えてある。これだけで、特徴としては充分過ぎるだろう。

「青洲から脱出したが、運悪くフーシーに拘束されたようだな。おそらくソマリランドに向かっている途中で拘束されたんだろう。面白いほど、運に見放された男だな」

影山は首を振った。

「どうされますか？　人質解放までじっくり待ちますか？」

モハメドはシャンペンを飲みながら尋ねた。

「サウジの諜報員とコンタクトが取れるか？」

影山は表情もなく聞き返した。

「間接情報なので、コンタクトは取れません。ただ、居場所は分かりますよ」

モハメドは小さく首を振った。非合法に手に入れた裏情報なのだろう。

「どこだ？」

「アデンですよ。アデンは政権派の暫定首都ですが、フーシーの工作員が何人も潜り込んでいる。その中の一人です。アデンならイエメンの情報がすべて集まりますからね」

「なるほどな。詳しく聞こうか」

影山は頷くと、シャンペンを一気に飲み干した。

3

朝倉は穴蔵で耳を澄ませている。

正確な時間は分からないが日が暮れてから数時間が経過しているので、午後十時は過ぎているはずだ。寝静まったらしく、周囲で物音がしなくなっている。だが、見張りなのか、時折足音が聞こえるのだ。

「やれやれ」

足音が遠ざかったのを確認すると、朝倉は壁を蹴って空けた穴をベルトのバックルで大きくする作業を再開した。バックルの金属部分は役に立つ。工具にもなるし、武器にすることもできる。ここにいる連中が人質や囚人の拘束に慣れていたら、ベルトや靴紐も没収しただろう。朝倉なら容赦なく、取り上げる。

「こんなものでいいかな」

朝倉は手探りで穴の深さを確かめた。穴蔵は闇に埋もれているので、手の感触を頼りにするほかないのだ。

朝倉は穴に左右の足を掛けた。靴のつま先を入れることができる。それだけで充分力は出せるだろう。

「これなら踏ん張ることができる」

朝倉はよじのぼって両足が安定しているか確かめると、屋根の木枠を握った。

「何をするのかわかりませんが、フーシーの連中は四人で屋根を移動させていましたよ。一人じゃ、どうにもなりませんよ」

呉磊は小声で言った。脱出を諦めているようだ。

「見ていろ。日本人の底力を見せてやる」

朝倉は足を踏ん張り、渾身の力で屋根を押し上げた。木枠がみしみしと音を立てる。

「屋根を固定している杭ごと外れそうだ」

朝倉はさらに両腕に力を入れた瞬間、不意に滑り落ちた。足場にしていた穴が崩れたのだ。

「大丈夫ですか？　嫌な音がしましたが」

呉磊が近付いてきた。というか声が近くに聞こえる。

「平気だ。穴が浅かったか」

朝倉は立ち上がると手探りで壁まで進み、壁の状況を調べた。右側の穴は完全に崩れており、左側の穴は縁が削れた程度だ。コンクリートのように硬いのは表面の二、三センチで、その奥の砂混じりの地層はもろい。穴を深く掘ったとしても、足場にするには弱過ぎるようだ。

「殺されないのなら、このまま大人しくしていませんか？　それとも早く脱出しなければならない理由でもあるんですか？」

呉磊の大きな溜息が聞こえた。

「体力のあるうちに脱出するんだ。時間が経てば、体力はなくなる。連中の狙いは、反抗できないように死なない程度に弱らせることだ。今なら、ここにいる奴らを全員倒す自信はある」

朝倉は拳を握りしめて言い切った。さっきまで感じていた空腹感がなくなり焦っている。これはエネルギーが切れる直前のサインなのだ。

「そうだ」

朝倉は崩れていない左の穴に足を掛け、屋根の枠組みに摑まるためジャンプした。だが、枠を目視できず勘で飛んでいるために虚しく落ちて尻餅をついた。足場の真上は食事を下ろすための開口部がある。足場用の二つの穴は、開口部の位置が分かるように正確に蹴り抜いていた。それでも、闇の中では位置の特定は難しい。三度飛び、右手がようやく木枠に触れた。

「よしっ」

四度目に右手で木枠を摑んだ。体を横に振って左手も木枠を摑む。開口部の左右にある木枠を両手で摑んだことになる。間隔は九十センチほどか。

右手を伸ばし、木の蓋を押してみると、簡単に開く。鍵は掛かっていないようだ。三十センチ四方なので、ここからは抜け出せないと思っているのだろう。

左右の手を交互に動かして穴の中心部に向かって移動する。一メートルほど動いたところで止まった。

「ここら辺でいいだろう」

懸垂の要領で腕を曲げ、同時に両足を持ち上げて開口部の縁に足を掛けた。

「ううん」

朝倉はありったけの力を込め、しかも音を立てないようにゆっくりと両足を伸ばす。錆(さ)びついた亜鉛メッキ鋼板が、みしみしと音を立てて裂けていく。裂け目が数十センチまで広がったところで、足を下ろした。

先ほどと逆の手順で左右の手を動かして穴の縁まで移動し、頭を出して周囲を窺った。月明かりでよく見える。穴蔵にいたせいで夜目が利くようだ。穴蔵の西側に小屋が二つ、東側に三つある。人気はない。

「呉磊。ここでじっとしていろ。脱出の準備ができたら迎えにくる」

朝倉は、木枠に足を掛けて穴の外に這い出した。

「気を付けてください」

呉磊の声が震えている。

朝倉は身を低くし、一番東側の小屋まで走った。五つの小屋すべてに人がいるとは限らない。だが、すべての小屋を制圧しなければここから脱出できない。というのも、脱出手段は船だけだからだ。絶壁の下にある海岸なので車で来られない。だから、発見されずにいるのだろう。完全制圧が必要なのは一人でも動ける人間がいれば、船を出す準備をしている間に攻撃されてしまうからだ。

どの小屋も半地下になっている。偽装ということもあるのだろうが、暑さを凌ぐためだろう。出入口は八十センチほど地面が掘られた所にあり、スロープになっていた。

スロープを下りた朝倉は、音を立てないようにドアを開けた。

十八平米ほどの部屋の奥に換気のための高窓があり、その近くに光量のないオイルランプが吊るされている。他には窓がないので、部屋の光は海側からは見えない仕組みになっていた。

地面に直接敷かれたカーペットの上で雑魚寝している三人の男が、ランプに照らされている。三丁のＡＫ４７が出入口近くの壁に立てかけてあった。灯を点けたまま眠るのは、いつでも出撃できるようにしているのだろう。

「起きろ」

朝倉は三人の足を蹴った。

「誰だ！」

端の男が飛び起きた。朝倉は容赦なく男の顎を蹴り抜く。同じ要領で他の二人も昏倒させた。起こしたのは、蹴りやすくするためで親切心ではない。

三人を彼らのＴシャツで縛り上げ、適当な布で猿轡もした。三人とも気を失っており、縛らなくても二、三時間は稼げるだろう。朝倉は慌てることなく、部屋を調べて部屋にあったバックパックに必要と思われるものを詰め込んだ。

三丁のＡＫ４７を肩に掛けた朝倉は、隣りの小屋の出入口に張り付いた。普通のドアの他に両開きの大きな扉もある。五つある小屋の中でも最も大きく、構造も違うので倉庫かもしれない。ドアを開けると、真っ暗である。明かり取りの高窓もない。

しばらく暗闇を探った朝倉はさきほどの小屋に戻り、オイルランプとライターを手にすると、ランプの炎は消した。再び隣りの小屋に忍び込むと、ランプのガラスのカバーを上げて灯心にライターで火を点ける。

壁際に段ボール箱や木箱が積み上げてあった。奥には大きなシートが被せられた物も置かれている。かなり大きいので小型の重機かもしれない。食い物でないことは確かだろう。

「食料はどこだ」

朝倉は段ボール箱や木箱を片っ端から開けてみた。だが、銃や弾丸や爆薬など武器ばかりである。高窓もないのは、塩害を防ぐためかもしれない。

「なんだ。武器庫か」

朝倉は溜息を吐くと、ＡＫ４７の弾丸が装填してあるマガジンをバックパックに詰め、木箱のＡＫ４７の銃口を壁に斜めに立てかけて銃身を力一杯踏みつけた。折ることはできないが、朝倉の馬鹿力で銃身を曲げて使い物にならないようにすることはできる。僅かに曲げるだけでも弾道が狂うので、使い物にならなくなる。木箱にあった十二丁の銃と担いでいた二丁の銃身も曲げた。

朝倉は銃身を曲げる作業をしながら奥に置いてあるシートの下が気になった。この小屋が武器庫というなら、シートの下も武器という可能性があるからだ。大きさからして対空砲かもしれない。

「何！」

シートを剝ぎ取った朝倉は、両眉を吊り上げた。

4

シートの下には、戦闘機のような三角の翼を持つ小型飛行体が、四機も金属製のスタンドに立てかけてあったのだ。

「シャヘド136か」

呟いた朝倉は首を振った。

シャヘド（信仰告白者）136は、全長三・五メートル、重量二百キロあるイラン製の推進式ドローンである。専用のラックから発射され、航続距離は千八百キロから二千五百キロあり、機首部分に三十キロから五十キロの弾頭が搭載可能と言われている。

フーシーはイランから供与されたドローンで、政府側支配地域を空爆している。イエメンの内戦では三十七万人以上が死亡し、二千三百万人以上が人道支援を必要とされている。

だが、内戦に加担しているのは、イランだけではない。政権側には米国製兵器を使用するサウジアラビアが付いている。イエメンの内戦は、イランとサウジアラビアの代理戦争でもあるのだ。

このフーシーのアジトは、シャヘド１３６の発射基地らしい。だが、内戦に利用するためではないのだろう。アデン湾を航行する欧米のタンカーや軍艦を攻撃するために違いない。政府側の軍事施設や街の座標を、フーシーは把握している。ドローンの航続距離から考えても彼らの支配地域以外に発射基地を作る意味がないのだ。南部移行評議会の支配地域から発射することで、フーシーではなく南部移行評議会の犯行だと偽装するのだろう。

また、一味の男たちが漁師に化けてアデン湾にいた理由は、航行する船舶の運航状況を調べるための監視活動だったと考えれば辻褄が合うのだ。海岸線から監視ドローンを飛ばし、正確な位置を摑んでシャヘド１３６を発射すれば、航行中の船舶を攻撃できるだろう。

「こいつは、破壊しないとな」

朝倉は木箱から爆薬を出し、シャヘド１３６に載せた。残念ながら起爆装置になるような手榴弾もない。その代わり、ＲＰＧ７（携帯対戦車擲弾発射器）とロケット弾があった。シャヘド１３６を小屋ごとロケット弾で破壊するのだ。

「むっ」

朝倉は足音が聞こえたので木箱の陰に隠れてオイルランプの火を消し、そのフックをベルトに掛けた。周囲の地面は浜の砂で覆われており、男たちは砂を払うように大股で歩くので音がするのだ。隣りの小屋から出てきたようだ。

ドアが開いた。

「寝ぼけているのか？　武器庫に入ってどうする？　備蓄庫は反対側だぞ。腹減ったんだろう？」

離れた場所から声がする。

「冗談だ。驚いたか」

笑い声が聞こえ、ドアが閉まった。足音が遠ざかっていく。ふざけただけらしい。

「ふう」

朝倉は短く息を吐いた。

「おい。変だぞ」

男の声。

「まずい」

舌打ちをした朝倉は、ＡＫ４７を摑んで小屋を飛び出した。

二人の男が、オイルランプを翳(かざ)して穴蔵を覗いている。

駆け寄った朝倉は、オイルランプを手にしている右手の男の後頭部をＡＫ４７のストックで殴りつけた。男は勢いよく倒れて昏倒する。

「おおっ」

悲鳴を上げた左手の男が、反射的に飛んだ。

朝倉はすばやく銃を肩に掛けると、逃げようとする男の首を背後から腕を回して締め落とした。男を地面に転がし、すかさず男たちが出てきた小屋に飛び込んだ。

二人の男が横になっていた。外での騒ぎにも気付かず、ぐっすり眠っている。

まずは左手の男を強く蹴って飛び起きたところを顔面にパンチを浴びせ、同じ手順で右手の男を起こして殴り倒した。

「さてと」

朝倉は穴蔵の脇で気絶している男を肩に担ぎ、もう一人の男の腕を摑んで小屋の中に引き摺り込んだ。面倒だが、四人の男たちの手足を縛り、猿轡もした。

倒した男の一人が、備蓄庫があると言っていた。確認していない小屋は二つあるので、ハッサンとイハーブはどちらかにいるようだ。二つの小屋をロケット弾で吹き飛ばせば簡単に済むが、朝倉は自衛官であると同時に警察官でもある。しかも、拉致されたとは言え、交戦中の敵ではない。敵を殲滅させてまで脱出しようとは考えないのだ。

小屋を出て耳を澄ませたが、潮騒だけが聞こえる。

朝倉は穴蔵の横で腹這いになって、拡張した開口部に右手を下ろした。

「呉磊。俺の手を両手で摑め。引き上げてやる」

「お願いします」

呉磊は、朝倉の手を両手で握りしめた。

朝倉は体を起こしながら呉磊を軽々と引っ張り上げた。

「おまえは船を出す準備をするんだ。その前に俺はケリをつける」

「はい」

呉磊は浜に置いてある船に向かって走った。

朝倉は西側にある手前の小屋に近付き、ＡＫ４７を肩に担いだ。銃を使えば、ここまで音をなるべく立てずに制圧してきた意味がない。二つの小屋はほぼ同じようなサイズで、東側にある男たちが使っていた小屋よりも一回り大きい。

ドアを開けて中に飛び込む。

中は暗い。

朝倉は膝を突いて様子を窺った。兵舎として使っているのなら、寝息は聞こえるはずだが、静かなものだ。どうやら備蓄庫に入ったらしい。だが、確認は必要だ。ベルトに掛けてあるオイルランプに火を灯し、立ち上がった。

空を切る音。

朝倉は本能的に左腕を引き寄せてガードしたが、頭部に打撃を喰らって目の前に星が飛んだ。衝撃でオイルランプは足元に落ちて燃え上がる。

「どうやって出てきた？」

イハーブが九十センチほどの棍棒を持って立っていた。

「なんでここにいるんだ？」

朝倉は両腕を上げ、ガードを固めて尋ねた。殴られた衝撃はまだ残っている。愚問だが、少しでも時間を稼ぐのだ。

「この備蓄庫を守るのが俺の使命だ。たまにここに寝泊まりし、盗み食いする不届きな奴らを罰する。今日はおまえだがな」

イハーブは棍棒の先を振りながら答えた。先ほど倒した男たちのように仲間が備蓄庫から食料を盗むのだろう。

「食料があるのか、ありがたい」

朝倉は笑みを浮かべた。

「喜ぶのは早いぞ」

イハーブは懲りずに棍棒を振り下ろした。

朝倉はすばやく前に飛んで棍棒の根元を摑んだ。

「くっ！」

右脇腹に激痛を覚える。イハーブの左手が下からフック気味に振られたので、咄嗟に払ったが間に合わずに何かが刺さった。

朝倉は思わず、後ろに飛んで脇腹を手で押さえた。ぬるっとした感覚がある。血が流れているのだ。イハーブの左手を見ると、刃渡り十センチほどのタクティカルナイフが握られている。棍棒はフェイントだったらしい。

「気付くのが遅かったな」

イハーブは棍棒を振り回しながら、ナイフを突き入れてくる。

朝倉は後退りしながら避けていたが、後ろにある棚で身動きが取れなくなる。

「殺しはしない。だが、やっぱり、死ぬかもな」

イハーブは笑いながら、棍棒を下ろした。追い詰めたと思っているのだろう。

朝倉は瞬時に踏み込んで、イハーブの鳩尾を蹴り抜いた。タクティカルブーツで容赦なく蹴ったので、胃袋が破れたかもしれない。長さが極端に違う武器を使うのは、攻撃のコンビネーションに不具合が生じる。間合いが違うためどちらかの武器を不能にするからだ。

イハーブは後ろの棚に棍棒が当たらないように間合いを取り、朝倉が棍棒を避けたらナイフを突き刺すために前に出るつもりだったのだろう。だが、それでは一テンポ遅れる。朝倉は背後に棚があることを知っており、身動きがとれないように見せかけてイハーブの攻撃のタイミングを計っていたのだ。

エンジン音が聞こえる。

舌打ちした朝倉はＡＫ４７を構えて小屋を飛び出した。

浜から一隻の小型ボートが離れて行く。ハッサンが物音を聞きつけて一人で逃げ出したのだろう。リーダーのくせに手下を見捨てたらしい。

波打ち際に呉磊が倒れている。

「しっかりしろ」

朝倉は呉磊を担いで砂浜で下ろした。頭を殴られたらしく、左側頭部から血を流している。ハッサンは船の準備をしていた呉磊を襲って、一番小型のボートに乗り込んだようだ。呉磊は浜から海に移動かせるのに自分で動かせるボートを選んだに違いない。

朝倉は備蓄庫に戻った。棚には段ボール箱や小麦粉などの袋が積み上げてある。小麦の袋には〝ＷＦＰ（国連世界食糧計画）〟のロゴが印刷されていた。フーシーは、人道支援機関からの援助物資を横領し、民兵に分配している。以前から問題になっており、ＷＦＰも見過ごすことが出来ず、食糧支援の総量を減らすという方法で対処している。フーシーはＷＦＰだけでなく、ＷＨＯ（世界保健機関）からの援助物資も略奪しており、これらの援助物資が彼らの資金源になっていると問題視されていた。

朝倉は棚から医療品と食料と水をバックパックに詰め込んだ。慌てることはないが、ハッサンは無線で救援を要請した可能性がある。なるべく早くここを脱出したいのだ。

「これでよし」

呉磊の元に戻り、彼の頭に包帯を巻いて出血が止まっていることを確認した。

今度は自分のシャツをはだけて右脇腹の傷を見た。切り口は七センチほどだが、意外と深いのか血が止まっていない。傷口にガーゼを当て、その上から配管テープできつく巻いた。この方が、包帯を巻くよりも傷口を圧迫できる。

シャツのボタンを留めた朝倉は、まだ確認していない小屋に入った。他の小屋と違ってベッドや冷蔵庫まである。だが、通信機やスマートフォンなどはない。ハッサンが脱出の際に持って行ったのだろう。

「仕方がない。脱出するか」

朝倉は、残っている二隻のうち、小型の木造船に呉磊を担いで乗せた。呉磊は目覚める様子はない。

脳震盪だけならいいが、外傷性の脳内出血の可能性もある。

「こんなところで死ぬなよ」

朝倉は呉磊の頬を軽く叩くと、船から飛び降りた。

武器庫からＲＰＧ７を持ち出し、波打ち際まで三十メートル以上離れた。ＲＰＧ７にロケット弾を装塡する。トリガーを引くと、ロケット弾は白煙を吐きながら武器庫に命中した。

轟音(ごうおん)とともに巨大な火球に包まれて武器庫は吹き飛んだ。大きな破片が朝倉の脇を抜け、海の闇にあっという間に飲み込まれる。シャヘド１３６に載せておいた爆薬がいい働きをしたらしい。

ＲＰＧ７を投げ捨てた朝倉は、呉磊を乗せた木造船を海に向けて押した。

「くっ！」

右脇腹に激痛が走り、思わず膝を突いた。臓器に達するほどではないと思うが、開いた傷口から血が流れていることは見なくても分かる。

「負けるか！」

声を出して気合を入れ直し、再び木造船を押す。砂浜を五メートルほど押し、木造船は波に揺られる状態になった。

木造船に飛び乗った朝倉は船外機エンジンを稼働させ、暗い海へと進む。

フェーズ7：アデンの監房

1

二月二十六日、午前九時。アデン湾。

「いけない」

朝倉は体が大きく揺さぶられて目覚めた。上半身を起こすと、右脇腹に痛みが走り、同時に眩暈(めまい)がする。

昨夜、フーシーとみられる武装集団のアジトから木造船を盗んで脱出したが、船外機エンジンの燃料不足で一時間ほどで漂流する羽目になった。

武装集団の備蓄庫から食糧や水は調達している。だが、脱出後、水分だけ補給し、食べ物はほとんど口にしていない。アジトがあった場所から少しでも離れなければならないと思っていたので、空腹感もなく食事をする気になれなかったのだ。

だが、ガス欠で船外機エンジンが停止し、不貞腐(ふてくさ)れて横になりそのまま眠ってしまったらしい。眩暈がするのは、出血と空腹で血糖値が極端に下がっているからだろう。シャツをはだけて配管テープをゆっくりと剝がす。血に染まったガーゼも取り除くと、傷口は塞がっているように見えるがまだ血が滲んでくる。動けばまた開き、出血するだろう。新しいガーゼに取り替え、配管テープを巻き付けて息を吐いた。

周囲を見回したが、陸地は見えない。曇り空のせいもあり、遠くが霞んでいるので、陸から離れているのかは分からない。気温は二十七度ほどだろうか、さほど暑さは感じない。波が荒く感じる。木造船が小さいこともあるのだろう。

傍らで呉磊が眠っている。

「呉磊。大丈夫か？」

朝倉は跪いて呉磊の肩を軽く揺すった。

「……ここはどこですか？」

呉磊は両眼を見開くと、ゆっくりと体を起こして首を捻った。脱出前に殴られて気を失ったので状況が摑めないのだろう。

「船の中だ。気分はどうだ？」

朝倉は異常がないか、呉磊の挙動を観察した。

「頭がくらくらします。私は怪我をしているのですか？」

呉磊は左手で頭を触り、包帯に気が付いてはっとしている。口調に問題はなく、手の震えもない。脳に異常はなさそうだ。

「脱出するための船の準備をしていて、頭を殴られたのだ。脳震盪で記憶を失っていたのだろう。何も覚えていないのか？」

朝倉は水のペットボトルを渡した。

「私が覚えているのは、穴蔵から出たところまでです。船に乗っているので、脱出できたのですね」

呉磊は笑顔を見せると、水を飲んだ。

「脱出できたが、楽観できる状況ではない」

朝倉は燃料がなく、漂流していることを説明した。

「二度目の漂流ですか。私の人生のようですね」

呉磊は自嘲気味に笑った。

「とりあえず、飯にしよう」

朝倉はバックパックを引き寄せ、中から缶詰を出した。〝ＧＥＩＳＨＡ〟と印刷された日本の食品会社が作っている鯖（さば）のトマト煮の缶詰である。アフリカでは六十年以上の歴史があるヒット商品で、西アフリカでは国民食になっているそうだ。

「他にもあるが、少しずつ食べよう」

朝倉はＷＦＰのロゴが入った袋からクラッカーを出した。人道支援物資を有意義に使うことになるだろう。

「うまい！」

呉磊は鯖のトマト煮を載せたクラッカーを食べて声を上げた。

「本当だ。これは癖になる味だ」

朝倉もクラッカーと食べて舌鼓(したつづみ)を打った。

「なんだか、幸せです」

呉磊はクラッカーを頬張りながら笑みを浮かべた。

「同感だ」

朝倉は早くも二枚目のクラッカーを食べながら頷いた。久しぶりの食事である。不味(まず)いはずがないのだ。

「二日間、自由を味わえたことで私は満足しています。無理はしないでください」

両手にクラッカーを持った呉磊は、声を落とした。朝倉の戦闘服が血に染まっていることに気が付いたようだ。

「おまえを必ず亡命させてやる。心配するな」

朝倉は呉磊の肩を叩いて笑った。

「うん？」

朝倉は耳を澄ませた。風と波の音に交じってエンジン音が聞こえたのだ。

五分ほどで甲高いエンジン音がはっきり聞こえるようになった。船外機エンジンの音である。とすれば、大型の船舶ではないということだ。陸地が見えないので海岸線から離れていると思ったが、意外と近いということだろう。

「腹一杯食うぞ」

朝倉は別の〝ＧＥＩＳＨＡ〟缶を開けて呉磊に渡した。接近してくる小型船舶が敵か味方かは分からないが、盗んできた食糧を食べる機会はなくなるだろう。敵ならば没収、味方ならちゃんとした飯にありつけるからだ。朝倉はサバ缶を味わいながら、道具箱と銃を引き寄せた。

「はい」

呉磊は訳も分からずクラッカーで新たな缶から鯖のトマト煮を掬って一生懸命食べている。

ボートが視界に入ってきた。距離があるので乗員の顔も分からないが、味方ではない気がする。

「急げ、もっと食え」

朝倉はさらにもう一つの〝ＧＥＩＳＨＡ〟缶を開けて、手摑みで食べ始めた。食べられる時に食べる。これは自衛官時代よりも刑事時代に学んだことだ。張り込みに入れば、いつ食事が摂れるか分からない。食べられるときに食いだめしておくのだ。

やがて二隻のボートが、朝倉らの木造船の目の前で停止した。二十フィートクラスの船で、船首に重機関銃を備え、二基の船外機エンジンを搭載している。イラン革命防衛隊の高速艇とそっくりだ。

乗員はオレンジの救命胴衣を身につけ、アラブ系で頭に〝アガール〟あるいは〝イガール〟と呼ばれる黒い輪っかで頭に巻いた布を止めていた。しかも、ＡＫ４７を手にしている。二隻の船に五人ずつ乗り込んでいた。

「抵抗するな！　手を上げろ！」

サングラスを掛けた男が、アラビア語で怒鳴ると、男たちは一斉にＡＫ４７を朝倉と呉磊に向けた。聞くまでもなく、フーシーだろう。アジトから逃げたハッサンが応援を呼んだのかもしれない。

「デジャヴを見ているようです」

呉磊は両手を上げ、情けない声を出した。

「まったくだ」

朝倉は缶詰を逆さにして汁ごとさらえると、ＡＫ４７ではなく道具箱の蓋を開けた。

2

イエメンの暫定首都であるアデンは、二〇二〇年に南部移行評議会が自治宣言を撤回し、ハーディー政権との連合政権を樹立することで両勢力の共同支配という形を取っている。とはいえ、政権支配地は東部にあることもあり、アデンでの勢力図は南部移行評議会が政権派を上回るようだ。

二つの勢力は反フーシー派の軍事的な手段として共闘しており、一定の成果を挙げている。だが、政治的にはさまざまな利権を争っており、協力関係にあるとは言い難い。また、イエメンでは軍事組織が乱立し、それぞれの支配地域で警察組織も創設している。

朝倉の乗った木造船を包囲した武装民兵は、イエメン海軍に所属する海上警備隊と自称し木造船をアデン港まで曳航した。彼らは沖合で漁をしていた漁師から木造船が漂流していると連絡を受けて出動したらしい。朝倉らはアデンから三十キロ東の海上を漂流していたそうだ。南に進路を取っていたが、西に流されたらしい。

朝倉はアデン港の入口にある海上警備隊の本部という建物に連れて行かれ、尋問を受けた。諸外国で言う沿岸警備隊と同じらしい。庁舎は港湾局に隣接しており、別館を間借りしているのかもしれない。

彼らがフーシーでないことを確認した朝倉は、これまでの経緯を正直に話した。だが、あまりにも荒唐無稽だと信じてもらえず、呉磊と一緒に中国の駆逐艦から脱走した兵士だと判断されて建物内にある留置所に入れられた。

朝倉自身、ジブチで拉致されて中国の駆逐艦に乗せられ、脱出してフーシーの武装民兵に拘束されたと話した段階で信じてもらえそうにないと思った。そのため、アジトから脱出の際に八人の民兵を倒したことは話さなかった。ますます真実味がなくなると判断したからだ。特戦群の隊員なら特別なことではないが、通常訓練を受けただけの兵士ではあり得ない働きだ。また、呉磊は中国語の通訳がいないため、尋問されていない。

「我々はどうなるのですか？」

同じ監房に入れられている呉磊は、床に座って恨めしそうに看守を見ながら尋ねた。

「彼らは南部移行評議会に属しているようだ。彼らのバックはＵＡＥ（アラブ首長国連邦）だ。政権派だとしたら、そのバックはサウジアラビアということになる。どちらにせよ、中国は中東のあらゆる国に影響力を増している。イエメンはサウジアラビアかＵＡＥを介して、俺たちのことを中国に打診し、引き渡すだろうな。少なくとも日本に連絡は取らないはずだ」

朝倉は淡々と言った。日本は、イエメンを含めたアラブ諸国に人道支援を行ってきた。どこの国でもその国の立場に立って協力を惜しまない。現地からは同じ目線で付き合ってくれると評判である。だが、一度中国が現れると、金に物を言わせて大規模なインフラを構築し、その裏で政治家に金をばら撒く彼らの強引な手法の前では、日本型の支援は影が薄くなる。

「中国に戻されたら、死ぬまで強制労働所に入れられて自由を奪われます。結局それが私の運命なのかもしれません」

呉磊は、大きな溜息を漏らした。

「『三度目の正直』という日本の諺(ことわざ)がある。今度は上手(うま)くいくさ」

朝倉は状況が悪くなっているとは思っていない。

「また、脱出するつもりですか。今度こそ、死んでしまいますよ。『好死(こうし)は悪活(あくかつ)に如(し)かず』という中国の諺があります。立派に死ぬより惨めでも生きていた方がよいという意味です。私にはそれが似合っています」

呉磊は卑屈な笑みを浮かべた。

「馬鹿なことを言うな。惨めな生き方が似合う人間なんていやしないんだ」

朝倉は立ち上がって鉄格子の外を覗いた。通路を隔てて向かい側にも監房があるが、入っているのは朝倉たちだけだ。警察署と違って海上警備隊では逮捕者などあまりいないからだろう。数メートル先の椅子に看守が座っていた。欠伸をしながら、擦り切れた雑誌を読んでいる。

「ところで、傷の手当てをしなくていいんですか？」

呉磊は朝倉の戦闘服を指差して言った。

「大丈夫だ。血は止まっている」

朝倉は平然としている。内臓に達するような傷ではないことは感覚で分かっていた。これまでもこの程度の傷なら何度も経験している。戦闘服の血の跡はすでに赤黒くなっていた。そのため、単なる汚れのようにも見える。尋問した警察官もそれが血の跡だとは気付かなかったようだ。怪我をしているから治療してくれと頼んだが、信じてもらえなかった。

「そんな出血するような傷、私なら大騒ぎしますけどね」

呉磊は首を横に振った。

「心配するな。じっとしていれば、そのうちくっつく……。そうだ」

朝倉はシャツをはだけ、脇腹に巻いてある配管テープと傷口のガーゼも剝ぎ取った。なんとか出血は止まっている。

「出血は止まっているようですが、酷い傷ですね」

呉磊は恐る恐る見て、渋い表情で言った。

「だが、傷口が塞がった訳じゃない」

朝倉は腹筋に力を入れた。すると、傷口がぱっくりと割れて、血が流れ出した。

「なっ、何をしているんです！」

呉磊は声を上げた。

「助けに戻る。もっと騒げ」

朝倉は脇腹から流れる血を手で腹部にまで広げると、目を閉じて横になった。

「助けて、怪我人なんだ！　誰か、助けて」

呉磊は鉄格子にしがみつき、大声で叫んだ。

「どうした！　何だ！」

駆けつけてきた看守が、倒れている朝倉を見て慌ててどこかに行った。

一分後、担架を手にした看守がＡＫ４７を手にした兵士を三人連れてきた。

「血だらけじゃないか。病院に運ぶぞ」

駆けつけた指揮官らしき兵士が、他の二人に命じると、看守が鉄格子の鍵を開けた。

「こいつ。くそ重いな」

二人の兵士が、朝倉を担いで監房から出して担架に乗せた。

「持ち上げろ！」

指揮官らしき男の号令で担架は持ち上げられた。

朝倉は担架が上げられた拍子に右腕を下ろし、呉磊だけに分かるように親指を立てた。

3

二月二十六日、午後三時二十分。アデン。

影山はカヤン・アデン・ホテルの最上階にチェックインしていた。

前日のカイロ国際空港午後九時三十分発のイエメニア航空機に乗り、翌日の午前二時にアデン国際空港に到着している。日によって二便、土曜日は深夜の一便だけだが、早朝からアデンでの活動ができて都合が良かった。

エジプト大使館勤務の中国外務省職員王斑（ワンバン）として、表敬訪問したいとアデンの暫定市長であるサルマーンに事前に連絡を入れておいた。王斑は実在する人物で、エジプト大使館に実際に長期出向という形で勤務している。影山は入れ替わるために王斑の宿泊先のホテルに侵入し、彼の食事に特製の下剤を混入させて病院送りにしておいたのだ。

午前中に市庁舎を訪れてサルマーンに挨拶をした。中国からは様々な人材が送られているので怪しまれることもなく、サルマーンも影山が外務省の職員ということで簡単な挨拶ですませている。その後は、市の職員に案内されて港湾施設の視察をしてきた。イエメンは長い内戦でインフラが破壊され尽くし、復興もままならない状態である。港湾施設も例外でなく、港の復興が課題と言われていた。

輸出入以前に援助物資を安定的に受け入れる必要があるからだ。

視察から解放されて、一時間ほど前にホテルに戻っている。市長からは、好きなだけ滞在してくれと言われているので、自由行動のお墨付きを貰ったようなものだ。

影山は洗面所に変装用の小道具が入った小型のバッグを持ち込み、すでに特殊メークをしている顔に濃いファンデーションを塗って口髭を付けるなど現地人らしく見せる。スーツから色褪（いろあ）せたTシャツとチノパンに着替えた。金目の物は持たない。武器は両足首のホルダーに差し込んだ小型のタクティカルナイフだけである。

ホテルの裏口から出た影山は、表のジャャリー通りを四百メートルほど歩き、ショッピングモールの駐車場に客待ちしているタクシーに乗り込んだ。

「アル・ハマディ・レストランに行ってくれ」

影山はアラビア語で言った。

「パン屋もあるレストランかい？」

運転手は咥え煙草で尋ねてきた。

「そうだ」

影山はぼったくられないように表情も変えずに答えた。

タクシーは五分と掛からずにレストランに到着する。歩いても大した距離ではないが、尾行がないか確かめるためにあえてタクシーを使ったのだ。

さりげなく周囲を見回した影山はタクシーを降りると、レストランを通り過ぎて隣りにある小さな自動車修理工場を覗いた。修理工場といってもシャッターもない屋根があるだけという粗末な倉庫である。男が一人で古い型のハイエースを修理していた。この街では日本車の中古車をよく見かける。中東ではどこの国でも日本車は絶大な人気があるのだ。

「ハイサムという腕のいい修理工がいると聞いたが、あんたか？」

影山はさりげなく尋ねた。

「そうだ」

ハイサムは手を止めることなく、無愛想に答えた。

「日本のトヨタを売っていると聞いたが」

影山は修理中のハイエースの運転席を覗きながら尋ねた。右ハンドルのままである。この国に日本の新車はないのだろう。

「あるにはあるが……。型は？」

ハイサムは手を止めてじっと影山を見つめている。

「一九七三年型セリカ２０００ＧＴ」

影山は古い型のスポーツタイプをあえて言った。

「付いてこい」

ハイサムはオイルで汚れた手を布で拭き取ると、倉庫の奥にあるドアを開けた。ドアの向こうには小部屋があり、簡易なベッドと椅子がある。表の倉庫の他にもまだ部屋があるのかもしれない。

「おまえの言った合言葉は、同盟国の諜報員のものだ。どこの国だ？」

ハイサムはベッドに座ると、影山にソファーを勧めた。「一九七三年型セリカ２０００ＧＴ」は、モハメドから聞いたサウジアラビアの諜報員に接触するための合言葉である。

「俺はフリーだ。〝冷たい狂犬〟というコードネームで呼ばれている。サウジアラビアの同盟国の友人から君を紹介された」

影山はソファーの近くで立ったまま答えた。

「日本人の諜報員で〝冷たい狂犬〟と言えば、中国や北朝鮮では賞金首と聞いたことがある。とっくに死んだと聞いていたが、本物か？」

ハイサムは影山を見て首を捻った。アラブ系の顔立ちに見えるので疑っているのだろう。

「ＩＤを持っていると思うのか？　素顔は他人に見せたことがない。こんな紛争地帯まで来て嘘を吐いても仕方がないだろう」

影山は鼻先で笑った。

「確かに。何の用だ。条件によっては話を聞いてもいいだろう」

ハイサムは煙草の箱を出し、影山に勧めた。条件とは金のことだろう。

「二人の中国人が、アデン湾に面したフーシーのアジトに拘束されていると聞いた。一人はオッドアイの大男らしいな。本当か？」

影山は右手を振って煙草を断ると、ポケットから米国百ドル紙幣を五枚出し、ハイサムに渡した。充分な額だろう。

「本当だ。だが、その情報はもう古い。彼らは自力でアジトを脱出してアデン沖で漂流しているところをイエメンの海上警備隊に捕まった。いずれ中国政府に引き渡されるだろう」

ハイサムは金を受け取り、苦笑を浮かべた。

「まさか。アデンにいるのか？」

影山はぴくりと頰を動かした。

「その中国人の口封じを依頼されたのだな？」

ハイサムは煙草に火を点けて頷きながら聞き返した。

「その反対だ」

影山は鼻先で笑った。〝冷たい狂犬〟は非情な殺し屋として名が通っている。否定はしないが、ヒットマンではない。

「助け出すのか」

ハイサムは目を見張った。意外だという顔付きだ。

「報酬は弾むぞ」

影山はビジネスライクに言った。

「俺の立場は分かっているよな。情報は教える。だが、人手を集めることはできない」

ハイサムは頭を掻いた。二重スパイとはそういうものだ。

「人手の心配はするな」

影山は僅かに口角を上げて笑った。

午後三時五十分。カヤン・アデン・ホテル。

柊真は最上階の一室でロシア製の拳銃MP‐443の手入れをしていた。

一昨日の夜にニジェールでの任務を終えたケルベロスのメンバーは、昨日の午前三時四十五分ニアメ国際空港発のターキッシュエアラインズに乗り込んでいる。イスタンブールでトランジットし、午後二時発のエジプト航空機に乗り換えて午後三時十五分にカイロ国際空港に到着した。

空港でそのまま待機していた柊真らは、午後六時に影山と合流して綿密な打ち合わせをしている。影山は柊真と岡田と浅野の三人分の衣装とパスポートを用意していた。

影山は中国外務省の王斑に扮し、イエメンに入国するという。柊真らはその秘書と護衛という役目をするため、共にアデン空港へ向かったのだ。セルジオとフェルナンドとマットの三人はカイロ国際空港から別行動を取っていた。

「それにしても世界中に傭兵代理店のネットワークがあるなんて知りませんでした」

浅野が分解したMP‐443の部品にガンオイルを塗りながら言った。岡田は傍らで黙々と銃のスライドを磨いている。錆(さび)こそないが、彼の銃は使用後の保管法が悪いので徹底した手入れが必要なのだ。

「今度日本に戻ったら、二人とも傭兵代理店に登録しておくといい。様々なサービスが受けられ活動の範囲が広がるからな」

柊真はMP‐443に銃弾を込めたマガジンを装填した。9ミリパラベラム弾を使用する比較的新しい銃ではあるが、ロシア製のため、スライドやグリップフレームがスチール製で古臭い。贅沢は言えないが、マガジンは十八発装弾できるので問題はない。

日本の傭兵代理店にイエメンで武器を入手したいと打診したところ、アデンには傭兵代理店はないので武器商を紹介してくれた。また、傭兵代理店から発注した方が安くなるというので、任せておいたら、ホテル宛に四丁のMP-443と銃弾、それに小型のタクティカルナイフなどが届けられていたのだ。武器商も初対面の相手とは、直接商売はしないらしい。

柊真らは影山に同行して市庁舎と港湾施設の視察に付き合ってホテルに戻ったところ、フロントから荷物を渡された。はじめて扱う銃でしかも武器商の商品だけに、品質に不安を感じたが分解掃除をした感じでは、手入れさえすれば問題はなさそうである。

「それにしても、影山さんとは古いお付き合いなのですか？　かなりの年齢だと思いますが」

浅野は銃を組み立てながら尋ねた。彼も岡田も影山とは初対面なのだ。

「彼は変装の名人だ。年齢は不詳だが、四十前後のはずだ。俺は素顔に近い顔を見たことがあるが、結構若いよ。仕事柄、素顔は誰にも見せないそうだ」

柊真は苦笑を浮かべて答えた。

「驚きですね。てっきり六十代後半かと思いました」

岡田が両眼を見開いて言った。

「本物の中国人の年齢が六十七歳だそうだ。それに合わせた変装をしているはずだ。彼のことは全面的に信じていい。俺たちは、彼の手となり足となればいいんだ」

柊真は立ち上がって銃をズボンの後ろに差し込み、それを抜く際の感覚を確かめた。違和感があるようでは使いこなせないからだ。

「今回救出する朝倉さんって、中国の諜報部に拉致されて駆逐艦から自力で脱出したそうですが、なんだかとんでもない人ですね」

浅野は組み上がった銃のスライドの調子を見ながら言った。影山と打ち合わせをしたのは柊真だけである。というのも、影山は多人数で行動することを嫌ったからだ。

柊真はスケジュールや段取りは詳しく説明していたが、作戦目的は日本人救出と伝えただけだ。現地の状況により、取るべき行動も変わるので影山次第というのが現状である。

「藤堂さんとも知り合いなんだ。特戦群のエリートだったが、演習中の事故で負傷、退役を余儀なくされて警官になり、警視庁の一課で刑事をしていたそうだ。その後、理由は知らないが自衛官として復帰し、現在は警視庁の警視正と陸自の三等陸佐の二つの階級を持つ、日本で唯一無二の存在らしい。特別強行捜査局の副局長だそうだ」

柊真も聞いた時は驚きを隠せなかった記憶がある。同時に日本でたった一人という存在に興味があった。

「ええっ！　そんなすごい人いるんですか。それほどの重要人物が拉致されたって、国家の一大事じゃないですか」

浅野が手を止めて驚いている。

「まあな。だが、日本政府に何ができるか。そもそも、朝倉さんがイエメンにいることすら知らないんだ」

柊真は鼻先で笑った。

「それじゃ、今回の作戦は国家の危機を救うことになるんですね」

岡田が妙に張り切った声で言った。

「なんだか、スパイ映画みたいでワクワクしますね」

浅野は組み立てたＭＰ－４４３のトリガーを引いてスライドの状態を確認した。腕が鳴るとでも言いたいのだろう。

「みたいじゃないぞ。俺たちはスパイと見なされる。捕まれば死刑だ」

柊真は浅野と岡田を交互に見て言った。

4

午後三時四十分。アデン。

気を失った振りをした朝倉は、海上警備隊庁舎から八百メートルほどはなれた場所にあるバスハイブ軍事病院に収容された。

搬送中に薄目を開けて病院までの経路や病院内を確認したが、軍病院というだけあって要所に警備兵が立っていた。血を流せば病院に搬送されて脱出のチャンスが窺えるかと思っていたが、まさか警備の厳重な軍の病院だとは思わなかった。しかも、警備兵は警戒を怠らず、しっかりと見張りをしている。おそらくフーシーのテロを警戒しているのだろう。

一時間前に簡単な縫合手術をされた。軍病院だけあって怪我人の手当てには慣れている。思っていたより出血したため、今は処置室の片隅のベッドで点滴を受けていた。両手首に手錠を掛けられてベッドに繋がれているため、逃げることはできない。もっともチャンスがあっても今は逃げるつもりはない。万全とはいえなくても、逃走できるまでに体調を回復させるつもりだ。点滴が終わり次第海上警備隊に戻されると聞いている。

逃げようと思えばいつでも逃げられた。木造船で海上警備隊に囲まれた時、道具箱から手錠の鍵を開けるのに丁度いい長さである三センチほどの釘(くぎ)を出して口の中に隠してある。尋問の時は口から吐き出して掌(てのひら)に隠し、終わればまた口に戻した。前回駆逐艦青洲から脱出する際、手錠の鍵を開ける道具を手に入れるのに苦労したので、捕まる前に道具を入手する知恵が備わったのだ。官憲である朝倉が喜べるような知恵ではないが。

二十分後、点滴が終了する。

「終わりました」

点滴の針とチューブを片付けた看護師が、見張りに立っている兵士に告げた。縫合手術の助手も務めてくれた看護師だ。

朝倉は目を閉じ、されるがままにしている。出血でぐったりしているように見えるだろう。

「歩かせて大丈夫か？」

困惑の表情で兵士は尋ねた。海上警備隊の庁舎から朝倉を運び出した兵士である。

「脇腹に深い傷を負って大量の出血をしているのですよ。歩かせられると思います？　車椅子を使えばいいんじゃないですか」

看護師が早口で言い返した。腹を立てているようだ。

「そうするか」

兵士は頷くと、同僚を呼んで処置室に置かれている車椅子をベッドの脇に寄せた。別の兵士が少し離れてＡＫ４７を構えている。隙だらけだが、一応訓練されているようだ。

兵士が左手側のベッドに繋がっている手錠を外して右手首に掛け、右手に掛けられていた手錠を外した。手順は分かっているようだ。

「しっかりしろ。さっさと車椅子に乗れ」

兵士は朝倉の上半身を無理やり起こすと、耳元で怒鳴った。

「分かった。怒鳴らないでくれ」

朝倉は弱々しい声で答えた。口の中に釘を隠しているので、大きな声が出せないこともある。病人のようにゆっくりと足を落とすと、わざとふらつきながら車椅子に座った。

二人の兵士に病院の外まで連れ出され、外に停めてある車に乗せられた。一分とかからず海上警備隊庁舎に着く。

「ここから先は歩け」

兵士は朝倉の肩を叩いた。

「分かった。早く歩けない。急かすな」

朝倉は震えながら立ち上がると、壁伝いに歩く。五分ほどかけ、監房まで辿り着いた。

「無事だったのですか」

呉磊は両手を上げて喜んでいる。言葉も分からない世界で心細かったのだろう。

「おれに抱きつくなよ」

朝倉は鉄格子に摑まりながら、中に入ると床に座り込んだ。

「大人しくしていろ」

兵士は額に浮いた汗を軍服の袖で拭うと、朝倉を睨みつけながら監房を出て行った。

「治療はちゃんと受けられたのですか？」

呉磊は心配そうに尋ねた。

「しっかり縫ってもらったよ」

朝倉は欠伸をしながら答えた。

「それはよかったです」

安堵したのか、呉磊はへたり込むように床に座り込んだ。

「とりあえず、寝るから晩飯が出たら起こしてくれ」

朝倉は手枕で横になった。

5

午後十一時五十六分。アデン。

古いダットサントラックの荷台に重機関銃を取り付けた、いわゆるテクニカルが海上警備隊庁舎前に停まった。

助手席から赤いベレー帽を被ったイエメン陸軍の将校が降りると、荷台からＡＫ４７で武装した二人の兵士が飛び降りた。将校は影山で、荷台に乗っていたのは柊真と浅野であり、運転席に残っているのは岡田である。

影山は言うに及ばないが、柊真らも影山に口髭や肌色を変えるなどの特殊メーキャップをされて、それなりにイエメン人に見える。もっとも薄暗い夜限定という程度だ。

影山は庁舎の両開きの玄関を開けようとしたが、閉まっていた。想定内のことではある。

サウジアラビアの諜報員であるハイサムから、朝倉が海上警備隊の庁舎内にある監房に拘束されているという情報を得ていた。影山は朝倉を暴力的な手段に訴えずに、イエメン海軍よりも格が上である陸軍兵士に扮して基地に移送するという名目で海上警備隊の庁舎から脱出させる作戦を立てたのだ。

もっとも、陸軍兵士に化けるために郊外でパトロールをしていた小隊を襲っている。ハイサムから一番手薄で人数の少ない小隊の位置情報を教えて貰っていたのだ。影山が手伝うまでもなくケルベロスの三人が、休憩していた小隊の八人を拘束した。兵士らを近くの廃屋に縛り上げて、必要な装備と軍服を手に入れている。

「ここを開けろ！　何をやっている」

影山は玄関ドアを乱暴に叩いた。当直の兵士は通常は四名だという。監房に朝倉らがいるため今日は二人増えているそうだがたいした数ではない。ただし、兵舎が隣接しているので、騒ぎを起こすと厄介だとハイサムから注意されている。庁舎の見取図も手に入れていた。ハイサムはフーシーが得た情報を本国の情報機関に報告するのが主な任務らしい。だが、それだけでなく、イエメン政府の複雑な状況も調査する役目を担っているため、なんでもよく知っていた。

「なにごとですか？」

奥の部屋から、眠そうな顔をした兵士が現れて玄関の鍵を開けた。六人の当直の内、眠らないのは二人だけだと聞いているが、表情を見ればうたた寝していたことは分かる。

「陸軍第十二分隊ナワフ少佐だ。囚人の移送命令を受けた。監房に案内しろ」

影山は高圧的に捲し立てた。

「囚人の移送には、最低限大尉の許可がいりますが、当直に尉官はおりません」

玄関ドアを開けた兵士は上目遣いで答えた。

「だったら、すぐに許可を得るんだ。二人の囚人を狙ってフーシーのテロリストがここを襲撃するという情報が入った。もたもたしていると囚人だけじゃなく、君らも殺されるぞ。囚人を陸軍基地に移送し、その情報を流せば、君らの安全も確保できる」

影山は兵士の胸を人差し指で突いた。

「本当ですか！」

兵士は両眼を見開いた。目が覚めたようだ。

「嘘を吐いてどうする。死にたくなかったら、すぐ大尉に連絡しろ。トップの大佐でもいいぞ」

影山は早口で言った。兵士に考える余地を与えないためだ。

「どちらも、自宅です。夜間の連絡はできないと思います」

兵士は泣きそうな顔になってきた。

「だったら、当直の責任者に判断させろ」

影山は首を絞めるように兵士の胸ぐらを摑んだ。

「私です。軍曹の私が当直の責任者です。……監房に案内します」

兵士は目を白黒させながら答えた。

「まったく」

影山は兵士を放して首を振った。

「こちらです」

兵士は首元を押さえて咳払いをすると、廊下を早歩きで進む。奥のドアを開けると、すぐ先に鉄格子のドアがあり、兵士はドア脇のスイッチを上げた。

「ええっ！」

兵士は悲鳴を上げると、慌ててスイッチの下に掛けてある鍵で鉄格子のドアを開けた。

「どうした？」

影山は不安を覚えた。

「いません！　囚人がどこにもいません！」

兵士は両手で頭を抱えて叫んだ。

「何！」

影山は兵士を押し退けのけ、監房の前に立った。監房は廊下を隔てて二つあり、右手の監房のドアが開いている。しかも、床に二つの手錠が落ちていた。

「脱走したんだ」

影山は柊真に目配せした。すると、柊真と浅野は裏口に向かった。

「警報を鳴らします」

兵士は、壁際の赤いボタンに手を伸ばした。

影山は背後から兵士の首を掴み、壁に頭をぶつけて気絶させた。

「役に立たない兵士だ」

鼻先で笑った影山は兵士を監房に転がし、鉄格子のドアに鍵を掛けた。

朝倉は隠し持っていた釘で自分と呉磊の手錠を外し、鉄格子の鍵をなんとかこじ開けて監房を出た。廊下の鉄格子のドアは釘では歯が立たなかったが、外の壁に鍵が掛けられていることに気付き開けることができた。

玄関が騒がしかったので、裏口から抜け出した。もっとも、裏口は海側であるため、都合がよかったのだ。

「牢屋は抜け出せましたが、これからどうするんですか？」

呉磊が尋ねてきたが、足が震えている。

「ここから海上警備隊の桟橋は目の前だ。高速艇が停泊しているのが見えるだろう。それを頂く。アデンからジブチ港までは、二百四十キロ。ジブチの北西部の海岸なら百八十キロ程度のはずだ」

朝倉は声を潜めて答えた。ジブチ港までは無理でも、ジブチ北西部の海岸までは辿り着ける可能性はある。それだけの航続距離があればの話だが。

「また、漂流するんですね」

呉磊が恨めしそうに言った。

「……！」

朝倉は呉磊の口を手で塞いだ。

庁舎の裏口が開いた音がしたのだ。脱走したことが早くもばれたらしい。庁舎の裏側は街灯もなく、闇に包まれていた。できれば、やり過ごしたい。下手に銃を使われたら、深夜だろうと、兵隊を叩き起こすことになる。脇腹の怪我は思っていたよりも深く、朝倉にダメージを与えていた。そのため、トラブルなく船で脱出したいのだ。

二人の兵士がハンドライトを手に近付いてくる。

朝倉は呉磊に頭を下げるように手で押し下げた。庁舎の裏は駐車場だが、車が一台も停まっていない。桟橋の近くには椰子の木があるが、近くに身を隠すような場所はないのだ。建物に張り付き、闇に身を隠すほかない。

一人の兵士が近付いてきた。

朝倉は低い姿勢で近付き、兵士の鳩尾に正拳突きを決め、崩れる兵士の顔面に膝蹴りを入れようと立ち上がった。瞬間、右手から駆け寄ってきた兵士に膝を蹴られて阻止された。数メートル先にいたはずだが、ハンドライトを捨てて駆け寄ってきたらしい。恐ろしい俊敏性である。

朝倉は瞬時に体勢を入れ替え、兵士の顔面に左右のパンチを入れ、休むことなく蹴りを放ったが、ことごとくかわされた。朝倉と同じように大きな体をしており、かなりの武道経験者のようだ。

「待ってください。朝倉さんですか？」

敵兵がいきなり日本語を話した。

「何！」

朝倉は動きを止め、構えるに留まった。

「私は明石柊真といいます。我々は救出チームです。イエメン兵ではありません」

柊真はそう言うと、「こちらバルムンク。『ギフト』発見」と無線連絡をした。「ギフト」とは朝倉のコールサインなのだろう。

「救出チーム？　まさか日本の……」

朝倉は首を捻った。日本政府が救出作戦などするわけがないからだ。

「影山さんが指揮をしています。その方も一緒に脱出するんですね」

柊真は笑うと、ハンドライトと倒れている兵士を軽々と担いで桟橋に向かって走り出した。朝倉が倒したのは柊真の仲間だったらしい。

「影山って、あの影山か？」

朝倉は戸惑いながらも呉磊を伴い柊真に従った。

「ご想像通りだと思いますよ」

柊真は軽く笑って答えた。担いでいる男は八十キロ前後ありそうだが、まるでスキップを踏むかのように軽やかに走っている。

「こっちです」

桟橋に係留してある高速艇から声がした。彼も日本語を話している。

「高速艇に乗るのか？」

朝倉は桟橋を走りながらも尋ねた。

「これで脱出する計画を立ててきました。ご心配なく。オイルは満タンでエンジンに異常がないかも調べてあります」

柊真は気を失っている兵士を高速艇に乗っている兵士に渡しながら答えた。

朝倉が呉磊と乗り込むと、柊真は係留ロープを外して乗り込んだ。音を立てないように先に乗り込んでいる兵士と柊真がオールを漕いで離岸する。

「影山はどうした？」

朝倉は怪訝に思って尋ねた。

「私の無線機を使って、影山さんと直接話してください」

柊真は自分がしていた無線のイヤホンを渡してきた。

――久しぶりだな。後はケルベロスに任せてあるから心配するな。私は別行動をとる。

影山の聞き覚えのある声がイヤホンから聞こえてきた。

「今度、改めて礼をさせてくれ」

朝倉は笑顔で言った。

――それじゃ、……渋谷のミスティック……。

電波状況が悪くなり、無線は切れた。すでに影山は遠く離れているということだろう。

「この高速艇でジブチにでも行くのか？」

朝倉も計画していたとはいえ、航続距離は足りないと思っている。

「ジブチには行きますが、この高速艇では到着できません。仲間が途中で迎えに来ることになっています」

柊真は力強くオールを漕ぎながら答えた。

一キロほど沖でエンジンをかけて高速艇は西南に向かった。操舵は柊真がしており、ボート用のルートコンパスを使っている。あらかじめ用意してきたのだろう。

一時間ほど走ったところで、柊真はボートを停め、照明弾を発射した。

数分でヘリコプターがエンジン音を轟かせ、高速艇の上空でホバリングを始めた。

ヘリコプターから男が降りてくる。

「この人から先に乗せてくれ」

柊真は男にフランス語で言うと、呉磊にハーネスを装着した。朝倉が先に乗せるように頼んでおいたのだ。

朝倉は二度目でヘリコプターに収容された。

収容作業は順調に行われ、最後に柊真が乗り込んできた。

「やれやれ」

朝倉は脇腹に手をやると、血がべっとりとついてきた。柊真を敵兵と勘違いして闘ったときに、傷口がまた開いたらしい。

「怪我してるんですか？」

柊真が朝倉の傷に気が付いたらしい。

「たいしたことはない」

朝倉は笑って答えたが、柊真の声が遠くに聞こえる。

「えっ！　かなり出血していますよ」

柊真は朝倉のシャツをはだけて声を上げた。

「着いたら、教えてくれ。一眠り……」

朝倉は横になり、意識を失った。

フェーズ8：ジブチの襲撃

1

二月二十七日、午前八時五十五分。東京市谷。

防衛省の北門を出た国松は、走って〝パーチェ加賀町〟のエントランスに入った。

監視カメラの認証を受けてドアが開き、ボタンを押さずとも開いたエレベーターに駆け込んだ。

「早くしてくれ」

三十分ほど前に、傭兵代理店から支給されたスマートフォンに代理店から「奪還を確認。詳細は後ほど」という暗号メールが入ったのだ。「奪還」とはもちろん朝倉のことだろう。

傭兵代理店に直接問い合わせることは禁じられているため、佐野が集合を掛けたのだ。国松と共に行動していた北井と横山も少し前に入っている。園崎議員と私設秘書である木下を三人で監視していたのだが、傭兵代理店が貸してくれている応接室には、別々に入るように気を遣っていた。国松はあえて二人を先に行かせて、最後に入ることにしたので焦っているのだ。

エレベーターが開き、二階の応接室に入った。

「おはようございます」

ソファーに座っていた同僚が揃って頭を下げた。

「おはようございます。遅くなりました」

国松は佐野に頭を下げ、その対面に座った。代理店で話が聞けると集まっている。当初、応接室は自衛隊のＯＢから借りているということにしていた。だが、そんな都合のいい話を信じる者は特捜局にはいない。捜査が長引けば、国松と佐野だけの秘密にしておくこともできないと判断し、傭兵代理店に許可を得て情報を共有したのだ。

「我々も着いたばかりだよ。エレベーターホールにある内線電話で、我々が打ち合わせをすると断りをいれたところ、全員が揃ったタイミングで現状を報告すると申し出てくれた。ありがたい話だね」

佐野は穏やかに言った。彼のお陰で誰もが過度に緊張することなく、構えていられるように見える。

応接室は自由に使って構わないと言われているが、使用する際は必ず内線電話で知らせるように言われていた。というのも、エレベーターは通常ロックされているのだ。

「そうですか」

国松が頷くと、横山が立ち上がってエレベーターの前に立った。若いが気働きのする男である。

「エレベーターが動きましたよ」

横山が小声で言った。

エレベーターのドアが開き、白髪頭の男が入ってきた。

「おはようございます。本日はお世話になります」

横山は一番に挨拶をすると、ソファーに戻った。

「はじめまして、傭兵代理店の社長をしております池谷悟郎と申します。ご挨拶はこれぐらいにして、ご報告します。朝倉さんはご無事です。ただ、救出時にかなり出血されていたようで、現在はジブチの病院の集中治療室に収容されています。意識はまだ戻っていないようですが、命に別状はないと報告を受けています」

ソファーの前に立った池谷は、淡々と報告した。「朝倉さんはご無事です」という言葉に、拳を握りしめる者、天を見上げる者、胸を押さえる者など様々だが、誰しも喜びを嚙み締めているようだ。

「救出時の状況を差し支えのない範囲でお聞かせ願えますか？」

佐野が頭を下げると、他の仲間も深々と頭を下げた。

「今回の救出作戦は、むろん日本政府の与り知らぬところで行われました。関係者の名前はお教えできませんが、国際的に活躍されている日本人のフリーの諜報員が作戦の計画をし、彼がフランスの傭兵特殊部隊に依頼しました。アデンで発見した朝倉さんを特殊部隊が高速艇に乗せて脱出し、四十キロ沖合の海域で、ヘリでピックアップしたそうです。ジブチの病院には五十分ほど前に到着したと報告を受けています」

池谷は説明を終えると、咳払いをした。かなり端折(はしょ)って説明しているのを誤魔化しているようだ。

「早く救出されて我々は大変喜んでいますが、二十四日に拉致されて三日足らずで救出するって凄すぎますよね。救助ヘリまで出動したということは、その特殊部隊はこういう訓練をいつでもしているのですか？」

自衛官だけに国松が首を捻った。それに池谷の説明が短すぎると思っているのだろう。

「フランスの傭兵特殊部隊は、兵士としてキャリアを積まれた方ばかりであらゆる軍事作戦に対処できると聞いております。リーダーは日本人で我が社どころか私も個人的にも懇意にしていまして、本当に素晴らしい方です。詳しくお教えできないことが残念でなりません」

池谷は首を大袈裟に振って見せた。

「奪還の報告はそちらから、日本政府にされるのですか？　我々は情報源を明かせない以上、報告できませんので」

佐野は首を傾げた。傭兵代理店は日本政府と極秘で繋がっていると聞いているが、どういうルートを使うのか想像もつかないからだろう。

「幸いと言ってはなんですが、朝倉さんが拉致された件は、公表されていません。政府内でも事実を知っているのはごく僅かです。そのため、当社から関係各所に伝達するだけでうまく収まるでしょう。しかし、今回の事件の背景に中国のとある諜報機関が関与している可能性がありますので、当面の間、政府に報告するつもりはありません」

池谷はきっぱりと言った。朝倉が行方不明だと公表すれば、マスコミ対策で乗船命令を出した防衛省だけでなく政府の責任も問われる。そのため、政府は公表していないのだ。

「やはり、中国が深く関与しているのですね」

佐野は大きく頷いた。

『中国のとある諜報機関』と申し上げたように、私は中国政府そのものが関与しているとは考えていません。現在の中国は独裁国家ですが、習主席がすべての物事を動かしているわけではありません。北朝鮮もそうですが、独裁国家の問題点は、政府や軍や諜報機関などの国家組織から個人に至るまで独裁者の顔色を窺い、必要以上に忖度して行動することです。新型コロナの流行で習主席が『ゼロコロナ』政策を掲げたところ、地方自治体の首長は街を閉鎖し、過度に国民の自由を奪いました。一見成果を出しているようでも実際は患者の数を誤魔化し、患者の殺人さえ行われていたと聞きます。今回の事件も『とある諜報機関』がご褒美目当てに暴走している可能性はあると思います」

池谷はいささか興奮した様子で熱弁した。

「『中国のとある諜報機関』とは、紅軍工作部のことですか？」

佐野は沈痛な表情で尋ねた。紅軍工作部のことは考えていたが、それが事実なら朝倉は命を狙われる可能性があるからだ。

「まだ分かりません。しかし、私見では間違いないと思っています。正直に言って、国家のリーダーが朝倉さんの拉致を命じることはありえないと思います。存在すら知らないでしょう。朝倉さんにかつて謀略を阻止されて、紅軍工作部の信頼は落ちたはずです。そのため、彼らは朝倉さんを処刑することで、名誉挽回を狙っているのではと私は恐れています」

池谷は小さく頷いて答えた。

「忖度による暴走ですか。あり得ますね」

佐野は腕組みをして渋い表情になった。

「それにしても政府に報告しないということは、信頼していないということですか？」

今度は国松が首を傾げながら尋ねた。池谷の口調では政府内部に裏切り者がいるように聞こえるからだ。

「政府を信頼していないわけではありません。ただ、日本の政府機関はセキュリティが脆弱なのでどこから情報が漏洩するか分からないのです。まずは朝倉さんが快復することが先決です。その間の安全性を考えるのでしたら、しばらくの間、口を閉ざしていた方が賢明かと思います」

池谷は佐野と国松を交互に見て答えた。

「そうですね。賛成です。もっとも、我々はどのみちどこにも報告できませんから」

国松は肩を竦めた。朝倉が拉致されたことを知っているのも、ここにいるメンバーだけである。

「ただ、今回の拉致事件と皆さんが捜査されていることは、まったく無関係ではない気がします。皆さんの捜査が今後重要だと思います。微力ながら、我が社がお手伝いできることがありましたら、なんなりとお申し付けください」

池谷は笑顔を浮かべると、エレベーターがある出入口近くにあるカウンターの中に入り、コーヒーの準備を始めた。カウンターの上には二種類のブレンドコーヒーが飲める業務用のコーヒーメーカーが設置してある。

「我々にお任せください」

横山が立ち上がると、大竹も同時に席を立って池谷を手伝った。

「そうですね。私は失礼しますので、ごゆっくり」

池谷はエレベーターに乗ると、妙な愛想笑いを残して部屋を出ていった。

「副局長が救出されたことで、我々に懸念はなくなった。本腰を入れようか」

佐野が仲間の顔を見て言った。この二日間、チームは捜査に手をつけられない状態だったのだ。

「もちろんです。ただ、中村が可哀相ですね。彼なりに責任を感じているようですから」

北井が苦笑を浮かべた。

「私は可哀相とは思わないが、あいつのことだから後で文句は言うだろうな」

国松が苦笑混じりに言った。

中村はスケジュール通りに運航している護衛艦しおなみに乗船している。船を降りたいと申し出たらしいが、一人では何もできないだろうと、護衛艦の艦長に諭されたそうだ。

「あとで釣りが存分にできるように休暇を出せば、問題ないだろう」

佐野の言葉に仲間は爆笑した。

2

午前五時二十分。ジブチ。

「おっ」

目覚めた朝倉は、白い天井を見て声を発した。ここはどこかの部屋の中で、マットレスの上に寝ていることは感触で分かる。救出されたヘリコプターの記憶を更新してもいいようだ。

「目覚めました。ドクターを呼んでくれ」

男の声がした。顔を向けると、体格のいい男が腕を組んで壁にもたれていた。

「確か、明石柊真さんだったね。呉磊はどこだ？　あいつは無事か？」

朝倉は体を起こそうとして顔を顰めた。脇腹に痛みが走ったのだ。左手に点滴を打たれているが、手錠はされていないことに安堵した。

「彼は無事ですよ。亡命を希望したので、私からフランス大使館に連絡し、すでにその庇護下にあります。もう会えないと思いますよ。無理に動かないでください。傷口は七センチほどですが、深さは十センチ、凶器は肝臓のすぐ下を抜けて、大腸と小腸も傷付けていたそうです。結構大変な手術だったんです。よくそんな怪我で私と闘いましたね。無理が祟って悪化したようです」

柊真は自分の右脇腹を指して首を左右に振った。

「怪我をするのは趣味なんだ。俺は気にしない」

朝倉は半身を起こすと、枕を背中に当てた。

「趣味？　合点がいきました。手術を担当した医師が、身体中傷だらけだと言っていましたから」

柊真は屈託なく笑った。

「ここはどこの病院なんだ？」

苦笑した朝倉は部屋の中をぐるりと見回した。医療器具などから集中治療室だと判断できるが、どこの病院かは見当もつかない。

「ジブチ国際空港敷地内にある救急医療施設です」

柊真は答えると、振り返った。ドアが開き、看護師と一緒に医師が入ってきたのだ。

「おお、目覚めたか」

医師は朝倉の脈を測り、聴診器で心臓の音を聞くと、満足げに部屋を出て行った。

「何から聞いていいか分からないほど沢山質問がある」

朝倉の記憶は、救助のヘリコプターに乗ったところまでだ。だが、そんなことより、どうやって救出できたのか、誰が救出作戦に関わっていたのかなど、聞きたいことは山ほどある。

「質問には、移動中に答えます。……こちらバルムンク。やるぞ」

柊真はなぜか無線機を使った。

ドアが開き、二人の看護師が入ってきた。一人は車椅子を押している。

「すぐに移動するのか？」

朝倉は看護師を見て首を捻った。二人ともプロレスラーのように体格がいいのだ。

「ここに長居をすれば朝倉さんの存在は外部に漏れ、安全性を保てないのです。別の場所に、私のチームがエスコートします」

「分かった」

柊真は朝倉の左手から点滴針を引き抜いた。

朝倉はゆっくりとだが、ベッドを下りて車椅子に座った。

柊真を先頭に男たちは朝倉の車椅子を押し、建物の正面玄関から出た。堂々としているせいか、誰にも怪しまれない。玄関前にはハイエースが停められており、荷台のバックドアを柊真が開けた。

「待って」

中国語で誰かが呼び止めた。

「呉磊」

振り返った朝倉は笑顔になった。私服姿の呉磊が、サングラスを掛けた白人に付き添われている。フランス大使館の職員だろう。

「あなたに一言お礼が言いたくて、待っていました」

呉磊は朝倉の手を握り、涙を流した。

「礼を言うのは、俺の方だ。おまえがいなかったら処刑されていたかもしれない。当面は自由に生活するのは難しいだろうが、いずれ真の自由を手に入れられる。頑張れよ」

朝倉は呉磊の手を強く握り返した。

「フランスで落ち着いたら、是非遊びに来てください。私の手料理をご馳走します」

呉磊が朝倉の手を何度も振って言った。サングラスの男が、呉磊の肩を軽く叩いて朝倉から引き離した。長居はできないのだろう。

「達者でな」

朝倉が右手を振ると、二人の男が車椅子の両脇に立ち、朝倉を車椅子ごと軽々と持ち上げて荷台に乗せた。柊真が荷台に乗り込み、車椅子のロックを掛けて傍らに腰を下ろした。

「行くぞ」

柊真がフランス語で仲間に命じた。

二人の男たちは運転席と助手席に乗り、マスクを外すと車を出した。アデンからの脱出時に見た二人の男と違い、ラテン系の顔をしている。

「慌ただしくて、すみません。ジブチで中国の目から逃れる場所は、なかなかないんですよ」

柊真はポケットからサングラスを出すと、朝倉に渡した。オッドアイは目立つからだろう。

空港の敷地を出ると、東海岸のRN2号線に出た。街中と違って、道路脇には乾燥に強い植物がある。緑化プロジェクトによって植えられたに違いない。三十分ほど走り、海岸沿いの田舎町(いなかまち)に入る。

街に入る前に、運転手の男が街の出入口にある建物の前に立っている制服の男に金を渡した。

車はRN2号線から外れ、民家の間を抜けて二十メートルほど南にあるコンクリート製の建物の前で停まった。目抜き通りであるRN2号線はまっすぐ通っているが、他の道は適当に建てられた民家の間の土地に過ぎず、曲がりくねっている。

「ソマリランドの国境の街ロヤカドです。ここなら、安全だと聞いています」

柊真は車椅子のロックを外しながら言った。彼も初めて来た街らしい。先ほど金を渡したのは国境の税関の職員で、入国料を支払ったようだ。ソマリランドがジブチに隣接していることは知っていたが、たった三十分で国境を越えられるとは思ってもいなかった。

目の前の建物の横に停めてある車から三人の男が現れ、朝倉を車から降ろした。彼らはみなフランス語で会話している。

「この街の唯一の町医者に話は通してあるそうです。私が先に挨拶をしてきます」

柊真は一人で建物の中に入って行った。他の仲間は朝倉を囲むようにさりげなく立っているが、油断なく周囲を警戒している。全員タクティカルポーチを下げていた。ハンドガンを隠しているに違いない。

一分と掛からず、柊真が建物の出入口で手を振って見せた。

「行きましょうか。俺の名はセルジオです。よろしく」

残っていた男の一人が、英語で話しながら車椅子を押してくれた。

「歩けなくもないが、手数を掛ける。怪我が治るまでここに隠れるのか？」

朝倉はセルジオに話しかけた。

「そういうことでしょうね。俺たちが護衛するから心配ないですよ」

セルジオは車椅子を押しながら答えた。

「裏らしいです」

柊真は建物を回り込み、裏側にある小さな建物に入った。錆びついたブリキ板で屋根を葺いた十二坪前後の小屋である。

「ここは、空き家だそうです。食事は医師の家でご馳走になるようです。狭いですが、六人は泊まれますね」

柊真は部屋の中を見て苦笑した。ベッドとソファーが一つずつあるだけで、他に家財道具はない。朝倉以外は床で寝るということだ。電気は通じていないらしく、電球ひとつない。医師の家で食事をするのは、テーブルもないためだろう。

「君のチームは俺を救出して護衛までしてくれると言うが、一体誰が資金を出しているんだ？」

朝倉は車椅子から立ち、ベッドに座った。フランス語は話せないので、英語で尋ねた。

「資金提供は、影山さんですよ。彼が救出計画を立てて、資金も出しています。我々は交通費などの実費は受け取りましたが、報酬は貰っていません。あなたは影山さんだけでなく、藤堂さんの友人と聞いています。とすれば、我々にとっても大事な人ですから」

柊真は正直に答えた。

「藤堂のことも知っているのか？」

朝倉は目を見張った。

「藤堂さんは我々の命の恩人であり、目標とする人物です。リベンジャーズは、今は動けない状態なので、影山さんは我々に声を掛けたのです」

柊真は笑顔で答えた。傭兵らしいが、爽やかで好感の持てる若者である。

「クライアントはいないのか。影山と君らに随分と借りを作っちまったな。だが、ヘリまで出動させて、どこかの航空会社も使ったんだろう？」

朝倉は訝しげに柊真を見た。彼らは無報酬で参加しているというが、航空機をレンタルすれば莫大な金が動いたはずだ。

「ヘリはジブチ空軍が所有するフランス製ユーロコプター・エキュレイユですよ。マットが操縦していたんです」

柊真が説明すると、マットが手を上げて笑った。

「ジブチ空軍？　賄賂でも贈ったのか？」

朝倉は首を捻るしかない。

「影山さんがフランスから呼んだ技術者に整備させると、ジブチ空軍に偽の命令書を出していたんです。マットは操縦免許だけでなく、整備士の資格も持っています。夜間に整備するということで、ただで使わせてもらいました。実際に整備しましたが」

柊真が説明すると、仲間が笑った。

「恐れ入ったな。君らの実力は充分すぎるほど分かった。借りを作ったのに厚かましいと思うが、手伝って欲しいことがある」

朝倉はケルベロスの男たちの顔を見て言った。

「……なんなりと」

柊真は仲間の顔を見た後で頷いた。仲間は全員頷いている。

「傷が完治というのなら、三、四日は掛かるだろう。だが、そんなにのんびりとしているつもりはない。やらなければならないことがあるんだ」

朝倉は真剣な眼差(まなざ)しで言った。

「三、四日？　二週間の間違いでしょう。まあ、いいです。聞きましょうか」

柊真は苦笑し、朝倉の傍らに立った。

「俺を拉致したのは、紅軍工作部という中国の諜報機関だ。護衛艦青洲から脱出する前に、艦橋の航海システムを破壊しておいた。だから護衛艦は必ずジブチに戻っているだろう。俺を陥れた連中を拉致し、彼らの謀略を暴くつもりだ」

朝倉は右拳を握りしめた。

「面白い。我々にぴったりの仕事です。でも、最低三日は安静にしてください」

柊真も右拳を握ると、朝倉の拳に当てた。

「作戦も考えてある。とりあえず今日はゆっくりするよ」

朝倉は肩を竦めると、ベッドに横になった。

3

二月二十七日、午後十時五分。バージニア州クアンティコ。

シャノンは本部地下一階にある自室で仕事をしている。彼女は捜査課のブレグマンのチームに所属しているが、ＮＣＩＳ最強のプログラマーとして科学捜査ラボの仕事も兼務しているため、自室を与えられているのだ。

彼女の前には、メインの二十七インチディスプレーを中心に同じ型のサブディスプレーを五台隙間なく配置してある。六台のディスプレーにそれぞれ別のデータを表示することもでき、六台で一つの大きな画像を表示することもできた。以前は大きなディスプレーを一台別に使っていたが、故障した際に六台のディスプレーを統合して使うようになった。予算内でいかに効率よく仕事ができるかを追求した結果である。

六台のディスプレーには、アデン湾を中心とした地図が表示され、様々なポイントと時間や数字が表示されている。シャノンは、国防省から得られる正規の情報以外にＮＳＡ（国家安全保障局）の情報を「こっそりと」使っている。副局長のハインズが、ブレグマンに聞かなかったことにすると言った理由がここにあるのだ。

シャノンは、ブレグマンから特別強行捜査局を貶めようとしている政治家や編集者の正体を暴くように指示を受けていた。そこで、彼女は日本に在住している中国の工作員の情報を得ることができる〝海外派出所〟を調べた。

中国の公安局が海外に秘密警察の拠点、通称〝海外派出所〟を設置していることが、世界中で問題になっている。中国を含む世界の百九十二ヶ国が批准する〝外交関係に関するウィーン条約〟で、他国内において在外公館以外に許可なく政府関連施設を設置することを禁じている。中国は明らかに国際条約に違反しているのだ。

シャノンは東京にある〝海外派出所〟のサーバーを調べていたところ、いくつかのキーワードを見つけることができた。日本に潜伏している紅軍工作部の〝オメガ〟と名乗る人物から、東京にある〝海外派出所〟のトップに〝撃落鴨子的策略〟に協力せよというメールが送られているのだ。日本語に訳せば「鴨を撃ち落とす作戦」となるが、メールが送られたのが昨年の十一月で、週刊晩秋が「特別強行捜査局の不正と腐敗」というタイトルで記事を出した時期と符合するのだ。

　また、二月二十四日のメールには、「収穫鴨」を祝うという内容のメールが、〝海外派出所〟のトップからオメガに送られていた。不安を覚えたシャノンは、朝倉が乗っていた護衛艦しおなみの艦長が日本宛に送った暗号メールを調べて朝倉が拉致されたことを知ったのだ。

　シャノンはすぐさまブレグマンに朝倉の状況を報告したところ、日本の〝海外派出所〟の調査はペンディングにし、朝倉の捜査に全力を尽くすように命じられている。

　ドアがノックされた。

「どうぞ。入って」

　シャノンは座ったまま確認することもなく言った。

「おまたせ」

　大きなダンキンの箱を抱えたブレグマンが現れた。局の一階にあるダンキンで買ってきたのだろう。

「もしや。……私を太らせて殺す気ですか？」

　シャノンは言葉とは裏腹に両手を擦り合わせている。

「大丈夫だよ。カロリーが高いチョコレートクリーム系は、買わなかったから」

　ブレグマンは猫撫で声で、箱の蓋を開けた。三種類のドーナッツが四個ずつ、一ダース入っている。

「ストロベリーリングのチョコチップ載せ、それにハニーディップ、それにフレンチクルーラー。私のベスト3ね。オーケー、合格よ」

　シャノンは手を叩いてストロベリーリングのチョコチップ載せを摘んだ。

「それで、どうなったのかなと思ってね」

ブレグマンはドーナッツの箱をサイドデスクに乗せると、傍の椅子に座って足を組んだ。

「これまで分かったことを時系列に従っておさらいします。ミスター・朝倉は、二月二十四日、ジブチで拉致され中国の駆逐艦青洲に載せられました。青洲は帰国の途に就いていましたが、二十一時二十二分、ジブチ港から二百九十六キロの海域で停止しました。二時間も同海域に停泊した後、なぜかジブチに引き返しています」

シャノンは左手のドーナッツを頰張りながら、マウスでディスプレー上の船の形をしたポイントをクリックした。ポイントから時刻や座標などのデータがふきだしで表示される。

「朝倉は、駆逐艦青洲から二十一時二十二分より少し前に脱出したと考えてよさそうだな。その位置ならうまくいけばソマリランドの海岸に到着できそうだ」

ブレグマンは腕組みをして頷いた。

「五時間前、ジブチの中国の海軍基地にある栈橋の監視カメラの映像に駆逐艦青洲が映っていました。ボートが一隻、無くなっています。朝倉さんが脱出のために盗み出したのでしょう。ただ、ソマリランドに到着したのではなく、なぜか反対方向のイエメンの海岸に到着したらしく、その後アデンに拘束されていたようです。このエリアは西側よりも中東の諜報機関の方が詳しいですからサウジアラビアの総合情報庁を調べたら、中国の駆逐艦から脱走した二人の中国兵がアデンの海上警備隊に拘束されていることを摑んでいました」

シャノンはこともなげに言うが、他国の諜報機関のサーバーをハッキングしたということだ。

「二人の脱走中国兵？　そのうちの一人が朝倉だというのか？」

　ブレグマンは渋い表情で首を傾げた。

「現地の諜報員が一人はオッドアイだと報告しているのです」

　シャノンは得意げに言うと、食べかけのドーナッツを口にした。

「脱出じゃなく、脱走と思われているのか。朝倉はイエメンに拘束されているんだな」

　ブレグマンは大きな息を吐き出した。

「現地時間の零時八分までは、拘束されていました。イエメンとクアンティコでは時差が八時間ありますから、こちらでは今日の午後四時ごろまではミスター・朝倉は、アデンにいたようです」

「まだ、続きがあるのか？」

　ブレグマンは立ち上がってシャノンのすぐ近くまできた。

「私を誰だと思っているんですか？　私がサウジアラビアの諜報機関の情報を得たのは、九時間前ですよ。私はすぐさま米軍の軍事衛星で監視していたんです。情報だけで、本人の確認をしていませんでしたから、確証が欲しかったのです。そしたら、ミスター・朝倉は零時十分に特殊部隊に救出され、高速艇で脱出したようです」

　シャノンは不敵な笑みを浮かべて言った。

「救出されたのか。どうして、その時、教えてくれなかったのだ？」

　ブレグマンは憮然とした表情で尋ねた。

「アデンの海上警備隊の庁舎に拘束されているという情報だったので、監視を続けたのです。すると零時を過ぎて動きがありました。建物から出てきた二人の男が、特殊部隊と思われる兵士とともに脱出したのです。しかし、顔を認識するほど解像度は上げられませんでした。状況からすれば、ミスター・朝倉が救出されたとみるべきでしょうが、確証がなかったのです。それでは報告できませんから」

シャノンは人差し指を立て、横に振って見せた。

「救出したというのなら、いったい、どこの国の特殊部隊が助けたと言うのだ！」

ブレグマンは思わず叫んだ。シャノンが結果を言わずに時系列で説明するので苛立ちが頂点に達したのだろう。

「それが、不可解なんです。というのは、ジブチ空軍が深夜にヘリを飛ばしているんです。記録を遡（さかのぼ）って調べましたが、ジブチ空軍は夜間飛行など滅多にしません。このヘリが高速艇で脱出したミスター・朝倉と特殊部隊をピックアップしているのは確かです。でもね、ジブチの国軍には特殊部隊はありません。国軍兵士は関わっていないんですよ。こればかりは調べられませんでした」

シャノンは首を左右に振って溜息を漏らした。

ブレグマンは頭を抱えて声を上げた。

「朝倉は今どこにいるんだ？　無事なのか？　教えてくれ！」

「まずはこれを見てください。ジブチ現地時間、午前五時三十分。空港内にある救急医療施設の監視カメラの映像です」

シャノンはマウスをクリックした。

「うーむ」

ブレグマンはメインディスプレーを見て首を傾げた。車椅子の男が、二人の看護師に付き添われている写真だ。だが、解像度が悪く、不鮮明なのだ。

「この映像を、ＡＩを使って鮮明にしますね」

シャノンはマウスをクリックした。すると、荒い粒子の画像が、みるみるうちに鮮明になる。

「これは、朝倉だ。朝倉に間違いない。ジブチにいるんだな」

ブレグマンは、ディスプレーの映像を指差して小躍りしている。

「三十五分前のことです」

興奮しているブレグマンを見て、シャノンは冷めた表情で答えた。

「えっ！　また移動したのか」

ブレグマンは驚いた表情で尋ねた。

「ミスター・朝倉は、五分ほど前にソマリランドに到着しました」

メインディスプレーを地図に戻し、ジブチとソマリランドの国境を拡大した。

「ソマリランド？」

ブレグマンは力が抜けたのか、椅子に腰を落とすように座った。

4

三月一日、午前七時五十五分。ソマリランド、ロヤカド。

朝倉はベッドから起き上がり、ゆっくりと立ち上がった。

昨日まで立ち上がると脇腹に痛みが走ったが、今日は疼く程度でほとんど痛くない。柊真の忠告を素直に聞いて、この二日間トイレ以外はベッドから離れることがなかった。食事も彼らがトレーでベッドまで運んでくれたのだ。

「いいねえ」

笑みを浮かべた朝倉は、サンダルを履いて小屋を出た。

アデンから脱出する際は、中国の戦闘服にタクティカルブーツを履いていたが、戦闘服は血に染まっていたので捨てられた。病院から抜け出す時は支給された白いパジャマだったが、今はTシャツに綿の半ズボンを穿いている。柊真らがジブチのスーパーで購入してくれたのだ。どうせなら作業服の方がよかったのだが、贅沢は言えない。気楽ではあるが軽装には馴染めないのだ。

「大丈夫ですか？」

小屋の外に立っていたセルジオが驚いた顔で近付いてきた。彼は護衛として、仲間のフェルナンドとともに残っていた。他の四人は、別の場所で朝倉の立てた作戦に備えて作業をしている。

ケルベロスは六名の傭兵チームで、柊真の他にも二人の日本人がいた。元々フランスの外人部隊出身の仲間で作ったチームのため共通語はフランス語で、二人の日本人は昨年参加したばかりで時折英語を交えて会話している。武器はイエメンで調達したらしく、各自ＭＰ－４４３とＡＫ４７で装備していた。

「走らなければ平気だろう。腹が減ったんだ」

朝倉は脚を引き摺ることなく歩いている。午前八時に医師の家のダイニングに用意してある朝食を勝手に食べることになっていた。

医師はマブフートというソマリア系米国人で、ニューヨークで開業医をしていたが、一九九一年にソマリランドが共和国として独立したのを機に翌年移住したそうだ。ロヤカドはジブチ市と並ぶ家畜市場が主要産業の街で人口は四万人弱だが、大きな病院はなく、マブフートを含めて医師の存在は稀有（けう）らしい。

影山は情報機関の知り合いから紹介されたらしく、マブフートは厄介な客を嫌な顔もせずに迎え入れている。おそらく、影山はマブフートに多額の謝礼を払っているのだろう。ソマリランドは独自の通貨を発行しているが、住民は現金を信用していないため、ネット決済が発達している。海外で入金があれば数分後には手元で米ドルの入金が確認できるそうだ。

彼は地域住民でも低所得者には無報酬で医療活動をしている。知的で気さくな好人物であるが、影山から紹介されただけにただの開業医ではないのかもしれない。

「俺たちもタフが自慢ですが、あなたは凄いですね。手術を担当した医師が怪我をしていない場所を探すのが大変だと冗談を言っていましたよ」

セルジオがわざと目を丸くしてみせた。彼はチームのサブリーダー的な存在で、朝倉に気を遣ってよく話し掛けてくる。気のいい男で狙撃のスペシャリストらしい。

「怪我をするのは運もあるのだろうが、迂闊なだけだ。いや、やっぱり、運に見放されているのかもな。警官をしていたころに、手榴弾を喰らっているからな」

朝倉は自分の不運を笑った。これまで幾多の危険を潜り抜けてきた。今回も、死に直面するような場面もあった。生きているだけで儲けものということだ。

「柊真からの又聞きですけど、ムッシュ・藤堂が、あなたのことをベタ褒めだったそうですよ」

セルジオが真面目な顔で言った。

「彼は兵士としても人間としても完璧だ。彼に褒められたのなら、光栄だよ」

朝倉は頭を掻いて、照れ笑いをした。藤堂とは個人的な付き合いもあり、リスペクトすべき人物だと思っている。

「我々は、今回のムッシュ・朝倉の行動に感銘を受けています。三度拉致されて、三度脱出している。不屈の男に我々は惚れ込みますよ。諦めることを知らないというのは、真の戦士ですから」

セルジオは臆面もなく朝倉を褒めた。

「諦めが悪いだけだ」

朝倉は鼻先で笑った。

二人はマブフートの家の勝手口からダイニングキッチンに入った。質素な作りだが、キッチンには水道もあり、電子レンジや冷蔵庫もある。外見は粗末な平屋だが、屋根に太陽光パネルを備えているので電力は自家製だそうだ。

ロヤカドはソマリランドでは中堅の街らしいが、唯一の宿泊施設でも壁がなくシートで葺かれた屋根の下に手製のマットもないベッドが地面に直接置かれただけである。ショッピングセンターと地図に出てくる場所は、ただの空き地に露天商が店を出すというもので、粗末という言葉すら上等に聞こえる。

ソマリランドの首都であるハルゲイサや港町であるベルベラは、他のアフリカ諸国の都市と遜色ないほど賑(にぎ)わいがあるが、他の街や村の貧困率は高い。だからといって貧困と治安の悪化が比例することはない。

ダイニングキッチンのテーブルには、ムッフォと呼ばれる平たく丸いパンが籠に載せられており、傍らにはラクダ肉のトマト煮の鍋が置かれていた。

「ご馳走ですね」

セルジオは二枚の皿にトマト煮を取り分けて、一皿を朝倉に渡した。

「ありがとう」

朝倉は椅子を引いて座ると、フォークを取ってラクダ肉を食す。歯ごたえがあるが、味は牛肉と似ている。ラクダはウシ目なので、似て当然だが臭みがなくて意外と美味い。

「それにしても、中国の工作員に拉致されるなんて、よほど恨みを買っているんですね」

セルジオはムッフォをちぎってトマト煮に浸して食べている。

「一昨年、米軍機密情報に絡む事件で俺は紅軍工作部の謀略を阻止した。昨年も米海軍への破壊工作を阻止したんだ。二年連続で大きな謀略の邪魔をしたからな。恨まれても当然だ。だが、彼らは任務の失敗を馬振東という工作員に押し付けることで、責任回避することにしたらしい」

朝倉はふんと鼻息を漏らした。

「馬振東を処刑すれば済むのにわざわざムッシュを拉致したんですか？」

セルジオは肩を竦めた。

「馬振東は俺と瓜二つなのだ。奴が俺を襲ってきた時に、互いに驚いたぐらいだ。紅軍工作部は馬振東が寝返って日本で活動しているということにし、俺を逮捕して本国で処刑するつもりだった。憎い俺を殺すこともできるし、責任を死人に押し付けられる、一挙両得ということだ。そのために、日本で俺がいた捜査機関を貶めて、俺を国外に放出し、海外で拉致するという姑息な計画を立てたようだ。日本にいる工作員だけでなく、政治家をも巻き込んだ大規模な作戦だったらしい。日本では今頃、俺の同僚が極秘に捜査をしているはずだ」

朝倉もムッフォをちぎってラクダ肉と一緒に食べた。朝倉の状況は、柊真から日本の傭兵代理店に暗号メールで報告されているという。驚いたことに彼も朝倉と同じ傭兵代理店支給のスマートフォンを所持していた。朝倉のスマートフォンは、ジブチで拉致された際に取り上げられている。傭兵代理店ではその場合、遠隔操作でスマートフォンを破壊するそうだ。

柊真はスマートフォン以外にも衛星携帯電話機を持っている。借りることもできるが、無事が知らされているのなら現時点で朝倉から直接コンタクトを取るのは得策でないと判断したのだ。

「……驚いた」

朝倉の話を聞いていたセルジオは、しばらくフリーズした後に息を吐き出すように言った。

「謀略は嘘と同じだ。人は嘘を誤魔化そうとさらに嘘を重ねる。世の中、謀略がなくならないのはそのためだと思う。もっとも、謀略の渦中に巻き込まれたら、笑っていられなくなるがな」

朝倉は苦笑した。

「確かに」

セルジオは頷くと笑った。

5

三月二日、午後九時四十分。ソマリランド、ロヤカド。

街の四百メートル東にある荒れ地に、崩れかけた土壁に囲まれた小屋がある。土壁は南北に八十メートル、東西に七十メートル、小屋は三十平米ほどで、玄関裏口ともに大きな庇(ひさし)があった。小屋は土塀の囲いのほぼ中心に建てられている。

囲いは羊牧場跡で、小屋は牧場主の家だった。何年も前に牧場主が亡くなって放置されていたが、柊真は仲間と一緒に壁や天井の修理をした。朝倉が人気のないエリアにある廃屋はないかと、マブフートから聞き出した小屋である。

朝倉は南側の土塀の外側に掘られた塹壕の中にＡＫ４７を手に柊真と隠れていた。北の塹壕にはセルジオ、残りの四人は、それぞれ東西の塹壕に二人で組んで潜んでいる。柊真らは家を修復するだけでなく土塀の傍らに塹壕を掘る作業もしていた。

――こちらモッキンバード。レディバード、二分後に国境を越えます。

友恵からのＩＰ無線機での連絡が入った。彼女は傭兵代理店から軍事衛星でロヤカドを監視し、ケルベロスのバックアップをしていた。「レディバード」とは、友恵が紅軍工作部の小隊に付けたコールサインである。

「それにしても、傭兵代理店は凄い。紅軍工作部の二人を確認し、彼らをまんまと誘き寄せることに成功するとはな」

朝倉は無線連絡を聞いて笑みを浮かべた。

駆逐艦青洲から脱出した朝倉の居場所を、紅軍工作部が摑んでいないという保証はない。だが、少なくとも彼らは朝倉らが内火艇でソマリランドに逃走したと思っているはずだと考えていた。なぜなら、漂流している朝倉らをフーシーの武装兵が拘束しイエメンに連行するなど、想定できないからだ。

朝倉は内火艇がソマリランドの海岸に漂着し、二人の中国人が地元住民に匿われているという偽情報を何人かのソマリア人を使ってジブチのショッピングモールなど人が集まる場所で広めた。同時にジブチ陸軍の溜まり場である西アフリカ料理店でも噂を流させた。むろん噂が中国のジブチ保障基地にまで届くことを計算してのことだ。

その間友恵は保障基地内の監視カメラをハッキングし、紅軍工作部の楊狼と毛豹の二人を探し出して監視下に置いた。噂を広めてから五時間後の午後九時十分に楊狼が、八名の部下を伴い、二台の軍用四駆〝猛士〟で基地を出たことを確認している。

——こちらモッキンバード。レディバード、国境を越えました。

ジブチとソマリランドとの国境である。

「了解。ありがとう、モッキンバード」

応答した柊真はガスマスクの代わりであるバンダナで口を塞ぎ、ゴーグルを掛けた。作戦は朝倉が立てたが、指揮はチームリーダーの柊真が執る。

二台の〝猛士〟は、ロヤカドの中心部を抜けて西の方角からやって来る。荒れ地を進み、羊牧場跡の西側か北側にある土壁の切れ目から敷地内に入るだろう。以前は移動柵があった場所らしい。出入口の内側に長い釘を打ち込んだ針山状の板を何枚も設置してある。その上を走れば、タイヤはパンクするはずだ。

車が停止すると同時に威嚇(いかく)射撃をして、兵士らを小屋に追い込む。小屋には手製の催涙ガスを発生させる爆薬を四ヶ所に仕掛けてあり、リモートの起爆装置で爆発させることで小屋に催涙ガスを充満させるのだ。小屋に入った兵士らは催涙ガスで目や鼻の粘膜を痛め、銃撃戦をすることなく、制圧することができるだろう。

催涙ガスにする原液はホワイトガソリンを使って唐辛子からカプサイシンを抽出し、煮詰めて濃度を高めて作る。手製でも威力は強烈だ。家を修復したのは、ガスが外に漏れないようにするためだ。また、爆薬は弾丸から抜いた火薬で作った。起爆装置はジブチでリモコンの玩具を購入して作った。一般家庭にあるような物で武器を製作するという特戦群時代のサバイバル訓練が役に立ったのだ。

海風が荒れ地の砂を浚う音に交じり、車のエンジン音が聞こえてきた。

「うん？」

朝倉は首を傾げた。車の音が、牧場跡の手前で止まったのだ。

――こちらモッキンバード。レディバードがドローンを飛ばすようです。

友恵から無線が入った。ドローンの赤外線カメラで周囲を調べ、安全を確認してから敷地内に踏み込むつもりらしい。

「了解」

柊真が小声で答えた。隠れている塹壕にはトタン板が被せてある。また、小屋の窓は催涙ガスが漏れないように板で塞いでいるので、中を覗くことはできない。ドローンを飛ばすほど慎重に行動するとは想定外だが、車で周囲を窺ってから侵入する可能性も考えて塹壕に蓋をして隠れているのだ。

全長二十センチほどの小型ドローンが円を描いて上空を飛ぶと、今度は小屋の周囲を窺うように飛行した。五分ほど、牧場跡上空を飛んだドローンは飼い主の元へと戻って行く。

車が走り出した。

「むっ！」

朝倉は眉を吊り上げた。

エンジン音が間近に迫り、〝猛士〟は朝倉のすぐ近くの崩れかけた土壁を乗り越えって行ったのだ。ドローンで針山の板を発見したのかもしれない。

「撃つな。待機！」

柊真が仲間に無線で命じた。タイヤがパンクしていない車に威嚇射撃をしたら逃げられるからだろう。いい判断である。

二台の〝猛士〟は小屋の表と裏に同時に停止すると、十人の兵士たちが03式自動歩槍を手に車から飛び降りて玄関と裏口に張り付いた。針山を見つけたことで、逆に朝倉が小屋に隠れていると確信したのだろう。

男たちは玄関と裏口で同時にドアを蹴破って突入した。

「今だ」

柊真の号令で東西の塹壕にいる仲間がロープを引いた。ロープは庇の柱に繋がっており、柱が抜き取られた庇が玄関と裏口を塞いだ。庇は柊真のアイデアで取り付けたものだ。窓を塞いでも、突入したドアが破壊されたら、密閉度が下がるからである。

柊真が間髪を容れずに手元のリモコンのボタンを押した。小屋の内部で小さな爆発音がし、悲鳴に近い叫び声が聞こえる。爆薬が爆発し、催涙ガスが小屋内部に充満したのだ。

「行くぞ」

柊真の号令で、塹壕から出た。全員が風上である北側から小屋に近付く。離れていても小屋から漏れてきた催涙ガスの刺激臭がする。

小屋の玄関を塞いでいた庇が内側から破壊され、男たちが団子になって転げ出てきた。誰しも咳き込みながらぐったりしている。

「拘束！」

柊真の命令で仲間が楊狼ら十人の男たちを樹脂製の結束バンドで後ろ手に縛り上げた。

「俺の出番はなかったな」

朝倉は腕組みをして苦笑した。

フェーズ9：極秘帰国

1

ジブチ国際空港の南に米海軍基地であるキャンプ・レモニエがある。

キャンプ・レモニエは、米国アフリカ軍麾下(きか)の「アフリカの角」地域統合任務部隊（CJTF-HOA）の拠点であり、米軍のアフリカ大陸における監視ドローン基地ネットワークの中心としても機能していた。ジブチ国際空港における海外の軍事施設としては最大規模である。


三月三日、午後八時四十分。ジブチ。

米軍の砂漠迷彩戦闘服を着た朝倉は、キャンプ・レモニエのエプロンの端に佇んで数十メートル先に駐機している輸送機C-17〝グローブマスター〟を見つめている。

C-17は離陸前の最後の点検に入っており、整備兵が慌ただしく動いていた。米国からジブチに補給物資を運び、空になった貨物室に転属する海兵隊の兵士を乗せて沖縄の嘉手納(かでな)基地に向かうことになっている。

　昨夜、朝倉とケルベロスは楊狼が指揮する紅軍工作部の小隊を罠に掛けて制圧した。楊狼と毛豹の二人だけ連行し、残りの八名の兵士は羊牧場跡の小屋に手足を縛って監禁してある。朝倉らがジブチを離れたらマブフートが、ソマリランド政府に通報するように頼んできた。

　政府と言っても大きな組織ではないため、不法入国や武器所持を咎めて中国の機嫌を損ねるようなことはしないはずだ。ちゃっかりと０３式自動歩槍と〝猛士〟の一台を没収する可能性はあるが、国境の外に追い出して終わりにするだろう。

　楊狼らを尋問したところ、情報は米国への亡命を条件に提供すると逆に提案された。朝倉の拉致に失敗し、なおかつ拘束されたことで中国に送還された場合、死刑は免れないという。だからと言って朝倉を信頼できないため、自白を先にする危険を犯したくはないらしい。

　尋問後に朝倉は柊真から衛星携帯電話機を借りて、楊狼らの米国への亡命を相談するべくＮＣＩＳのハインズに連絡を取っている。驚いたことにハインズは朝倉の動向を把握していた。ジブチで朝倉が拉致されたことを知って探していたらしい。

　また、日本に密かに帰国したいと要請すると、米軍の輸送機に乗るために色々と骨を折ってくれた。ジブチの日本大使館や自衛隊を頼らないのは、日本政府から朝倉の存在が紅軍工作部に漏れることを避けるためである。

　楊狼と毛豹の亡命の件はハインズが国防省を介し、在ジブチ米国大使館に話を通してくれた。手錠を掛けられた二人は、少し離れたところで銃を構えた米空軍警備隊の四人の兵士に囲まれている。移送許可書など大使館で作成した書類は、警備隊の軍曹が所持していた。

二人とも中国の戦闘服では目立つので、つなぎを着ている。肩を落とし、疲れ切った表情をしていた。もっとも、昨夜の催涙ガスでまだ目が腫れているのでそう見えるだけかもしれない。

「米軍の戦闘服は、どうも違和感ありますね。朝倉さんは似合っていますけど」

砂漠仕様の迷彩戦闘服を着た柊真が話しかけてきた。ケルベロスの仲間も近くにいるが、彼らも同じ迷彩戦闘服を着ている。

影山から依頼されたケルベロスの任務は、朝倉を無事に日本に送り届けることだという。朝倉は無用だと断ったのだが、どのみち彼らは日本の傭兵代理店で登録しなければならない用事があるので都合がいいらしい。朝倉が米空軍の輸送機に乗ることになったと伝えると、是非一緒に行動したいと頼まれたのだ。セルジオに護衛は口実で、日本への移動費の節約が目的かと冗談ぽく尋ねたら笑って誤魔化された。

ハインズから米軍の輸送機に乗る条件として、乗員記録を誤魔化すために米軍の戦闘服の着用を要求された。また、亡命を要請した楊狼らの移送も含まれているというのだ。沖縄の嘉手納基地で、朝倉らは横田基地行きの輸送機に乗り換える。楊狼らの移送は沖縄のＮＣＩＳの職員と交代し、彼らは二人をクアンティコ米軍基地に連行するのだ。

ケルベロスが所持していた武器はマブフート医師へ置き土産として進呈した。柊真は穴を掘って破棄するつもりだったが、マブフートに尋ねたところ、喜んで受け取ったのだ。国家として認められていないソマリランドの平穏が続くとは限らない。そのため武器は、いくらあっても邪魔にならないからしい。

「君らは誰よりもその戦闘服が似合っている。慣れの問題だろう」

朝倉は柊真と彼の仲間を見て笑った。岡田と浅野は日本人の平均を超えているが、柊真と比べれば一回り小さい。柊真と他の三人は朝倉と変わらない体格をしており、戦闘服がよく似合っていた。

Ｃ-１７の後部貨物ハッチが開き、空軍兵士が右手を大きく振ってみせた。エプロンで待っている兵士に乗れと合図をしているのだ。

「朝倉少佐。二人の中国人の移送をお願いします」

空軍警備隊の軍曹が敬礼し、書類を入れた封筒を渡してきた。朝倉は三佐であるため、米軍では少佐として扱われている。

「了解。任務を引き継ぐ」

朝倉が敬礼を返して封筒を受け取ると、セルジオらケルベロスの五人が楊狼と毛豹を連行すべく囲んだ。

「行こうか」

朝倉は柊真に声を掛けた。

2

一九九一年、ソ連の崩壊によって兵力の削減を迫られた米軍は、反米感情の高まりも手伝って翌年にフィリピンから完全撤退した。だが、米軍内部ではフィリピンは対中国の重要拠点という認識があり、共同軍事演習の継続を望んだ。

だが、ビル・クリントン政権は「世界の警察官」という看板を取り下げるべく軍事費削減を進め、一九九五年の共同軍事演習を最後に米軍はフィリピンとの軍事交流を絶った。

それを手ぐすね引いて待ち構えていた中国がフィリピンの領土である南沙（なんさ）諸島の環礁を占拠し、構造物を構築することで領有を主張する事態に陥ったのだ。後の祭りではあるが、慌てふためいたフィリピンと中国脅威論が高まった米国との間で地位協定が再び締結され、一九九九年に共同軍事演習を再開した。

中国はそんな二国間の協定など意に介さず、南沙諸島に人工島を建設するなど、フィリピンや東南アジア諸国の領海を一方的に自国領海と主張し、年を増すごとに軍事力による海洋進出を強引に押し進めている。「世界の警察官」から失墜した米国など、中国というより習近平には脅威ではなくなったのだ。

二〇一六年には米国はフィリピン国内の五ヶ所の基地を利用する協定を締結し、中国の脅威に対して米国は積極的に関与する方向に舵を切った。さらに、二〇二三年四月の防衛協力強化協定を批准するため両政府間で話し合いが続いている。

三月四日、午後一時二十五分。フィリピン、ミンダナオ島。

ジブチを前日の午後十時に離陸したＣ‐１７は、十時間後の現地時間午後一時十分にミンダナオ島の北部に位置するルンビア空軍基地に給油のために着陸している。

ルンビア空軍基地も二〇一六年の協定によって米軍に使用を許可された基地の一つである。

朝倉とセルジオとマットの三人は空港ビル内の食堂で昼食を食べ終わり、食後のコーヒーを飲んでいた。空港ビルの中に民間航空局が入っているため、食堂には私服の職員が出入りしている。そのため、Ｃ‐１７の乗客となっている十二人の海兵隊の兵士や朝倉らは、午後一時に職員の食事が終わったタイミングで食堂に入った。

外気は二十九度、この時期のミンダナオ島は湿度が低いので比較的過ごしやすい。少なくともジブチに比べれば天国である。空港ビル内はエアコンが利いており、二十五度ほどと快適なため、一緒に食事をした米兵らはＣ‐１７の離陸準備が整うまで外に出るものは誰もいないだろう。

「給油中の点検にしては、時間が掛かりすぎているな」

航空機に詳しいマットが、腕時計を見て首を傾げている。

「トランジットだと思えばいい。ここは南国なんだぞ。一時間や二時間待たされてもおかしくはないだろう」

セルジオが呑気に答え、欠伸をした。

「ラテン時間というやつだな」

マットが苦笑した。

食堂にC-17の副機長が、フィリピン兵と一緒に入ってきた。

「C-17の計器故障により、本日のフライトは中止となった。部品が届き次第修理はするが、出発は明日になるだろう。この基地には宿泊施設はないので、カガヤン・デ・オロのホテルに各自チェックインすることになる。宿泊費は各部隊で精算してくれ。ホテルへの送迎はこの基地の兵士に頼んである」

副機長は淡々と説明すると、朝倉の席までやってきた。カガヤン・デ・オロは、基地の北に位置するフィリピン有数の人口を誇る港湾都市である。

「少佐。君らはどうする？　C-17を使うのは構わないが」

副機長は朝倉に眉を下げて尋ねた。朝倉らは乗客としては好ましいと思っていないのだろう。

楊狼と毛豹は、C-17の貨物室に手錠で繋いである。柊真を含むケルベロスの四人で見張りをしている。見張りは一時間交代で、柊真からの、先に昼食を摂って欲しいという言葉に朝倉は甘えた。

午後一時に輸送機を降りているので、午後二時に交代することになっている。

「我々だけならホテルに泊まるが、捕虜がいる。奴らをホテルに連れて行かれないだろう」

朝倉は首を横に振った。

「駐機中の貨物室は暑いぞ」

副機長は肩を竦めた。

「空軍基地といっても、米軍の基地じゃないし、セキュリティも甘い。Ｃ‐１７に見張りも付けずに放置するつもりですか？」

朝倉は副機長を見上げて言った。

「車と違って大型輸送機ですよ。盗む馬鹿はいないでしょう」

副機長は苦笑を浮かべた。

「盗む必要はないでしょう。フィリピンには、未だに反米派がいるんですよ。Ｃ‐１７のコックピットを破壊されたら、どうしますか？」

朝倉はシルバーグレーのオッドアイを見開き、低い声で尋ねた。

「いっ、いや、そう言われては返す言葉もない」

副機長は渋い表情になった。

「二人の捕虜を日本まで移送することが我々の任務だ。それに、野宿は慣れている」

朝倉はセルジオとマットの顔を見て言った。二人はにやりとしている。

「分かりました。それでは、機内に毛布とレーションを用意させましょう」

副機長は気まずそうな顔で食堂を出て行った。

「少し早いが、俺たちもＣ‐１７に行くか」

朝倉は腕時計を見て言った。午後一時三十五分になっている。キャンプ・レモニエの売店で腕時計や下着などを購入していた。紅軍工作部に身包み剥がされたので、柊真から金を借りたのだ。日本への同行を断りきれなかったのも、彼に色々借りがあるためだ。

「そうしますか。フェルナンドが腹を空かせてぼやき始める頃ですから」

セルジオが頷いて立ち上がった。

「まったくだ」

相槌を打ったマットも席を立つ。

「うん？」

席から離れようと立ち上がった朝倉は、ふと厨房に目をやると中国系と思われるコックと一瞬目が合った。視線を感じたのだ。コックは、慌てて視線を外した。オッドアイの朝倉が気になったのだろう。よくあることである。フィリピンでは、米国系、スペイン系、中国系、インドネシア系などルーツは様々だ。中国系だからといって、珍しくはない。

「どうかしましたか？」

セルジオがさりげなく周囲を窺いながら尋ねた。

「いつものことだ」

朝倉は苦笑すると、食堂を後にした。

3

午後十一時四十分。ルンビア空軍基地。

朝倉とケルベロスの六人、それに拘束している楊狼と毛豹は、Ｃ－１７の貨物室で眠っていた。

Ｃ－１７は、飛行中に警告シグナルが点灯していたらしい。電気系統の故障で機能的には問題なく飛行を続けることができたようだ。機長は修理ができるのなら乗員以外に話すつもりはなかったらしいが、修理不能と判断したことで朝倉ら部外者にも事情を説明したようだ。

空港の技術者と点検したところ、コックピットの基盤が不良だったらしい。ただし、交換する基盤がフィリピンでは調達できず、嘉手納基地に所属する輸送機Ｃ－１３０に交換部品と技術者を乗せて急遽派遣することになった。

Ｃ－１３０は明日の八時に嘉手納基地を離陸し、三時間半後にルンビア空軍基地に着陸する予定である。乗員と十二名の米兵士はカガヤン・デ・オロのホテルにチェックインした。朝倉は捕虜を放っておくこともできずに機中泊になったのだ。

二人の捕虜は貨物室の前方にある階段のパイプに繋いであるので、朝倉はその近くの床に毛布を敷いて横になっている。柊真らケルベロスの六人は、後部貨物ハッチの手前のスペースを使って眠っていた。

外気温は二十三度まで下がっている。だが、窓もない貨物室の温度は二十六度まで上がっている。後部貨物ハッチや後部ドアを開けて外気を取り込みたいところだが、空港の周囲はジャングルのため閉めざるを得ない。デング熱をはじめとした蚊媒介の感染症に注意しなければならないからだ。

朝倉は両眼を見開き、耳をそばだてた。微かだが、外で音がした気がしたのだ。体を起こすと、後部貨物ハッチ手前にある後部ドア近くに柊真が立っていた。機内は真っ暗になるために、ＬＥＤランプを点灯させてある。

朝倉は足音を立てないように柊真に近寄った。眠っていたはずの彼の仲間も全員起きている。傭兵特殊部隊と言われているだけに、就寝中も臨戦態勢らしい。

セルジオが立ち上がり、自分と柊真に任せて欲しいと朝倉にハンドシグナルで合図し、後部ドアのノブを摑んだ。

セルジオがドアを開けると、柊真が暗闇に飛ぶ。

銃声。

「機体を調べろ」

柊真の声がした。

セルジオ、フェルナンド、マットの順で飛び出し、同時に岡田と浅野が捕虜の二人に駆け寄った。緊急時の動きは、あらかじめ決めてあったらしい。

朝倉も右脇腹を押さえて、後部ドア口から一メートル近く下のエプロンに飛び降りた。

セルジオらがハンドライトで機体を照らしている。爆発物がないか調べているのだろう。柊真の姿はない。銃を撃った犯人を追っているようだ。

「相手は銃を持っているんだぞ。大丈夫か？」

朝倉はセルジオに尋ねた。

「あいつはいつだって銃を持っているのと同じなんです」

セルジオは妙な答え方をして笑った。

「見つけたぞ」

前輪近くを調べていたフェルナンドが声を上げた。

「時限爆弾だ。五分にセットしてある。マット、解除できるか？」

フェルナンドは落ちついている。

「まずい！　これは、ダブル起爆だ。くそっ！　取れない」

マットが車輪の格納部を覗き込んで叫んだ。時限起爆装置とは別に無線起爆装置が付いているタイプらしい。

「俺に任せろ」

朝倉は割り込むと、マットを押し退けて時限爆弾を摑んだ。

縦横二十五センチ、厚さ十センチほどのボックス型でかなり強力な磁石で接合されている。ネオジム磁石が使われているのかもしれない。

「うりゃ！」

気合と共に朝倉は、機体から爆弾を引き剝がすと思いっきり遠くに投げた。

三十メートルほど飛んでコンクリートのエプロンの端に落下し、勢いは衰えずに転がっていく。

「馬鹿力ですね。砲丸投げでオリンピックに出られますよ」

セルジオが口笛を吹いて感心した。

四十メートル以上先で爆弾が爆発した。大きな火球が生じ、凄まじい爆風が押し寄せる。

朝倉は腕を上げて顔をガードした。

「危なかったな。五分あると思っていたら大変なことになっていたぞ」

フェルナンドが額に浮いた汗を手の甲で拭った。

「爆弾が見つかったら無線で起爆させるつもりだったのだろう。だが、タイムラグがあったから、無線の起爆装置を押すタイミングが遅れたんだ。爆弾を起爆させた奴は、柊真に追いかけられて慌てて押したのだろう」

朝倉は南の闇を見つめた。基地と言っても地方の空港に過ぎない。基地内の常夜灯はほとんどないが、月明かりでなんとか見える。滑走路は南北に通っており、空港ビルや格納庫は南端の東側にあった。

柊真の姿も見えないが、犯人は南に逃げたに違いない。C－17は空港ビル前のエプロンに駐機している。滑走路の北側と反対側である西側も見通しが利く、東側の空港ビルには逃げ込めない。とすれば、犯人は南に向かって逃げたはずだ。百八十メートル先にフェンスがあり、その先はジャングルになっている。

4

柊真は二人の犯人を追って南に向かって走った。

二つの人影は一・六メートルほどのフェンスを乗り越え、ジャングルに逃げ込んだのだ。

ジャングルに入れば、月明かりさえ射さないだろう。だが、柊真は迷うことなくフェンスを乗り越え、ジャングルの闇に紛れた。

銃声。

柊真の頭上を銃弾が抜けた。当たらなかったが、それは柊真が身を屈めたからで姿は見えているということだろう。少なくとも銃を持っている奴は暗視装置を使っているはずだ。

轟音。

椰子の大木の陰に隠れた柊真は、振り返った。エプロン近くで爆弾が爆発したらしい。仲間が爆弾を排除したようだ。

――こちら、ブレット。我々は無事だ。オッドアイが前輪に仕掛けてあった爆弾をぶん投げた。そっちはどうだ？

セルジオから無線連絡が入った。

柊真はマイクを指先で二回叩いた。了解という意味だ。答えないのは、会話できない状況の時の合図で、この場合無事だと伝わる。三回叩けば、緊急事態で助けを乞うと決めてあった。

――了解。近くで待機する。

マイクを再び指先で叩いて答えた柊真は、目を閉じた。銃弾の方向を見極めて敵の位置は摑んでいる。暗闇での訓練は、子供の頃から散々祖父の妙仁（みょうじん）から受けている。視覚以外の五感を使うのだ。

柊真は五感のうちの聴覚、触覚、嗅覚を研ぎ澄ました。銃を持っている男は、二十メートル先の一時の方向、もう一人の男はその男の後方に隠れている。ズボンの左右のポケットに手を突っ込み、両手に鉄礫を摑んだ。

銃を持った男が右に動いた。

柊真は木陰から出ると男との距離を詰めた。

銃声。

一瞬早く柊真はすぐ近くの木の後ろに飛び、男との距離を五メートル縮めた。

二人の男は逃げる様子はない。柊真が反撃しないので、武器を所持していないと判断したのだろう。だが、男は動きを止めた。二発も外されたので、柊真も暗視装置を装着しているのかもしれない。

柊真が修練した印字なら鉄礫を二十メートル先の的に当てることができる。だが、それはあくまでも目視の場合だ。五感を頼りに投げるのなら十五メートル以下、できれば十メートルまで距離を縮める必要がある。妙仁は五感を鍛えれば、六感という超越した力を得られると言っていた。いわゆる第六感という力で、柊真は若くして会得している。相手の呼吸音だけで姿形を捉えることができるのだ。

音を立てないように跪き、銃を持った男の足元に鉄礫を投げる。

男が驚いて動いた。すかさず柊真は一挙に距離を詰め、投擲する。

「ぐっ！」

呻き声。

男の眉間に当たったはずだ。手加減したので、殺してはいない。柊真は駆け寄って倒れている男の顔面に拳を入れ、男の手から銃を取り上げると素早くズボンに差し込んだ。

周囲を窺うと、数メートル先の草むらに別の男の呼吸音が聞こえる。呼吸が荒いので、仲間に異変が起きたことは察知しているに違いない。だが、動こうとしないのは、逃げないというより動けないからだろう。暗視装置は携帯していないようだ。

柊真は忍び足で近付き、呼吸音を頼りに男の頭に蹴りを入れた。鉄礫を使えば簡単だが、再利用するのに暗闇では回収不可能だからだ。鉄礫はズボンのポケットに四個ずつ常に入れていた。バックパックの皮袋に予備の鉄礫が十六個入れてあるが、無駄遣いはしたくないのだ。

「こちら、バルムンク。二名、確保。手を貸してくれ」

柊真は無線で仲間に連絡した。

蹴りで倒した男を右肩に担ぎ、もう一人の男の奥襟を摑んで引き摺って行く。

朝倉はセルジオとフェルナンドとマットを伴い、空港南側のフェンスまで近付いた。柊真の無線連絡をセルジオらが聞きつけたのだ。

男を担ぎ、なおかつもう一人の男を左手で引き摺ってきた柊真がジャングルの暗闇から現れた。よほど夜目が利くらしい。常人では身動きすら取れないだろう。

セルジオとフェルナンドが身軽にフェンスを乗り越え、二人の男を柊真から受け取った。

柊真はフェンスに軽く手を当てると、助走もなしに飛び越えてきた。朝倉と同じような体型をしているのだが、恐ろしく身軽である。セルジオから聞いた話であるが、フランスの外人部隊で持久力やスピードを問われる訓練では常にトップの成績で、格闘技では入隊直後から教官のアシスタントを務めていたそうだ。というのも、格闘技の教官で柊真に勝てる者は誰一人いなかったかららしい。

「怪我はないか?」

朝倉は柊真の体にハンドライトの光を当て調べた。数発の銃声が聞こえたのだ。

「私は大丈夫ですよ。爆弾をぶん投げたそうですね」

柊真は悪戯っぽく笑った。犯人と格闘したらしいが、普段と変わらない様子である。

「ダブル起爆装置だったんだ。投げるしかなかった。犯人は二人だったのか」

朝倉は苦笑した。

セルジオとフェルナンドが、気絶している男を一人ずつフェンスの向こうから担ぎ上げ、マットがこちらで受け取っている。一人は暗視ゴーグルを装着していた。

二人をフェンスの手前に寝かせると、セルジオとフェルナンドがフェンスを乗り越えて戻ってきた。

「こっちの男、どこかで見た気がするな」

ハンドライトで男たちを照らしたセルジオが首を捻った。二人とも中国系の顔をしている。

「こいつは、食堂のコックだ」

覗き込んだ朝倉は眉を吊り上げた。一人は厨房で目が合ったコックである。

「その男は、多分爆弾を仕掛ける際に、見張りでもさせられていたのでしょう。暗視ゴーグルを装着していた男の銃の腕はなかなかのものでしたので、訓練を受けた工作員だと思います」

柊真はこともなげに言った。暗闇で暗視ゴーグルを装着し、銃を持った男を倒したのだ。特戦群で訓練を受けた隊員でもそこまでできるかと言えば、疑問である。

「二人とも中国系だ。コックは協力を求められただけの素人だろう。工作員に俺を見つけたと、連絡したに違いない」

朝倉は腕組みをして言った。

「とすると、朝倉さんの手配写真をコックは貰っていたんでしょうね。ジブチから極秘で出国したのにバレていたということですか」

柊真は険しい表情になった。

「そう考えるのが自然だな。ひょっとすると、Ｃ‐１７の故障も仕組まれていたのかもしれないぞ。ジブチの米軍基地の整備士、あるいは空港職員に中国の工作員が紛れ込んでいた可能性もある」

朝倉は首を振って頭を掻いた。

「敵は朝倉さんだけでなく、拘束している二人の中国人の抹殺も図ったんでしょうね」

柊真は表情もなく言った。怒りを表に出さないようにしているのだろう。

「口封じか」

セルジオが吐き捨てるように言った。

「この二人、どうしますか？」

柊真が朝倉に尋ねた。

「コックは尋問してから決める。工作員に協力を強制されたかもしれないからな。工作員の方は、一緒に連れて行く。フィリピンに残せば地元警察が逃がすか、逆に抹殺される可能性もあるだろう。そもそも米軍機を爆破しようとしたんだ。米国政府が許さないだろう」

朝倉は工作員の身体検査をし、上着のポケットから小瓶を見つけた。中にはカプセルが入っており、かつて同じく工作員である林波が自決に使用した青酸カリに違いない。

「それに獄中で自殺する可能性もあるかな」

朝倉はふんと鼻息を漏らした。

5

三月四日、午前十時二十三分。ルンビア空軍基地。

朝倉らは空港前のエプロンに立ち、どんよりとした北の空を見上げていた。

気温は二十七度あるが、日差しが雲で遮られているため、昨日よりは過ごしやすい。

昨夜の爆弾でエプロンの一部に直径五十センチほどの穴が空いたが、空港業務に支障はない。工作員に協力していたコックは、家族を殺すと脅されていたらしい。処分は基地の守備隊に任せたが、謹慎処分や減給など軽い処分で許されるだろう。

楊狼と毛豹、それに工作員は格納庫の隅で手錠を掛けられて岡田と浅野が見張っている。昨夜柊真が手に入れた銃は岡田に持たせてあった。三人の中国人には逃亡すれば銃で殺すと脅してある。岡田は浅野よりも、強面（こわもて）なのでそれなりに効果はあるだろう。

楊狼らは同胞である工作員から命を狙われたことを知っているので、距離をおき口さえ利こうともしない。

「機影が見えましたよ」

傍らに立つ柊真は目を細めて言った。

「目がいいなあ。……見えてきた」

朝倉は額に右手を翳して頷いた。

四発ターボプロップエンジンの音が曇り空に響き渡り、Ｃ－１３０が滑走路に悠然と降り立った。滑走路から外れてエプロンに入ると、Ｃ－１７のすぐ後ろで停止する。

後部ドアから道具箱を手にした三人の兵士が飛び降りた。技術者と見られる兵士らは、脇目も振らずにＣ－１７の後部貨物ハッチを上って行く。

「気長に待つか」

朝倉は腕を組んで格納庫の壁にもたれて待つことにした。

「基盤の交換は五、六分で終わるでしょう。その後の点検は四十分、離陸までは一時間というところでしょうか」

マットが説明した。

「一一三〇か。食堂はまだ開いていないしなあ」

朝倉は腕時計を見て溜息を吐いた。C-17に泊まり込んだ朝倉らは、昨日残したレーションの残りを早朝に食べている。午前十一時半に離陸できたとしても嘉手納基地に着くのは、三時間半後、さらに横田基地に着く頃には日が暮れているかもしれない。その間、食事が摂れるあてはないのだ。すでに腹が減っていた。

「耳寄りな情報があります。ここの職員から聞いたんですが、基地のすぐ東にレストランがあるそうです。そこでテイクアウトすれば、いいんですよ」

柊真が朝倉に耳打ちするように言った。同じく貨物室に乗り込む十二人の米兵は数メートル先でたむろしているのだ。

「基地の外には、米兵でも出られないんだぞ。抜け出すのか?」

朝倉は浮かない顔をした。腹が減っているからと言ってそこまで冒険するつもりはない。

「レストランと言っても屋台が集まって近くにテーブルと椅子があるというもので、フードコートのようなものらしいです。屋台料理も美味(おい)しいそうですが、冷えたビールがあるそうですよ」

柊真が「冷えたビール」と言った瞬間にやりとした。

「冷えたビール……。しかしなあ」

生唾を飲み込んだ朝倉は、頭を掻いた。ビールを最後に飲んだのは、護衛艦に乗る前のことである。冷えたビールを飲めるのなら、フェンスを乗り越えても行く価値はあるだろう。

「私とセルジオとフェルナンドが調達してきます。基地職員が同行してくれるそうです。米兵にもお裾分け程度にテイクアウトを渡しますので、気にしなくていいですよ」

柊真はそう言うと、三人は空港ビル脇の通路に消えた。職員に賄賂でも渡したに違いない。マットと岡田と浅野は、三人の中国人の見張りをしなければならないので残った。

彼らと入れ違いに副機長が現れ、米兵らに何か話した。米兵らはなぜか嬉しそうに空港ビルに入って行く。

「基地の計らいで、昼食を作ってくれたそうだ。君らも食べないか？」

副機長は朝倉に尋ねてきた。米兵らはレストランに移動したようだ。

「申し出はありがたいのですが、レーションの残りを食べたばかりですので遠慮しておきます」

朝倉は苦笑を浮かべながら断った。テイクアウトしているとはとても言えない。

「日本人は食が細いなあ」

副機長は訝しげな顔で立ち去った。

十分後、両手に大きな紙袋を抱えた柊真らが戻ってきた。

「えっ。そうなんですか」

朝倉が米兵らはレストランで食事をしていると伝えると、柊真は両眼を見開いた。米兵の分も買ったので、食べ物が余ってしまうと心配しているのだろう。

「大丈夫だ。俺は大食いだから米兵の分まで食べてやる」

朝倉は腹を叩いて笑った。

「いや、まだ時間が早いので、屋台の準備ができていなかったのです。そのため、充分な量は確保できませんでした。米兵の分は買えなかったんですよ。こっそり食べる必要はなくなりましたね。格納庫で食べますか」

柊真は苦笑いを浮かべた。米兵がいなくてかえってよかったらしい。捕虜の分も入れれば、自分たちだけで十人分の食糧が必要になる。それだけでもかなりの量だ。

「一つ持つよ」

朝倉は柊真が抱えている紙袋を一つ受け取り、格納庫に入った。

「エンパナーダ、ホットドッグ、クエッククエックとルンピアン・シャンハイ、それにサンミゲールを人数分買ってきました」

セルジオが格納庫に広げられたシートの上にテイクアウトした料理を並べた。

エンパナーダはひき肉入り揚げパン、ホットドッグは油で揚げただけの真っ赤な甘めのソーセージ、クエッククエックは衣をつけて揚げたうずらの卵、ルンピアン・シャンハイは揚げ春巻き、どれもフィリピンでは人気の屋台料理である。サンミゲールはフィリピン最大手のビール会社のビールで、日本でも入手できる。

「早いところ、片付けようぜ」

朝倉は手を擦り合わせた。

6

朝倉らを乗せたC‐17は、一時間半前の午前十一時五分にルンビア空軍基地を飛び立っていた。十二名の米兵は貨物室の前方にある撥ね上げ式椅子に座っており、朝倉とケルベロス、それに捕虜の三人は後部貨物ハッチ近くの椅子に座っている。

朝倉は向かいの右翼側の椅子に座っている楊狼と毛豹を何気なく見ていた。数日前は逆の立場だった彼らが、手錠を掛けられている姿がなぜか不思議に感じるのだ。彼らは身勝手な計画で朝倉を陥れて墓穴を掘ったと言えばそれまでだ。だが、彼らは自分の組織を守ることこそ国家主席への忠誠だと信じて行動していたらしい。

これまで中国の諜報員と直接闘ったことは何度もあるが、彼らは悪事を働いているという感覚はなかったようだ。中国では幼い頃から反日教育を受けて育つ。特に国家に忠誠を誓って働く諜報員にとって日本は憎むべき敵国なのだ。とすれば、日本に対しての謀略や破壊行為は彼らにとって正義になる。正義の定義が違うからこそ、人は争う。それは国家間でも同じことだ。これまで、中国の諜報員に対して日本を害する敵と思って闘ってきたが、こちらまで感情的に対処してはならないということだろう。

「何を見ている。我々の惨めな姿が、そんなに面白いのか？」

楊狼が朝倉の視線に気付き、睨みつけてきた。貨物室はたえずエンジン音でうるさい。だが、それも慣れるとただの退屈な空間になる。朝倉も退屈を持て余していた。こんな時は眠るに限る。下手に起きているとつまらないことになるものだ。

「なんでもない。気にするな」

朝倉は首を振ると、シートベルトを外して立ち上がった。気晴らしに貨物室前方にあるトイレに行くのだ。今回は三時間半の移動なので体に負担が掛かるというほどでもない。だが、撥ね上げ式の椅子は姿勢が固定されるので疲れる。トイレは、体を動かすための言い訳のようなものだ。

だだっ広い貨物室に荷物は積まれておらず、がらんとした空間が広がっている。乗客となっている米兵は左右の椅子に対面で座り、だらしなく眠っている。朝倉は、貨物室の中央を歩きながら苦笑を漏らした。

薄暗いせいもあるのだろうが、涎を垂らして眠っている米兵が何人もいる。ジブチでの勤務を終えて沖縄に転属すると聞いた。沖縄とジブチでは生活環境は天と地の差がある。ジブチでは過酷な気候というだけでなく、米兵の外出は一切禁止されているそうだ。沖縄転属になり、さぞかし喜んだに違いない。

「うん？」

右眉を吊り上げた朝倉は、立ち止まって眠っている米兵を一人ずつ見た。涎どころか、口から泡を吹いている兵士もいるのだ。

「おい。起きろ」

朝倉は近くの米兵の肩を揺り動かした。目覚めないので軽く頰を叩いてみたが、反応はない。首筋に指を当てると脈はある。だが、酷く弱々しい。

「くそっ」

朝倉は舌打ちをした。隣りの兵士の頰も叩いてみたが、同じである。

「どうしました？」

柊真が駆け寄ってきた。

「こいつら毒を盛られたのかもしれないぞ」

朝倉は別の兵士を揺り動かしながら言った。

柊真は指笛を吹いて仲間を呼び寄せ、ハンドシグナルで指示を出す。

「了解」

マットとフェルナンドが階段を駆け上がり、コックピットに向かう。他の仲間は米兵の状態を一人ずつ確かめ始めた。

「大変だ。機長、副機長とも気絶している。手を貸してくれ」

フェルナンドがコックピットから大声を上げた。機長や副機長まで様子がおかしいというのなら、ルンビア空軍基地の食堂で出されたランチで集団食中毒を起こしたに違いない。食事に遅効性の毒が入っていた可能性も考えられる。

「優斗、直樹」

柊真は岡田と浅野の名を呼び、コックピットを指差した。コックピットは狭いので、彼らが行った方が動きやすいからだろう。

岡田と浅野は階段を上がると、すぐに機長と副機長を抱えて貨物室に下りてきた。

「交代してくれ。マットが機長の席に座った」

フェルナンドが階段を下りて柊真に言った。

「一緒に来てください。私は副機長席に座ります」

柊真は朝倉に向かって言うと、岡田に捕虜を見張っているように、ハンドシグナルで指示をした。緊急事態にも拘わらず、見事な采配ぶりである。

柊真はコックピットに入ると、迷わず副機長席に座った。朝倉はコックピットの出入口に立った。コックピットの手前は乗員の仮眠室になっており、朝倉ならはみ出しそうなサイズの二段ベッドが左手にある。

「報告してくれ」

柊真はヘッドセットをして尋ねた。

「現在、オートパイロットになっています。このままなら自動で沖縄上空まで飛んでいけます。現在位置はルンビア空軍基地から千百キロのフィリピン海上です。嘉手納基地までは八百九十キロ、台湾の高雄(カオシュン)国際空港までなら六百九十キロというところです」

マットは計基盤を見ながら答えた。気流の関係か、予定よりも距離は稼いでいるようだ。この調子なら一時間ほどで嘉手納基地に到着できるだろう。

「ルンビア空軍基地に戻ることはもはや考えられない。高雄国際空港は、距離は近いが民間だから避けよう。マスコミの餌食になりたくないからな。米軍も望まないはずだ。このまま嘉手納に向かう。基地に連絡をしてくれ」

柊真はマットに指示をしながら朝倉に予備のヘッドセットを渡してきた。朝倉に確認しているのだろう。

「いい判断だ。俺の名前を伝えてくれ。ＮＣＩＳにアドバイザーとして登録してある。身元を確認できるはずだ。ハイジャックでないことは分かるだろう」

朝倉はヘッドセットを掛け、マイクを通じて冗談混じりに言った。岡田と浅野以外の四人は、柊真も含めていつも使っているアノニマ（偽名）を搭乗名簿に記載している。管制官に名乗ったところで身元を確認できないため、米軍は怪しむだろう。もし、ハイジャックと判断すれば、軍用機だけに撃墜される危険性もある。

「メイデイ、メイデイ。こちら、ルンビア空軍基地発のＣ‐１７。嘉手納基地管制塔。応答願います」

マットはＣ‐１７のコールサインが分からないため機体名で呼びかけた。

――こちら嘉手納基地管制塔。あなたの姓名と現状を教えてください。機長はどうした？

何度か呼び出すと、嘉手納基地の管制官が応答した。コールサインを名乗らないので怪しんでいるのだろう。

「私はマット・マギー。意識不明の機長、副機長に代わって操縦席に座っている。現在オートパイロットで、沖縄方面への飛行が継続中。後は、責任者から状況を説明します」

マットは無線に答えると、振り返って朝倉にウインクして見せた。

「こちら、俊暉・朝倉。日本のスペシャルポリスだ。NCISのアドバイザーとして登録してある。私は中国の三名の工作員を護送中だ。機長、副機長とも、意識不明。原因は不明だ。また、貨物室で移送中の十二名の兵士も同じ症状で気を失っている。食中毒かもしれないが、毒物が原因の可能性もある。嘉手納基地への緊急着陸を要請する。以上」

朝倉は簡単に説明した。

――マット。君は米空軍のパイロットじゃないのか？

管制官が動揺しているらしい。

「俺は米国人だが、空軍兵士ではない。飛行機の操縦ライセンスは持っているし、コックピットの計基盤はすべて理解できる。問題があるとしたら、C-17の操縦が初めてのことぐらいかな」

マットは頭を掻くと、柊真と朝倉の顔を見た。

柊真は朝倉に笑顔を向けたが、朝倉は両眼を見開いた後で苦笑を浮かべた。

――マットが操縦する以外に道はないんだね。了解。着陸を許可しよう。こちらは緊急事態として待機する。沖縄沖までオートパイロットは絶対切らないでくれ。こちらもレーダーで捕捉し、アドバイスする。そちらも逐次連絡して欲しい。

管制官の溜息が聞こえた。

「着陸させられそうか？」

柊真はさりげなく尋ねた。平静を装っているのか、よほど仲間を信じているのだろう。

「当然だろう。……正直言ってやってみないと分からないけどね。こんなでかいやつははじめてだが、自信はあるぜ」

マットは右拳を握って見せた。その目は輝いている。不安よりも、巨大な機体を操縦する喜びの方が大きいのだろう。

「分かった」

柊真はヘッドセットを外して首に掛け、息を吐いた。

けたたましい警報音。

「どうした？」

柊真は慌ててヘッドセットを掛け直した。

「ロックオンされたんだ」

マットがレーダーを見ながら答えた。ロックオンの警報は鳴り止まない。

――こちら、中国空軍。貴機は、我国の領空を侵犯している。東に変針しろ。

無線にぎこちない英語の音声が入ってきた。国際緊急周波数を使っているのだ。

「待て」

柊真が返答しようとしたマットの肩を摑んだ。ロックオンは、レーダーで捕捉し、ミサイルが発射可能になった状態で、いつでも撃墜できるぞという脅しである。戦闘行為と同じことで、国際法上ありえないことだ。そもそも台湾から七百キロ近い東の公海上である。決して中国の領海上などではない。

――返答がなければ実力行使する。

「どうしますか？　東に百キロほど迂回すれば、大丈夫でしょう。こっちは、武器は何もありませんから」

マットが狼狽えている。はじめて操縦する機体が攻撃されようとしているのだ。当然だろう。

「何も答えるな。このまま進む。兵士の容態を考えれば、一分一秒を争う。迂回している暇はない。単なる脅しだ。無視すればいい」

柊真は強い口調で答えた。

「二機の航空機が急速接近！」

マットがレーダーを見ながら叫んだ。

「マット。無線機を切るんだ。慌てることはない」

柊真が落ち着いた声でマットの肩を叩いた。

二機の戦闘機が機体を掠めるように通り過ぎて旋回する。気流がみだれたためにC－17の機体が大きく揺れた。

「二人とも、気絶した振りをするんだ。敵は乗員の行動不能を知った上で、それを確認しているのかもしれないぞ」

朝倉は操縦席のシートを叩いた。拘束した中国の工作員は、単独で行動していたわけではないだろう。二人の紅軍工作部員の抹殺を図るのなら、まずは機長と副機長が毒で麻痺していることを確認するはずだ。マットが操縦していることが分かれば、本気で撃墜してくる可能性もある。

柊真とマットが頭を傾けて目を閉じた。

旋回してきた戦闘機が、コックピットの真横に付いた。C－17のコックピットを視認しようとしているのだろう。距離は十五メートルほど、異常な接近だ。少しでも操縦を誤れば、接触する可能性がある。世界中でこんな危険な行為をするのは中国空軍だけだ。腕はともかく、マナーや常識どころか国際法の知識もない。

――警告する。撃ち落とすぞ！

パイロットは英語でなく中国語で喚いた。理解できないと思って、わざと中国語を使ったのだろう。

戦闘機はC－17の数十メートル前方に移動した。

「頼むから、それだけは止めてくれよ」

マットは気絶した振りをしながら、呟いた。戦闘機の行動の意図が分かっているようだ。

戦闘機が突然フレアを発射した。フレアは赤外線ホーミング誘導ミサイルに対し、デコイ（欺瞞）として使う火花を散らす爆発反応だ。もし、エアインテーク（ジェットエンジンの吸気口）から火花が入ればエンジンが爆発する恐れがある。

「くそっ」

舌打ちをしたマットは操縦桿を握り、オートパイロットを解除しようと、指先を伸ばした。

「だめだ」

柊真はマットを制した。

戦闘機は執拗に至近距離でフレアを発射する。いくつか機体に衝突し、破裂音を上げた。

「神よ」

マットが俯いた姿勢で十字を切った。

「信じろ。俺たちは死なない。こんなくだらないことではな」

柊真は力強く言った。いつでも死の覚悟を持っているのだろう。

「同感だ」

朝倉はにやりと笑った。

一分ほど、張り付いていた戦闘機が突然離れて行った。

――こちら、航空自衛隊第２０４飛行隊所属のF-15です。中国軍機は立ち去りました。すでに貴機は、日本領空に入っています。米軍から日本人の朝倉三佐が搭乗していると連絡が入りました。確認させてください。

英語で無線が入った。沖縄の航空自衛隊がスクランブルを出したようだ。日本の領空に入ったためさすがに中国空軍も諦めたようだ。とはいえ、自衛隊機のパイロットは、C-17が第三者のコントロール下にあることを警戒しているらしい。

「こちら、特捜局の朝倉俊暉だ。極秘任務のために搭乗している」

朝倉はすぐさま無線に日本語で答えた。

――本当に朝倉三佐ですか。米軍から連絡を受けて上層部では大騒ぎになっていますよ。

パイロットも日本語で応じた。極秘に帰国するつもりで行動しているので、防衛省は朝倉が生きていることも知らないのだ。大騒ぎするのも無理はない。

「だろうな。帰国してから報告する。それまでは上官に騒ぐなと伝えてくれ。パイロットは私の任務に協力している民間人の信頼できるパイロットだ」

――了解です。まもなく、米空軍機も到着します。それまでエスコートします。

「助かった。感謝する」

朝倉は無線を切った。

「東京で宴会開きませんか？」

柊真が陽気に言った。

「俺の奢り（おご）でな」

朝倉は親指を立てて笑顔を浮かべた。

フェーズ10：宣戦布告

1

三月六日、午後八時二十五分。東京市谷。

四谷方面から外堀通りを走ってきた一台のタクシーが、市谷見附の交差点の赤信号で停まった。

「ちょうどいい。ここで降ろしてくれ」

タクシーを降りた朝倉はさりげなく後ろを窺うと、コートの襟を立てて歩き出した。

外気は十四度。三月初旬なのでとりわけ低い気温というわけではないのだろうが、数時間前まで沖縄にいたので寒さが染みるのだ。

一昨日朝倉らが乗ったC－17は、午後一時五十六分にマットの操縦で嘉手納空軍基地に無事着陸している。

予定では一時間後に横田基地の輸送機に乗るはずだったが、朝倉と柊真らケルベロスの仲間は基地内にある一つ星ホテルに足止めされた。機長と副機長、それに搭乗した十二名の米兵が意識不明の重体という異常事態では、当然の処置と言える。

重体の十四名はただちにメディカルセンターに運ばれて治療を受けたが、兵士二名がすでに死亡していた。死亡した二人の血液や胃液などを解析したところ、テトロドトキシンが発見されている。

テトロドトキシンは細菌によって生成されるアルカロイド（塩基性を示す天然由来の有機化合物）で、生成できる生物以外には有毒だ。フグは、それらの細菌を取り込んだ海老や貝を食べることで体内に取り込んで毒性物質を蓄積させる。そのため、テトロドトキシンはフグ毒と言われるのだ。

テトロドトキシンは熱や酸に強く、致死量は一、二ミリグラムで青酸カリの五百から千倍の毒性を持つ。解毒方法はいまのところ見つかっていない。十四人の症状に個人差があるのは、体格差にもよるが毒物の摂取量が違うからだろう。彼らに共通しているのは離陸前に基地の食堂で食事をしたことである。同じ料理でも食べる量が違ったということだ。

テトロドトキシンは摂取してから二十分から三時間後に症状が出る。機長は離陸後機体を安定させ、オートパイロットにセットした。その後、何事もなく副機長と世間話をしたかもしれない。だが、一時間ほどして二人は全身が麻痺し、呼吸困難に陥って意識を失ったのだろう。

二人の死亡者を出した海兵隊ではすぐさまＮＣＩＳが動き、本部から特別捜査官のチームをルンビア空軍基地に派遣した。また、沖縄支局からも特別捜査官が派遣されて証人である朝倉と柊真らの事情聴取をしている。

驚いたことに支局長で旧知のタイラー・マダックスも尋問に加わっていた。副本部長であるハインズから直接話を聞くように命じられたらしい。海兵隊員が関わる事件のため、ＮＣＩＳが捜査を担当するのは当然である。だが、支局長まで乗り出すとは。マットが操縦を代わらなかったらC－17ごと海兵隊員全員が死亡することになったからだろう。それほど米軍にとって屈辱的な事件ということなのだ。

朝倉は今日、横田基地行きの輸送機が出発する直前まで、NCISの捜査に付き合った。というのも、米国本土に三人の中国人工作員を送還する前に、彼らの尋問に通訳として付き合ったからだ。朝倉は事情を知っているだけに、彼らも嘘が吐けないということもあったからだろう。楊狼と毛豹は協力的だったが肝心なことになると、米国本土で保護プログラムを受けてからと口を閉ざした。もう一人の工作員は口を開こうともしなかった。だが、彼も結局は命を狙われたので、時間が経てば祖国を裏切るだろう。

柊真らケルベロスの仲間は、全員の身元がその日のうちに判明し、事情聴取にも素直に応じているので六時間後に解放されている。

朝倉は交差点を過ぎて左内坂（さないざか）に左折した。北風が駆け降りてくる急な坂をゆっくりと歩く。

——こちらバラクーダ。尾行はありません。

坂を上り切ったところで国松から無線が入った。

朝倉は横田基地で無線機を受け取ってタクシーに乗り込み、三度乗り換えてここまで来ている。国松は北井と組んで目立たない車で朝倉の乗ったタクシーを横田基地から尾（つ）け、第三者の尾行がないか監視してきたのだ。彼らとはまだ会っていないが、無線で声だけ聞いている。

——こちらタイガー。周囲に異常なし。

今度は佐野から連絡が入った。佐野は横山、野口、大竹の三人とともに傭兵代理店周辺の要所で見張りをしている。警察ではコールサインなど使わないが、特捜局の捜査員は全員使うことになっているのだ。ルールはないが基本的に動物の名前で、佐野も自分で「タイガー」というコールサインを決めている。

朝倉は無線を聞きながら無言で歩き、〝パーチェ加賀町〟の前で立ち止まった。周囲を見回すと、視界の片隅に佐野の姿がある。朝倉は軽く頷き、マンションの出入口のガラスドアを開けてエントランスに入った。天井近くの監視カメラを見上げ、内側の自動ドアを開ける。

エレベーターに乗り、二階で下りた。

「やっと米軍に解放されたんですね。コーヒーを飲みますか？」

左手のカウンターの前に柊真がなぜか立っていた。

「……そうか、ここは傭兵代理店だったな。コーヒーはもらうよ。だが、もうすぐ」

朝倉は「もうすぐ打ち合わせだ」と言いかけてやめた。柊真と仲間が傭兵代理店に行くとは聞いていたが、今頃ホテルだと勝手に思っていたのだ。彼は命の恩人であり、追い払う必要はない。なんなら仲間に紹介すればいいのだ。

「セルジオらはすでに傭兵代理店に登録を済ませ、昨日の夜から東京観光を楽しんでいますよ。私は朝倉さんを待っていたんです。しばらく暇ですのでお手伝いできたらと思いましてね。池谷さんから打ち合わせのためにここにいらっしゃると聞きました」

柊真はコーヒーカップにコーヒーを淹れながら言った。

「手回しがいいな。それなら、打ち合わせに加わってくれ。捜査も手伝ってもらうかもしれない。だが、銃は使えないぞ」

朝倉は柊真からコーヒーカップを受け取って笑った。

「打ち合わせは遠慮しておきます。捜査の基本は藤堂さんに仕込まれましたから多少はお役に立てるでしょう。いつでも連絡してください」

柊真はにやりとすると朝倉にスマートフォンを渡し、エレベーター横のドアから出ていった。非常階段に通じているのだろう。渡されたのは、傭兵代理店が支給しているスマートフォンだ。朝倉のスマートフォンは、ジブチで取り上げられてすでに破壊されている。なんとも至れり尽くせりだ。

柊真と入れ違いにエレベーターが開き、佐野と国松が入ってきた。一度に入ってくると目立つので二人ずつ行動しているのだろう。

「大将。しぶとく帰ってきたね」

佐野が満面の笑みで朝倉に抱きついてきた。よほど朝倉のことを心配していたのだろう。これほど感情を表に出した佐野を見るのは初めてだ。

「晋平(しんぺい)さん。ごめん。怪我してるんだ」

朝倉は苦笑がてら言った。抱きつかれると、さすがに脇腹の傷が痛む。

「すまん。すまん。若い連中が来る前に年甲斐(としがい)もなく喜んでおこうと思ってな」

佐野は頭を掻きながらソファーに座った。

後ろに控えていた国松が自衛官らしく敬礼した。特捜局では基本的に敬礼しないのだ。

「どうした？」

　朝倉は軽い敬礼を返した。

「信じていたが、この数日、生きた心地がしなかった。だが、困難を乗り越えて帰ってきたあなたを尊敬します。お帰りなさい」

　国松は目に涙を浮かべ、言葉を改めた。

「ありがとう。心配かけたな」

　朝倉は国松の肩を両手で摑んだ。

「はい」

　国松が涙をジャケットの袖で拭った。違いはあれど国松も感傷的である。情報がないだけに余計心配を掛けたということだろう。

　エレベーターが再び開き、北井と野口が、さらに三分後、横山と大竹が現れた。朝倉は仲間一人一人と挨拶を交わし、ソファーに座った。

「長い間、留守にしてすまなかった。みんながどれだけ苦労したかは、想像がつく。本当に申し訳なかった」

　朝倉は両手を膝に突いて頭を下げた。今回の一連の事件の発端は、朝倉自身と言っても過言ではない。挨拶の前に詫びをしたかったのだ。

「何を言っているんです。一番苦労したのは、副局長なんですよ。なんでも一人で背負い込まないでください。一人で世直しはできませんから」

佐野が首を大きく左右に振ると、国松らは同時に頷いた。

「ありがとう。さっそく報告する。沖縄に出向いてきた政務官と会って話をした。今回の事件の裏に紅軍工作部が関わっていることを説明したら、驚いていたよ。俺は事件の捜査を特捜局に任せるように説得した」

顔を上げた朝倉は話を続けた。防衛省の政務官が、嘉手納基地までお忍びで出向いてきたのだ。朝倉の命が掛かっていたので、当初は断片的な情報しか話せなかった。そのため、防衛省自ら動いたのだろう。

「政務官は何と答えたんですか？」

国松が尋ねた。

「特捜局の謹慎処分を解き、俺も捜査に復帰するように命じられた。極秘でとは言われたがな」

朝倉は仲間の顔を順に見て頷いた。

「おおー！　やった！」

仲間が同時に声を張り上げ両の拳を上げた。

「それじゃあ、打ち合わせに入ろうか」

朝倉は表情を引き締めて本題に入った。

2

三月七日、午後七時五十分。

朝倉を乗せたハイエースが、青山墓地傍の外苑西通りを南に向かって走っていた。北井がハンドルを握っており、スーツを着た朝倉は後部座席に座っている。昨日、傭兵代理店の応接室で打ち合わせをした後、特捜局のすべての捜査員を防衛省C棟の大会議室に招集して捜査会議を開いた。

朝倉は捜査員に不在を詫びた後、これまでの経緯を時系列で簡単に説明している。ジブチで拉致されて駆逐艦青洲から脱出した矢先、洋上でフーシーに囚われてまた脱出した。そして帰国する際にC-17の機長を含む乗員が意識不明の中で、中国軍機に進路を妨害されたことも補足している。振り返るとよく生きて帰ってこられたと我ながら思った。

捜査員たちは静かに聞いていたが、誰しも次第に顔を紅潮させた。朝倉の体験ではあるが、自分のことのように腹を立てたようだ。

朝倉の報告の後は、佐野と国松がそれぞれのチームの捜査報告をしている。どちらのチームも鍵となる人物を見つけ出していることで捜査員たちの表情が引き締まった。一人は社共民主党の園崎議員を裏で操っている私設秘書の木下知恩、もう一人は週刊晩秋編集長の宇多川に裏情報を流している銀座のバー〝みずへび〟のママ竹本真奈美である。

二人は巧みに身元を隠していたが、中国籍ということは分かっている。しかも、中国大使館職員や身元不明の中国人と繋がっていることもこれまでの捜査で判明していた。だが、捜査員の人数が少ないこともあり、張り込みを続けても新たな情報は得られなかった。

ただし、中国籍だからと言って疑うのは、人種差別に過ぎず捜査の本意でもない。木下は法律に詳しく、園崎の公設秘書よりも優秀と言われている。また、竹本は経営の才があるらしく、銀座だけでなく、赤坂や六本木に出店計画中だという。二人とも有能なのだ。それが悪目立ちしているという可能性もある。

そこで朝倉は捜査を劇的に進めるべく、二人に揺さぶりを掛けることにした。作戦名は〝ジブチの雷(いかずち)〟とし、警課と防課で単純にチーム分けをした。今回は時間の都合もあるが、課を跨ぐ混成チームにすると練度が変わるためだ。

車は青山墓地を過ぎた西麻布の交差点手前で停めた。

朝倉は傍らに置いてある防寒ジャケットに手を伸ばしかけたが、苦笑して引っ込めた。日中は十八度まで気温は上がり、日が暮れても十五度ある。コートを着ているサラリーマンは街中ではあまり見かけない。今朝は異常な寒気を感じたので持ち出したのだが、もう必要ないだろう。

「さきほど、ターゲット1と2は、店に入りました」

車から降りると、街角から国松が現れて報告してきた。ターゲット1と2は、園崎と木下のことである。

「了解」

朝倉は無線機とリンクしているブルートゥースイヤホンを左耳に差し込みながら頷いた。この近くに国松が指揮する防課の捜査員が十三名いる。四人が路上で張り込みをしており、他の者は二台の車とバイクで待機していた。彼らは園崎と木下を尾行してここまで来たのだ。二人は週に二度ほどこの近くにある〝アン・シャトン〟というフランス料理店で食事をすることは国松らが突き止めていた。周囲は路地裏にダイニングバーやフランス料理店など隠れ家的な名店の多いエリアらしい。

朝倉は交差点で外苑西通りを渡り、一方通行の狭い路地に入った。

「こちらです」

電信柱の陰から横山が顔を覗かせた。

「サンキュー」

朝倉は軽く頷くと右手の階段を三段下りて、半地下になっている〝アン・シャトン〟の洒落た木製のドアを開けた。

「ご予約されていますか」

出入口に立っていた蝶ネクタイをしたウェイターが声を掛ける。

「待ち合わせだ」

朝倉は構わずに店の奥へと入って行く。店内は間接照明で薄暗く、二人席のテーブルが六つ、奥のカウンター席が五つとこぢんまりとしている。空いているテーブルには「リザーブ」と記されたカードが置かれていた。予約がなければ入れない店なのだろう。

朝倉は使われていない椅子を摑むと、奥のテーブル席の横に置いて座った。コース料理がはじまったばかりらしく、中年の男と若い女が品よくスープを飲んでいた。園崎と木下である。

「なんだ。君は？」

園崎が顔を顰めて睨みつけた。国会では偉そうに特捜局を責め立てたが、副局長である朝倉の顔も知らないらしい。

「この女性に耳寄りな情報を与えたら立ち去る。それまで黙っていろ」

朝倉は低い声で言うと、園崎を睨み返した。政務官から捜査は極秘にと言われたが、守るつもりはない。特捜局らしく振る舞うだけだ。

「おっ、おまえは……どうして……」

園崎は仰け反ってスプーンを床に落とした。正面から見てようやくオッドアイの異相に気付いたらしい。

「〝撃落鴨子的策略〟」

朝倉はいきなり中国語で紅軍工作部の作戦名を言った。ジブチで通話した時にハインズからこれだけは聞いていた。というのも通話が中国側にハッキングされていた場合、日米に作戦が漏れていることになり、それが逆に抑止力になる可能性があるからだと言う。「カモを撃ち落とす」という作戦名を聞いた朝倉は電話口で苦笑した。

木下はぎこちなく首を傾げた。演技に無理があるように見える。

「俺はジブチで紅軍工作部に拉致され、護衛艦青洲で連れ去られた。艦内では暴行も受けた。こんな話はどうでもいい。俺は青洲から脱出し、ジブチで楊狼少校と毛豹上尉を逮捕した。二人は亡命を申請したので、今頃米国に向かっている。二人から色々話は聞かせてもらったよ」

朝倉は中国語で言うとポケットからスマートフォンを出し、手錠を掛けられている楊狼と毛豹の写真を木下に見せた。C-17が離陸直後に柊真からスマートフォンを借りて機内で撮影したものだ。

写真を見た木下の顔が見る見る青白くなる。

「日本ではこういう場合、首を洗って待つという言葉を使う。意味は分かるか？」

朝倉は鼻先で笑った。

「何のことかしら。中国には『握髪吐哺(あくはつとほ)』という諺ならあるけど」

木下はわざとらしく首を捻って見せた。

「握髪吐哺」とは人が訪れたら自分が洗髪や食事の最中でもそれらを中断して面接を行うほど、優れた人材を熱心に求めたという故事に由来する諺である。木下は違う意味の諺を引用し、まったく分からないと言いたいのだろう。あるいは認めるのが恐ろしいのかもしれない。

「ついでに俺だけでなく、楊狼と毛豹をも殺そうとした工作員も捕まえて米国に送還した。いずれ洗いざらい白状するだろう。日本支部もどうなるか楽しみだ」

朝倉は鼻先で笑うと、席を立った。木下の手が震えている。

「貴様。彼女に何を言ったんだ？」

園崎が粋がって立ち上がった。身長は朝倉よりも低いが一八〇センチ近くある。相手は腐っても国会議員のため、朝倉は見下ろすだけで手出しはしない。

「場を弁えろ。彼女に聞くんだな」

朝倉は文句を言いたげな園崎を尻目に店を出た。

「後を頼んだぞ」

朝倉は近づいてきた国松に命じると、走って交差点を渡り、ハイエースに乗り込んだ。

園崎らは食事の途中で店を出るかもしれない。いずれにせよ、防課の捜査員が再び彼らに張り付くまでだ。これだけ木下を揺さぶったのは、彼女がボロを出すのを期待してのことだが、日本にいる紅軍工作部の関係者と〝海外派出所〟に宣戦布告をするためでもある。

「出発します」

北井は赤色灯を車のルーフに載せ、朝倉がドアを閉めるなりアクセルを踏んだ。サイレンを鳴らさずに赤色灯だけ点滅させる。急いでいるので警察のパトカーに追われることがないようにするためだ。渋滞こそしていないが、北井はスピードを出して車の間を縫うように走らせた。車高が高い車だけに車体が揺さぶられるが、特捜局の中で一番のドライビングテクニックを誇っているので安心して任せられる。

西麻布の交差点に差し掛かり、後輪を鳴らしながら左折した。六本木通りを猛スピードで抜けて溜池の交差点で右折すると、赤坂一丁目交差点を右に曲がって新虎通りに入る。

虎ノ門二丁目交差点を過ぎて虎ノ門ヒルズの地下を抜ける築地虎ノ門トンネルに入った。北井は都内なら地図を見ることなく、何処にでも行けるという。タクシー運転手も顔負けである。

「この先合流で渋滞になりますので、サイレンを鳴らします」

北井はそう言うとサイレンを鳴らし、新橋の出口から都道４０５号に入った。さすがにサイレンを鳴らされては、この界隈に多いベンツやアウディだろうが一般車は遠慮する。

北井は交差点の赤信号を徐行しながら抜けると、首を横に振った。走りに満足していないらしいが、ここまで十一分で来ている。充分過ぎるスピードであった。

新橋四丁目交差点を走り、国道１５号との交差点で左折した。そのまま高速道路の高架下を抜けて銀座八丁目の交差点を左折し、横断歩道を渡ろうとする歩行者を立ち止まらせて金春(こんぱる)通りに入った所で停止した。

「ご苦労さん」

朝倉は北井の肩を軽く二回叩いて、車を降りた。

「こちらです」

駆け寄ってきた野口に従って朝倉も走る。このエリアは佐野が指揮する十四名の警課の捜査官が張り込んでいた。数メートル先の雑居ビルに入り、エレベーターのドアが閉まらないように止めていた大竹に頷いて乗り込む。

「まだ、ターゲット3と4は動きません。ターゲット2から連絡が来ていないのですね」

野口は無線で確認しながら言った。ターゲット3と4は、週刊晩秋の宇多川とバー〝みずへび〟の竹本のことである。木下が竹本と連絡を取り合うのは想定内だが、朝倉が突然現れる衝撃をできるだけ味わわせたかった。だから、急いで来たのだ。

二人は五階で下りた。目の前の黒塗りのドアに〝みずへび〟と記されている。

朝倉はドアを荒々しく開けた。

「いらっしゃ……」

ドア近くに立っていたノースリーブのミニワンピースを着た若い女が、朝倉の顔を見て声を掛けられずに呆然としている。おそらくヤクザだと思っているのだろう。

右手に女性バーテンのいるバーカウンターがあり、左手にはソファー席がいくつかある。週の初めのためか、時間が早いせいか客はたった一人、宇多川だけのようだ。宇多川の隣りには胸元が開いたセクシーなドレスを着た美人が座っていた。竹本に違いない。

「あのお。……ママ」

困り果てた若い女が、竹本を呼んだ。彼女の視線の先にドレスの女がいる。

朝倉はフロアを進んで宇多川の前に座った。

「おまえは、特捜局の朝倉。護衛艦に乗っているはずだろう。どうして日本にいるんだ！」

宇多川は朝倉の顔を指差して激昂した。

「理由は、隣りのママが知っているはずだ。聞いてみろ」

朝倉は指を鳴らし、若い女を呼んで水を頼んだ。喉が渇いたからだが、仕事中でなければ金を払ってでもビールが飲みたい気分である。官憲という認識はあるのだ。

「なんのことを言っているの。勝手に水なんて頼んで、図々しいにも程があるわ。だからポリ公は嫌いなのよ」

竹本はウィスキーを飲みながら朝倉を睨んだ。

「〝撃落鴨子的策略〟」

朝倉は中国語で作戦名を言った。竹本の頬がぴくりと動いた。中国語を理解しているだけでなく作戦名も知っているということだろう。

「ジブチで紅軍工作部の楊狼と毛豹が仕組んだ罠から俺は脱出し、逆に奴らを拘束して米国に送ってやった。ついでに俺と楊狼らの命を狙ったヒットマンも逮捕している。こいつらを知っているんだろう？」

朝倉は中国語で捲し立てると、スマートフォンに楊狼らの画像を表示させて竹本に見せた。

「えっ」

竹本の頬が一瞬痙攣（けいれん）した。

「楊狼と毛豹は、亡命を希望している。今頃米国の情報機関に洗いざらい自白しているはずだ」

朝倉はニヤリと笑うと、若い女が持ってきたコップの水を一気に飲み干した。

「中国語で何を言ったんだ。さっきの写真は誰なんだ。もう一度見せてくれ」

宇多川は手を伸ばした。

「さっきから言っているだろう。隣りに座っている女が色々と知っている。そもそも、ある事ない事、おまえはこの女から聞いたんだろう？」

朝倉は空になったグラスを大理石のテーブルに置くと腰を上げた。ジャーナリストを騙（かた）るゴシップ記者に情報を与えるつもりは一ミリもない。

「待ってくれ。聞きたいことが山ほどあるんだ。頼む。単独インタビューさせてくれ」

宇多川は自分のスマートフォンの録音アプリを立ち上げた。

「慌てることはない。おまえはもうすぐインタビューされる側になるんだから」

「へっ」

宇多川がキョトンとしている。

「その時になったら改めて迎えに来てやるよ」

朝倉はにやりとすると、店を出た。

3

午後九時四十五分。福生(ふっさ)。

朝倉は特捜局の覆面パトカーであるトヨタ・マークXのハンドルを握り、国道16号を走っていた。

園崎と木下、それに宇多川と竹本らに揺さぶりをかけたところ、木下と竹本は血相を変えて自宅に帰ったらしい。朝倉はあえて中国語で二人にだけ分かるように話したが、もし中国との関連を園崎と宇多川が知っていたのなら言葉が分からなくても危機感を持ったはずである。

だが、二人とも朝倉が中国語を使った意味すら理解できなかったらしい。中国の陰謀と知って加担していたかと言えば彼らはおそらく白だろう。だが、結果的に中国のスパイの手伝いをしていたとなれば、罪に問われることになる。少なくとも社会的な地位を失うのは目に見えている。

木下は西麻布、竹本は元麻布のマンションに住んでいる。どちらも洒落た高級マンションであるが、元麻布にある中国大使館に徒歩圏内というのが偶然という訳ではないだろう。

朝倉は第二ゲート前の交差点を右折し、横田米軍基地に入った。ゲートの警備員に従い特捜局のバッジを見せる。

「どうぞ」

警備員はゲートボックスの端末で確認すると、笑顔で通した。以前は事前に入場許可証などがなければ、確認作業に手間取ったが、今はバッジを見せて顔認証がされるので簡単に通ることができる。

ゲートを抜けて道なりにフレンドシップ通りを進み、最初の交差点を左折した。仕事柄国内の米軍基地はほとんど訪れているので、迷うことはない。

二百八十メートルほど先のラウンドアバウトも過ぎてカントウロッジの駐車場に車を停めた。カントウロッジは、基地職員や米兵の関係者向けの宿泊施設である。

ジブチでハインズに連絡した際、重要な情報があると聞いていた。だが、衛星携帯電話機などの通信手段では安全上の問題があるからと教えて貰っていない。世の中デジタル通信が普及したが、ハッキング技術の暴走で、かえって不便になった気がする。

後で直接伝えると言われたのだが、一時間ほど前にカントウロッジに来て欲しいというメールを受け取り、車を走らせてきたのだ。特捜局の捜査員は総出で木下と竹本のマンションの張り込みをしている。佐野と国松がそれぞれの現場を指揮しているので、朝倉不在でも心配はない。

捜査員で唯一の欠員と言えば中村であるが、彼は護衛艦しおなみの艦長の許可を得てジブチで昨日退艦している。自腹で帰国すると粘って許可を得たらしい。民間機を利用し、フランス経由で数日中にも帰国する予定だ。それを聞いた国松は中村が帰ってくる前に捜査を終了させると、部下に発破を掛けていた。下手に捜査の終盤に中村が加わると、自分の手柄のように自慢するからと言うのだ。

カントウロッジのエントランスを入ると、正面にフロントがあった。壁紙やカーペットが昭和を感じさせる造りである。

「大怪我をしていると聞いたが、普通に歩いているじゃないか。相変わらずタフな男だな」

聞き覚えのある声である。

「久しぶりだな。大物がわざわざお出ましか」

朝倉は右手にあるソファーから立ち上がったブレグマンと握手した。ハインズから誰か派遣するとは聞いていたが、ＮＣＩＳの捜査局でもチーフであるブレグマンが来るとは思わなかった。米軍基地なら盗聴の恐れもないためにロッジで打ち合わせをすることになったのだ。

「大物は止めてくれ。君に関係する捜査は米軍とは無関係だったから私が個人的に進めていた。だから他の捜査官に任せられないんだ。立ち話もなんだから、私の部屋に来てくれ」

ブレグマンは朝倉を四階の自室に案内した。

「ほお。長期滞在するつもりか？」

部屋に入った朝倉はダイニングキッチンとクイーンサイズのベッドが置いてあるベッドルームを見

て目を丸くした。ダイニングキッチンにはアメリカンサイズの冷蔵庫とオーブンレンジに食洗機まである。ダイニングテーブルは小さいが、椅子は三脚用意してあった。また、ダイニングの横にはワークデスクとソファーが置かれたリビングスペースもある。造りは古いがアパートメントホテルのようだ。

「長期になるかは分からないが、ここを捜査本部にするつもりだ。事件は特捜局の問題に留まらず米軍にも実害が出た。しかも敵が中国ということになれば、慎重に動かなければならない。そこで部下を二人連れてきたのだ」

ブレグマンの言葉に合わせたかのようにドアがノックされた。ブレグマンがドアを開けると、ロベルト・マルテスとシャノン・デービスが入ってきた。

「よかった。本当に心配したんだから」

シャノンがいきなり抱き付いてきた。彼女はオッドアイの猫を飼っているため、朝倉に妙に親近感を覚えているようだ。

「シャノン。脇腹を怪我してるんだ」

朝倉は苦笑して言った。シャノンは佐野よりもきつく抱きしめるのだ。

「大丈夫？　気を付けてね。まったく」

シャノンは首を横に振っている。悪いのは朝倉らしい。

「さっそく、始めようか。シャノンが色々調べ出したので、彼女に説明してもらおう」

ブレグマンは朝倉にソファーを勧めると、その前にある四角いテーブルにロベルトがグラスとバーボンのボトルを載せた。

「俺は遠慮しておく。車だからな」

朝倉はこの後、二つの張り込み現場に出向くつもりだ。

「分かっている」

ブレグマンが冷蔵庫からコーラを出して四つのグラスに充(み)たし、自分のグラスにバーボンを注ぎ、瓶をロベルトに渡した。ロベルトもバーボンを足している。シャノンはコーラだけでいいらしい。

「はじめますよ」

シャノンはブレグマンとロベルトを椅子に座らせると、自分はダイニングの中央に立った。

「どうぞ」

ブレグマンは右手を優雅に出して促した。

「私は政治家やマスコミが特捜局を貶める裏に中国の陰謀を感じたの。それで東京にある〝海外派出所〟が怪しいと踏んだわけ。タネを明かすと、NSAの情報で知ったんですけどね」

シャノンはペロリと舌を出してみせた。

「悪いが、今の話は聞かなかったことにしてくれ」

頭を掻いたブレグマンは苦笑を浮かべた。シャノンはNSAの情報を不当に入手したらしい。

「〝海外派出所〟のサーバーを調べたところ、日本に潜伏している紅軍工作部の〝オメガ〟と名乗る人物が浮かんだの。昨年の十一月二十四日、オメガは〝海外派出所〟のトップである周玉宁(チオウイーニン)に〝撃落鴨子的策略〟に協力せよというメールを送っていたわ」

シャノンは得意げに説明した。

「なるほど、週刊晩秋が特捜局の記事を出した時期と重なるな」

朝倉は大きく頷いた。オメガという人物が作戦の中心にいるようだ。

「我々は日本国内では捜査権はないから、君らを情報面でサポートするよ」

ブレグマンはバーボン入りコーラを飲みながら言った。

「オメガと〝海外派出所〟の位置情報はあるのか？」

朝倉はコーラには手を付けずに尋ねた。

「サーバーから〝海外派出所〟が新宿にあることは特定できたけど、オメガの位置はさっぱり」

シャノンは肩を竦めた。

「ＩＴのスペシャリストでも分からないのか？」

朝倉はわざと真似（まね）をして肩を竦めた。シャノンは勿体（もったい）ぶっているだけで、何かあるのだろう。

「失礼ね。方法はあるわよ。でも、簡単じゃないし、違法よ」

シャノンは腰に手を当てて頬を膨らませた。彼女の口から違法という言葉が出るとは思わなかった。

ブレグマンとロベルトが同時に口に手を当てて笑うのを我慢している。

「それじゃ、その違法な手段を使ったら、オメガの位置情報は得られるのかい？」

朝倉は猫撫で声で尋ねた。

「当然でしょう」

シャノンは大きく頷いた。

「もう一つ質問だが、違法な手段で位置情報を得ても、合法化することはできるのか？」

朝倉はシャノンではなく、ブレグマンに尋ねた。彼はシャノンの違法な捜査をこれまでも許してきたのだろう。同時に、違法に得た情報を民間の法廷あるいは軍事法廷で証拠として使えるように工夫をしてきたはずだ。

紅軍工作部のようなスパイ相手に真っ向から正当な捜査手順だけで対抗するのは無理というものだ。残念ながらスパイ防止法もない日本では、紅軍工作部のような謀略を用いるスパイを罰することができない。だからと言って指を咥えて見逃すつもりはないのだ。

「違法捜査を合法化することはできない。だが、それとは別に合法的な捜査を同時に進めれば、違法な捜査などどうでもよくなる。方法はあるんじゃないのか？」

ブレグマンは呟くような声で答えるとウインクをして見せた。合法的な捜査で結果を出せれば、違法捜査はなかったことになるということだろう。

「いいアドバイスだ。ありがとう」

朝倉はコーラで喉を潤した。

「私からのプレゼント。これで解決よ」

シャノンは小さなＵＳＢメモリを渡してきた。

「ありがとう」

朝倉はＵＳＢメモリを手にし、頭を下げた。

4

三月九日、午前零時二十分。

朝倉はマークXのハンドルを握り、麻布方面に向かっていた。

横田米軍基地でブレグマンと打ち合わせをした朝倉は、張り込み現場ではなく、防衛省内の特捜局本部に出向いた。打ち合わせをした際、シャノンからUSBメモリを貰って使用方法も聞いている。だが、プログラマーでないと扱えそうにないと判断し、ITの専門家である戸田と密かに本部で会ったのだ。

戸田にシャノンのプログラムを調べてもらったところ、スマートフォンの強制ペアリングソフトと通信相手のスマートフォンから個人情報と位置情報を盗み取るウィルスだった。どちらも違法ソフトであるが、木下か竹本のスマートフォンとペアリングすることでウィルスに感染させるつもりだ。

戸田によれば、海外のスパイの間では普通に使われているらしく、スパイを対象に使うのなら何の躊躇(ためら)いもないそうだ。また、シャノンのウィルスは、現在出回っている最新のワクチンソフトでも駆除どころか検知もできないほど高性能らしい。

戸田に朝倉の個人用スマートフォンに、二つのアプリをインストールして貰った。傭兵代理店から支給されたスマートフォンはセキュリティが何重にも掛けられており、戸田でも中を覗くことすらできなかったからだ。

朝倉は西麻布三丁目にあるコンビニの前でパーキングランプを点滅させて停まった。すると、コンビニから佐野と国松が現れ、ガードレールを跨いで後部座席に乗り込んできた。

「すまないな。こんなところで捜査会議もないのだが」

朝倉は振り返って二人に詫びた。彼らの現場は野口と北井がそれぞれ指揮を執っている。しかも、この店は中国大使館の前なのだ。特捜局が目を光らせていることを教えるためにあえて堂々としている。もっとも気が付けばの話であるが。

「指示された通り、素人にも分かるように張り込んでいます。根比べですね」

佐野は笑って見せた。木下と竹本のマンションを総出で張り込んでいる。しかも二人の部屋から見下ろせば張り込み中の捜査員が分かるように立たせてあった。むろん二人にプレッシャーを与えるためである。

「黒幕はオメガというコールサインを使っている人物らしい。正体を知られないように暗号メールだけのやりとりをしているそうだ」

「そうなると、木下と竹本にゲロさせない限り、黒幕を捕まえるどころか正体すら摑めませんね。しかし、二人を逮捕する理由もない」

佐野は腕組みをして渋い表情になった。

「その情報はＮＣＩＳから得たんでしょう？」

国松は声のトーンを落とした。朝倉が横田基地に行くことは佐野と国松だけには話してある。

「情報元は米国の諜報機関らしいが、詳しくは聞いていない」

朝倉はあえて誤魔化した。

「我々の捜査で紅軍工作部を挙げることはできますか？」

佐野はこれまで誰も口にしなかったことを言った。誰しも気になるところである。

「日本の法律じゃ、スパイは罰することはできない。できるとしたら別件逮捕だ。それと、我々の捜査情報を米国に流すことだろう。米国政府なら、たとえ日本で活動するスパイだとしても指名手配し、資産の凍結や渡航禁止などの強制執行をすることができるからな」

朝倉は淡々と答えた。相手がスパイの場合、これまでも無力感を覚えたものだ。

「特捜局の無実が証明できれば文句は言いませんが、巨悪を法律で取り締まれないなんて、やるせないですね」

国松は大きな溜息を吐いた。

「それで、大将の作戦は？　なんかあるんでしょう？」

佐野は額を寄せてきた。

「まずは、木下か竹本にこちらで得ている情報をあえて教え、スパイとしてはもうやっていけないことを悟らせて情報を引き出す。同時に非合法だが、彼女たちのスマートフォンをオメガの情報を得るためのウイルスに感染させる。スパイが使う常套(じょうとう)手段だそうだ」

朝倉は受け売りだが、非合法な手段について二人に説明した。捜査方針を二人に尋ねて実際に使用するか決めようと思っているのだ。

「非合法な手段で得た情報じゃあ、裁判にかけられませんよ」

佐野は額に皺を寄せて首を横に振った。彼は刑事時代から曲がったことが嫌いで、その為上司と揉(も)めることがしばしばあったのだ。だが、朝倉はその正義感を高く評価している。

「私はありだと思う。どの道、裁判に持っていけないのなら、非合法な手段でも黒幕を突き止めるべきだと思う。マスコミにリークすれば、自国から制裁を受けるだろう。日本でのさばらせてはいけないんだ」

国松は佐野をチラリと見て言った。国防の要(かなめ)である自衛官らしい考え方である。二人が反対の意見を言うのは分かっていた。

「どちらの意見も私は正しいと思う。それじゃ、まずは俺に彼女らを説得させてくれ。それで駄目なら非常手段を取り、黒幕を暴いて捜査は終了だ。得られた情報は米国に流す。マスコミにリークしてもいいが、情報源がばれたら俺たちが処罰される。今の日本の法律では彼女らを裁けないが、やれるところまではやるさ」

朝倉は佐野と国松を交互に見て言った。

「大将に任せるよ」

佐野は渋々認めた。

「悔しいけど、他に手段はなさそうですね」

国松は小さく頷いた。

「それじゃ、近場から攻めようか」

朝倉は車を出して二百メートルほど先のT字路の手前で停めた。横山が交差点に立っている。朝倉と国松が車から降りると、横山が運転席に乗り込み、佐野を乗せたまま走り去った。佐野を警課が張り込んでいる竹本のマンション近くまで送るのだ。

「今のところ、動きはありません」

交差点を左に入ると、北井が駆け寄ってきた。木下は交差点から八十メートルほど先にある〝プリンセス西麻布〟というマンションの五〇六号室に住んでいる。

サイレンが聞こえてきた。しかも次第に近づいてくる。

車体にブルーのラインが入った東京ガスの緊急車両が朝倉らの脇を通り過ぎて行く。

「こちらボニート。油断するな！」

朝倉は無線で、待機している防課の捜査員に注意を喚起すると走った。緊急車両が〝プリンセス西麻布〟の前で停車したのだ。現場に混乱を起こさせてその隙に木下は脱出する可能性もある。緊急車両から白地に紺のラインが入った制服を着た二人のガス会社の職員が降りてきた。

朝倉と国松、北井の三人は、二人の職員を追ってマンションのエントランスに入った。

「どうしたんですか？」

朝倉は特捜局のバッジを職員に見せた。

「このマンションの住民から廊下がガス臭いと、通報がありましたので確認に来ました」

バッジを見て職員は驚いた表情で答えた。表情を見る限り、本物らしい。二人は朝倉に会釈するとエントランスのインターホンの前に立った。

けたたましい警報音が鳴り響く。

「ガス警報器が作動しました」

職員は警報音の種類で確認したらしい。インターホンに「５０７」とボタンを押した。

――すぐに来て！

五〇七号室の住人が、職員が名乗る前に金切り声で応答した。

「管理人室の中に入らないと、警報器のパネルが確認できませんね」

エントランスのドアが開くと、一人の職員が管理人室のドアが施錠してあることを確認した。警報器のコントロールパネルを見れば何号室の警報器が作動しているのか分かるのだろう。その間、別の職員はエレベーターを呼んだ。緊急車両に乗って来るだけあって、冷静に行動している。

「こちらボニート。突入班、準備をしてくれ」

朝倉は待機している捜査員に伝えると、国松を伴い職員と共にエレベーターに乗り込んだ。北井はエントランスのドアが閉まらないように、待機させた。通報したのは木下の隣室である五〇七号室の住人のため無関係とは思えないのだ。

五階で下りるとすでに廊下はガス臭い。

職員は道具箱からガス検知機を出した。濃度を調べてガス漏れ箇所を探るのだろう。

「何やっているの。そんなことしなくたって、隣りの部屋が臭いんだから、早くなんとかして！」

五〇七号室のドアを開けて様子を窺っていた中年の女性が、甲高い声で職員を急き立てた。

「はい！」

職員は慌てて、五〇六号室のインターホンを鳴らすが応答はない。さらにドアノブを回したが施錠されていた。

「役に立たないわね。警備会社が駆けつけて鍵を開けてくれるだろうけど、それまでに爆発とかしないでしょうね。どうなの……」

女性は職員の隣に立つ朝倉と目が合ってぎょっとしている。ようやく気が付いたらしい。

「鍵が掛かっているので」

困り果てたガス会社の職員は、助けを求めるように朝倉を見た。

「この階の住人を退避させるぞ」

朝倉は国松に命じると同時に無線で突入班を呼び寄せた。

「ガス漏れです！　避難してください」

朝倉と国松は各部屋のドアを叩いて声を上げた。住民は慌てて着の身着のままで出てきた。マンション中に警報音が鳴り響いていることもあり、住民はエレベーターを待たずに階段室に殺到した。

「副局長」

北井がヘルメットを被り、ボディーアーマーを装着した捜査員を連れてエレベーターから下りてきた。

彼らはホルスターにH&K SFP9を携帯し、エントリーツールを持っている。

かねてより朝倉の提案で、防諜と警課にそれぞれ突入班を作って、訓練を積んできたのだ。

突入班の捜査員は特殊部隊に準じた装備をすることになっている。エントリーツールとは、進入経路を確保するための道具のことで、取手が付いた鋼鉄製の筒であるバッテリングラム、特殊なバールであるハリガンバー、巨大なスレッジハンマー、溶接機、ボルトカッターなども備えている。ドアノブや蝶番(ちょうつがい)を吹き飛ばすためのショットガンも提案したが、さすがに防衛省から却下された。

北井はガス会社の職員を下がらせると、突入班を配置に付けた。二人の職員はガスマスクまで用意していたが、部屋に入れないのでは仕方がない。一人はマンションのガスの元栓を止めるべく、階下に下りて行った。だが、セキュリティが高いマンションなので、そこも施錠されているだろう。

朝倉は北井に頷いた。

「突入！」

北井が号令を掛けた。

防課で朝倉の次に体が大きい大岩亮介(おおいわりょうすけ)が、バッテリングラムを後ろに引くと勢いよく鉄製のドアにぶつけた。だが、少し凹(へこ)んだ程度でドアはびくともしない。

「あれっ」

大岩が首を傾げた。訓練では鋼鉄製のドアを破壊しているが、実戦になると力が出ないらしい。大岩は、外見はゴツいが、心の優しい男だ。本当に壊してもいいのかと、どこかで思っているのだろう。

「遠慮するな。それとも俺と代わるか？」

朝倉は鼻先で笑った。一発で破壊する自信はあるが、突入訓練を繰り返させたチームに手を貸すような真似はしたくない。発破をかけているのだ。

「大丈夫です！」

鼻息を漏らした大岩は一歩下がってバッテリングラムを大きく振りかぶり、体重を乗せてドアにぶち当てた。ドアノブ横が見事にくの字に曲がり、ドアは開いた。

大岩の脇で控えていた三人の武装捜査員が突入し、バッテリングラムを足下に置いた大岩も続く。

「クリア！　窓を開けろ」

「クリア！」

捜査員のクリアコールが響く。部屋を確認しながら窓を開けているのだ。

「女性発見！」

大岩が木下を発見したらしい。

轟音。

ドアから炎が噴き出した。充満したガスに引火したに違いない。

朝倉は廊下に設置してある消火器を提げて部屋に飛び込んだ。奥の寝室に大岩が倒れている。その傍らで炎が上がっていた。女性の体に火が点いているのだ。朝倉は消火器のノズルを女性に向け、消化液を噴出させた。一瞬で炎は消える。

「くそっ」

朝倉は鋭い舌打ちをした。女性の首に指を当ててみたが、脈はない。そもそも体が冷たいのだ。死後数時間が経っているということだろう。

大岩は咳き込んでうずくまっている。

「大岩。しっかりしろ。立てるか？」

朝倉は大岩の状態を調べた。顔に火傷を負っているが、露出しているのは顔だけなので、他は大丈夫そうだ。爆発時に口を開けていたら炎が気管を焼き、咳き込むどころではなくなっていただろう。大岩に肩を貸して部屋を出ると、国松と北井も負傷者を担ぎ出している。

突入班の四人を廊下に寝かせた。四人とも症状は軽そうだ。玄関ドアを開放したことと、突入班がいち早く窓を開けて換気に努めたことで爆発は小規模に収まったに違いない。

「こちらボニート。タイガー応答願います」

朝倉は無線で佐野を呼び出した。

――こちらタイガー、どうぞ。

佐野が応答した。

「ターゲット2の死亡確認。ターゲット4を至急確保してくれ」

朝倉は竹本を拘束するように伝えた。

――えっ。逮捕ですか？

「いや、ターゲット4の安全確保だ。ターゲット2は殺されたんだ。ターゲット4を参考人として拘束して欲しい。拒否したら突入し、別件で逮捕しても構わない。任せる」

朝倉は無線連絡を終えると、周囲を見回した。

寝室のベッドやカーテンは多少焦げているが、燃えてはいない。木下の死体の近くに携行缶が置かれており、ガソリンの匂いがするのだ。殺された上に引火しやすいようにガソリンが掛けられていたのだろう。ガスが換気されずに充満していれば、木下の死体を中心に部屋は炎に包まれたかもしれない。焼身自殺を図ったように見せかけるためだろう。

「うん？」

首を傾げた朝倉はポケットからニトリルの手袋を出して両手に嵌め、ベッドに近付いた。

木製のベッドフレームとマットの間に僅かに赤い物が見える。指で挟んで取り出すと、スマートフォンだった。木下は身の危険を感じて、自分のスマートフォンを慌てて隠したのかもしれない。犯人は防諜の捜査陣が張り込んでいるにも拘わらず堂々とマンションに入ったのか、あるいは同じマンションに住んでいるのかのどちらかだろう。

朝倉は木下の右手の親指をスマートフォンに当ててロックを解除した。問題なく動くようだ。マットの隙間に入っていたので爆発の影響を受けなかったのだろう。自分のスマートフォンを出してシャノンから貰ったペアリングアプリを起動した。十秒ほどでペアリングが完了したと表示される。これで自動的に木下のスマートフォンにウイルスも転送されるはずだ。

複数のサイレンが聞こえてきた。住民が警察と消防に通報したのだろう。

「この現場は任せる」

朝倉は国松の肩を叩き、部屋を出た。

5

三月十日午後九時五十分。東京港大井埠頭。

朝倉は埠頭に積み上げられているコンテナの陰にマークXを停め、二百メートル先に着岸している貨物船を見つめていた。

これまでの事件の鍵を握る園崎議員の私設秘書木下は、窒息死させられていた。眼球にチアノーゼ反応があるが、ガス爆発の際に顔面が焼けてしまったので具体的な殺害方法は分かっていない。首も焼け焦げていたが、首を絞めた痕はないので鼻と口を塞がれて殺されたのだろう。

もう一人の重要人物である竹本は、部下と共に彼女の部屋に踏み込んだ佐野によって、寝室のベッドで意識を失っているところを発見されている。大量の睡眠薬を飲んでいたのだが、広尾の病院に搬送して胃を洗浄し、ことなきを得ていた。発見が遅れていたら確実に死んでいただろう。

警備上の問題で治療後容体が落ち着いてから中野にある東京警察病院に移送されていた。これまでのところ黙秘を貫いている。移送は警視庁の強い申し出により行われてその保護下に置かれたのだが、捜査専門で組織力に劣る特捜局は認めざるを得なかったのだ。

重要参考人を奪われた以上、今後の捜査は特捜局単独ではできなくなるだろう。警視庁の捜査一課だけでなく、公安の外事課が前面に出てくることも予想される。そうなれば、特捜局の出る幕はなくなる。

朝倉が木下のスマートフォンにウイルスを仕込んだことで新たに情報は得られた。木下のスマートフォンの、すべてのテキストと画像データが、管理者として設定した戸田の個人用パソコンに送られた。同時にアプリに元々ある機能で同じデータがシャノンにも送られている。

ペアリングと同時に木下のスマートフォンに受信履歴があるメールアドレスにウイルスが送られ、送信相手から個人データと位置情報が送られてきた。ほとんどのメールは暗号化されていたため複号化が必要だが、メールアドレスは辿れるからだ。その結果、木下が関わっていた中国大使館職員やビジネスマン、そしてオメガの位置情報を摑むことができた。

だが、それは違法な手段で手に入れたため、警視庁に教えることはできない。特捜局としても動くことができないのは同じである。下手に動けば違法捜査となり、今度こそ特捜局は潰されるだろう。そのため、朝倉は一人で行動しているのだ。また、朝倉は単独行動するにあたり、自分のデスクの上に防衛省と警察庁宛の辞表を置いてきた。

「ふう」

朝倉はハンドルに両腕を載せて溜息を吐いた。

戸田にオメガの位置情報を調べさせたところ、昨日から停泊している中国籍のコンテナ船〝ジャンジャン〟ということが分かった。位置情報は十四時間前に判明し、通信記録も調べてもらった。同時にシャンジャンの記録も調査している。

すると、昨年の十一月十五日、今年の一月十八日、そして昨日に大井埠頭に寄港していた。寄港するたびに機械の故障、船員の病気などの理由で二、三日停泊するため、問題になっていたらしい。また、通信記録からも位置情報を解析すると、オメガはシャンジャンから下船していないらしいのだ。また、寄港前後は、沖合に停泊していたらしい。

　後藤田が辞任してから局長のポストは不在になっていた。そのため、朝倉は副局長兼局長代理として、昨日から働いている。警視庁と竹本の引き渡しを巡って打ち合わせをするなど随分と時間を取られてしまった。というのも、彼らは紅軍工作部の存在すら知らないため、一からレクチャーしなければならなかったからだ。彼らは情報を得るとともに、体よく朝倉を尋問していたのだろう。

　打ち合わせは、刑事部長と捜査一課長、管理官など錚々たるメンバーだった。しかも、途中で刑事部長が朝倉の話の重要性を認識したのか、警視庁総監を呼んだ。お陰で紅軍工作部の話をまた最初からしなければならなくなった。時間だけが徒に過ぎたのだ。

だが、警視庁にとっては、事件を引き継ぐために朝倉の情報が必要だったことは事実である。警視庁と打ち合わせをした後、防衛省の政務官や幕僚長とも話をしている。謹慎処分とは言われなかったが、しばらくおとなしくして欲しいと遠回しに言われた。彼らは特捜局の働きを認めてはいるが、警視庁に押される形でことの成り行きを見た方がいいと判断したようだ。

　その後特捜局本部に戻った朝倉は、現場から戻って待機していた捜査官に捜査を中断する旨を伝え、帰宅を促して解散した。

　副局長兼局長代理としてできることはすでになくなったが、一捜査員としてできることはあった。

オメガを張り込むことである。

窓ガラスが軽く叩かれた。

「何？」

朝倉は両眼を見開いた。

助手席に柊真が笑顔で乗り込んできた。

「一人で何をやっているんですか？」

「君こそ。どうしてここに？」

朝倉は首を傾げる他ない。埠頭の出入口にはゲートがあり、関係者しか入場できない。朝倉は特捜局のバッジを見せて入っている。そもそも、ここに来ることは誰にも話していない。

「ひょっとして、どうやって入場したかを聞いています？」

柊真は懐から入場許可証という名刺よりもやや大きいカードを出して見せて笑った。本物そっくりだが、偽造したに違いない。

「……訳が分からない」

朝倉は肩を竦めた。

「ケルベロスは全員傭兵代理店に登録したので、バックアップが受けられるんですよ。我々の任務は朝倉さんの護衛とサポートなので、そのために必要なサービスが受けられるんです」

柊真は屈託なく笑った。彼は不思議と、いつも爽やかなのだ。これまで幾多の戦場で戦闘を経験したにも拘わらず、汚れがない。戦場の闇に囚われない強靭な精神力を持っているのだろう。

「俺の位置情報は、傭兵代理店が摑んでいるからな」

朝倉は懐から傭兵代理店に支給されたスマートフォンを出して苦笑した。

「特捜局の状況は分かっているつもりです。このままでは手柄を警視庁に奪われて、特捜局は謹慎処分どころか、廃局になりますよ」

柊真は口調を強めた。

「手厳しいな。だが、今の俺にできるのは主犯格オメガがいると思われる貨物船を監視することだけだ。下手に動けば、違法捜査になる。ここにいることさえ、ぎりぎりの線なんだ」

朝倉は溜息を殺して言った。

「三度囚われて三度脱出する。そんなタフガイの朝倉さんの言葉とも思えませんね」

柊真は頭を搔きながら苦笑を浮かべた。

「俺は諦めが悪いだけだ」

朝倉は鼻先で笑った。

「オメガを拘束すればいいんじゃないですか？」

柊真は簡単に答えた。

「オメガは貨物船から出てこないはずだ。そもそも目の前にいても逮捕するだけの証拠もない。明日の早朝に出港予定らしい。令状もなく臨検もできない。今は何をやっても違法捜査になるだろう」

朝倉は両手を上げた。官憲である以上、今はまさにお手上げ状態なのだ。

「それは朝倉さんの立場なら、でしょう。我々は傭兵ですからなんでもできますよ。オメガの正体を確認するだけでもいいんじゃないですか。逮捕する必要はありませんよ。極秘で行動している工作員は、正体がバレた段階で殺されたのと同じだと言われています。実際、中国の諜報員なら当局で処刑されるでしょう」

柊真は真剣な表情で言った。

「ちょっと待ってくれ。君らだけで貨物船に潜入するというのか？」

朝倉は首を傾げた。朝倉の護衛というのなら彼らにとってついでという感覚かもしれないが、法を犯してまで貨物船に潜入するというのなら話は変わる。

「いけませんか？　我々にとっては軍事訓練の一環ですから。ひょっとして我々が殺傷兵器を使うのではと心配ですか？」

柊真は苦笑すると、車を降りて手招きした。

朝倉は無言で柊真に従い、五十メートルほど離れたコンテナの間に停められている二台のランドクルーザーの前で立ち止まった。

車から柊真の五人の仲間が降りて、朝倉に無言で会釈した。彼らはボディーアーマーを装着している。すでに用意はできているらしい。セルジオがランドクルーザーのバックドアを開けた。

「暗視ゴーグル、ボディーアーマー、催涙ガス弾、麻酔ガス弾、ガスマスク、麻酔銃、テーザーガン、テーザーXREP、ラバー弾、ラバー警棒、それにテーザーXREPとラバー弾を発射させるためのショットガンです。実弾はもちろん殺傷能力がある武器も使いません」

柊真は武器を手に取って説明した。確かに殺傷能力はないようだが、民間人が使えるのは暗視ゴーグルとボディーアーマーだけである。他はどれもこれも、違法武器なのだ。

ちなみにテーザーXREPは、ショットガンから発射される電撃ショックを与えるテーザー弾のことで、射程は五十三メートルから六十メートル弱と言われている。

「装備は理解した。だが、内部の情報もないのに潜入するのは、無謀だろう。そもそも潜入自体が違法だ」

朝倉は首を縦に振るつもりはない。柊真が違法な行為をするというのなら、逮捕しなければならなくなるからだ。

「内部の情報ですが、これを使います」

柊真は荷台の脇に置かれているコンテナを取り出して開けた。小さなヘリコプターのような形をしたドローンが五機収められている。

「米軍の特殊部隊でも使われている〝ブラック・ホーネット〟です。全長十センチ、幅二・五センチ、三十三グラムですが、ほぼ無音で二キロの範囲を最大二十五分間の偵察飛行が可能です。これを潜入させれば、事前に内部情報が得られます。それと、潜入しても罪に問われない事情があるんです」

柊真はにやりとした。

「馬鹿な。ドローンだろうが、潜入した時点で罪に問われるだろう」

朝倉は柊真の禅問答のような言葉に頭を掻いた。

「これを見てください」

柊真は自分のスマートフォンを出して二つのコンテナ船の写真を表示させた。

「どちらもシャンジャンという船名だな。上の船は古そうだから下の船が船名を継承したのだろう」

朝倉は小さく頷いた。下の船は二百メートル先に停泊している。

「その通りですが、古いシャンジャンは、一九八七年に建造されたコンテナ船で、全長は八十一メートル、主に東南アジアを結ぶ航路で使用されていました。新しいシャンジャンは二〇一九年に建造された全長九十五メートルのコンテナ船でトン数も一回り大型化されています。古いシャンジャンは二〇一九年に廃棄されて新しい船が船名を受け継いでいますが、正式に船舶国籍証明書が交付されていないんです。これを調べ出した友恵さんが影山さんに尋ねたところ、諜報活動に使うために偽装した紅軍工作部の船だそうです。海外で諜報活動が露見した際に、違法な船で自国の物ではないと、中国政府が逆に訴えて誤魔化すためのようですね」

柊真はわざと声を潜めて言った。

「つまり幽霊船ということか」

朝倉は何度も頷いた。

6

午後十時二十八分。東京港大井埠頭。

ボディーアーマーを着た朝倉は、バラクラバを被って暗視ゴーグルのヘッドセットを装着した。ヘッドセットには無線機のイヤホンとマイクも付いている。ベルトのホルスターにはテーザーガンを差し込み、反対側のシースにはラバー警棒を入れていた。背中には麻酔ガス弾やガスマスクを入れた小型のタクティカルバックパックを背負った。コンテナ船シャンジャンが「幽霊船」と分かった以上、潜入を躊躇することはないのだ。

他の仲間もバラクラバを着用していた。船内に監視カメラがあった場合に備えてである。映像が撮られたとしても、テロリストで片付けられる。

「銃撃訓練はされていますか？」

柊真はショットガンを手に英語で尋ねてきた。仲間がいる場所で、絶対日本語は使わないそうだ。信頼関係を築くためには、理解できない言葉を使わないことだという。

「ケルテック社製ＫＳＧ、１２ゲージ。ブルパップ式、銃身長四十七センチだが、銃身左右に合計十四発装弾で、切り替えることで違う銃弾を使うことができる。実銃を見るのははじめてだが、ＸＲＥＰの射程は五、六十メートルだ。外す馬鹿はいない」

朝倉も英語で答えた。特戦群時代の癖で武器に関して常に最新の情報を得るようにしている。

「さすがですね」

頷いた柊真はＫＳＧを朝倉に渡した。

「コンパクトなだけに見た目よりも重量感があるな。ＸＲＥＰ弾とラバー弾をくれ」

朝倉はショットガンを手にし、四角いボタン式の安全装置を確認すると、銃底下の装塡・排出ポートからＸＲＥＰとラバー弾を四発ずつ装塡した。全員がフル装塡できるだけの弾数はないようだ。もっとも、隠密に行動するのなら発射音が大きいＫＳＧは使わないことである。

スマートフォンが振動した。

「友恵さんからです。データを展開してください」

柊真は自分のスマートフォンを見て言った。

「ほお」

朝倉も代理店から支給された自分のスマートフォンでデータを展開して驚いた。画面に表示されたのは、コンテナ船シャンジャンの甲板ごとの見取図なのだ。

柊真らは五機のブラック・ホーネットを使って丹念にコンテナ船の内部まで調査した。画像データと位置情報がリアルタイムで傭兵代理店に送られるそうだ。それを解析して図面を作成したらしい。また、視認できる範囲だが、乗員の配置も分かっている。03式自動歩槍で武装している兵士もいた。民間の貨物船でないことは確かである。

――こちらモッキンバード。オメガのＧＰＳ信号とブラック・ホーネットの画像データを解析したところ、怪しいところが二箇所あるの。一つは艦橋楼の二階層目にある通信室、位置情報からしてほぼ間違いなく、オメガのスマートフォンはここにあるはず。でもちょっと納得できないの。通信室は見張りが立っていないけど、第三甲板の船首側にある部屋の前には03式自動歩槍を構える二人の男が立っているでしょう。どちらも部屋の中まではドローンで確認できなかったから分からないけど、怪しいのはむしろ第三甲板の部屋よ。それから、〝ガラハット1〟を用意してね。

友恵からの無線連絡である。朝倉は直接会ったことはないが、頭が良く信頼のおける人物だ。

「了解です」

無線を終えた柊真はランドクルーザーの荷台からアタッシェケースを出し、中から四つのブレードを持つドローンと通信機のような物を取り出した。

ケルベロスの仲間は興味深げに機材を見ている。彼らも初めて見るようだ。柊真は通信機の電源を入れて荷台にセットし、ドローンを地面に置いた。すると、ブレードが回転し、勝手に上空に飛び立った。

「誰が操縦しているんだ？」

朝倉は周囲を見て首を捻った。柊真をはじめケルベロスの仲間は誰もコントローラーを持っていないのだ。

「あれは友恵さんが操縦しているんです。正確に言うと友恵さんが作ったＡＩ〝ガラハット〟です。彼女があらかじめ、ＡＩに情報をインプットしたそうです。飛行可能時間は四十六分で、墜落する前に自動的に帰還します。つまり我々が潜入している間、上空で四十分間の監視活動をしてくれるんです。情報は、常にテキストデータで我々のスマートフォンに送ってくれるそうですよ。使うのは、私も初めてですが」

にこりと笑った柊真は右手を上げ、装備を整えた仲間を集めた。

人工知能の略であるＡＩはコンピュータがデータを分析し、自ら判断し課題を解決する。また、学習することで人間の知的能力を模倣する技術である。現在人工知能の研究は、大別して人間の知能を持つ機械を目指す研究と、人間の知的能力の代わりに機械にさせようとする研究の二つがあり、後者の研究が多いと言われている。

ガラハット1は人間の代わりに監視活動ができるように友恵がプログラムし、自立行動しているのだろう。簡単に言えば、家庭用の掃除ロボットのように勝手に動くということである。

「チームを二つに分ける。Aチームはセルジオと優斗、直樹。指揮は朝倉さんがお願いします。Bチームは私、フェルナンド、マット。Aチームは第三甲板の標的へ。コールサインは、『ポイント1』。Bチームは通信室を調べる。オメガのコールサインは『ターゲット1』だ。『ターゲット1』は発見次第無傷で拘束。視認できた乗員は十三名、上甲板に二名、艦橋に二名、食堂に四名、機関室に三名。その他に武装兵が二名。時間的に就寝中の乗員もいるはずだ。銃撃戦になったら、反撃しないで退却。以上」

柊真はラペリングロープを斜め掛けにしながらテキパキと説明した。この手のコンテナ船なら乗員は十名ほどであり、十三名以上いること自体も変だが、その上武装兵が乗船しているのならもはや普通とは言えない。

「行きましょう」

柊真は、朝倉に声を掛けて走り出す。朝倉が続くと、他の仲間も駆け出した。

七人の男たちは積載されているコンテナの陰に隠れて走り抜け、コンテナ船シャンジャンの真横に建っているガントリークレーンに辿り着く。朝倉を先頭に脚部に取り付けてある階段を、一人ずつ間隔を開けて駆け上がる。

気温は十三度だが、海風が体感温度を下げる。

起伏ブームがある最上階まで上がった。ガントリークレーンの高さは六十六メートルあり、朝倉らが立っている足場の高さは四、五十メートルあるだろう。クレーンの腕にあたる起伏ブームは、シャンジャンの上に伸びている。

朝倉らは起伏ブームの足場を進み、シャンジャンの甲板の真上で立ち止まった。偽装船ゆえか、上甲板に新たに積み上げられたコンテナの数は少ない。そのため、起伏ブームから甲板に積み上げられているコンテナまでの距離は二十メートル以上ありそうだ。

「いい眺めだ」

セルジオは呑気なことを言っているようでも、ＫＳＧを構えて周囲を警戒している。他の仲間も船首と船尾方向を警戒していた。

柊真がラペリングロープを足場の手すりに結びつけ、先端をシャンジャンに向けて投げた。

「Ｂチームを先に降下させてください」

柊真が囁くように言うと、先陣を切って降下して行く。朝倉が返事をする間もなかった。

フェルナンドとマットも続いて降下する。ラペリング降下は、通常安全の確保とスピード調整のために降下装置を使うものだ。だが、彼らは足にロープを絡ませ、タクティカルグローブを嵌めただけで降下していた。器具を使わない分手間取らないが、落下の危険がある。だが、彼らは戸惑いもなく降りる。個々の能力が高いこともあるが、特戦群並みの訓練を積んでいるということだ。フェルナンドとマットが、コンテナの上でＫＳＧを構えて警戒態勢に入った。柊真の姿はすでにコンテナの上から消えている。上甲板には二人の見張りが立っているので、倒しに行ったのだろう。彼は指揮官ではあるが、チームで一番の身体能力と戦闘能力を持っているため、斥候（せっこう）も担っているようだ。

「しんがりをお願いできますか？」

セルジオはそう言うと、浅野に準備をさせた。

「了解」

軽く頷くと、朝倉はＫＳＧの銃口を甲板に向けて警戒にあたる。

浅野と岡田に続いてセルジオもコンテナの上に降りて手を振った。

朝倉もＫＳＧを背に回し、ロープに足を絡ませて降下した。

7

午後十一時六分。

朝倉はセルジオと浅野と岡田を伴い、上甲板を船尾に近い艦橋楼に向かって移動していた。

船首と船尾に立っていた見張りは柊真が片づけている。０３式自動歩槍こそ持っていなかったが、Ｈ＆Ｋ ＵＳＰに酷似しているノリンコ社製９２式手槍を携帯していたそうだ。

艦橋楼に到着した。朝倉はハンドシグナルで浅野と岡田を左舷ドアの左右に付けた。柊真らＢチームは反対の右舷側のドア前にすでに到着しているはずだ。

「こちら、ボニート。位置についた」

朝倉は無線で柊真に連絡した。

——こちら、バルムンク。了解。カウントダウン、3、2、ゴー。

柊真は応答するとともにカウントダウンを始める。

「ゴー」の合図で浅野がドアを開け、岡田が突入する。

朝倉とセルジオはＫＳＧを構えて続いた。

反対側のドアからＢチームが雪崩れ込んでくる。

船内は停泊中で電力消費を抑えるためか、真っ暗である。乗員はライトで船内を移動しているのだろう。

全員暗視ゴーグルを装着する。

柊真らはすぐにラッタルを駆け上がり、朝倉らはラッタルを下りて行く。

Ｂチームはすぐ上の階の通信室への侵入が目的だが、最上階の艦橋から制圧する。下の甲板での騒ぎに気付かれて警報や船内放送をされた場合に備えてのことだ。

上甲板のすぐ下の第二甲板は、長い通路が続き左右にドアがあった。一般的な船の構造からみて居住区だろう。食堂もこの階にある。乗員がすべて紅軍工作員の可能性はあるが、居住区の乗員は相手にしないでＡチームは第三甲板の部屋であるポイント1を目指す。

艦橋楼の下は第二甲板までで、その下は機関室になっており、巨大なディーゼルエンジンが鎮座する。船体の四分の一から五分の一が機関室と言っても過言ではないだろう。この船の場合、第三甲板に行くには第二甲板の居住区を通り抜けて、船首側のラッタルを下りる必要があった。

朝倉はＫＳＧを構えて先頭を歩く。二十メートル先に下の階に行くためのラッタルがある。ラッタルの手前に食堂があり、四人の乗員がたむろしているようだ。彼らを自由にしておくことは作戦上できない。

朝倉はハンドシグナルでＫＳＧではなく無音に近いテーザー銃に持ち替えるように指示を出し、自分もＫＳＧを背負ってテーザー銃を手にした。

浅野が食堂と記されたドアを開ける。

朝倉が突入した。ハンドシグナルで岡田と代わったのだ。

四人の男が食堂のテーブルでポーカーをしている。

朝倉に気付いた男の胸をテーザー銃で撃つと、駆け寄って残りの三人の後頭部や首筋に手刀を入れて気絶させた。テーブルが出入口から離れていたので、制圧するのに八秒ほど掛かっている。間髪を容れずに入ってきた浅野と岡田が男たちの手足を樹脂製の結束バンドで縛り、口を配管テープで塞ぐ。この作業は息が合っている二人が早いと判断したので、朝倉が突入したのだ。

「早業(はやわざ)ですね」

セルジオが目を丸くしている。

「油断している敵に早業もないだろう」

苦笑した朝倉は、テーザー銃の電極カートリッジを取り替えて食堂を出た。

「むっ！」

右眉を吊り上げた朝倉は、仲間にハンドシグナルで待機を命じると通路を走った。ラッタルの下から03式自動歩槍の銃身が見えたのだ。ポイント1とした第三甲板の見張りがラッタルを上がってくるのだろう。通路に出れば、鉢合わせになる。

ラッタルから03式自動歩槍を背に担いだ兵士が現れ、通路に体を向ける。

瞬間、走り込んだ朝倉の右腕のラリアットが兵士の首に決まり、兵士の体は宙を一回転した。朝倉は、兵士が階段下に落ちないように受け止めて通路に音を立てないように寝かせた。

「Aチーム、ラッタルまで前進」

朝倉は無線で仲間を呼び、兵士のグリーンの防寒着を脱がせた。

セルジオを先頭に通路を走ってくると、浅野と岡田が気絶している兵士の両腕両足を結束バンドで縛り、通路の片隅に移動させた。

「俺が先に下りる。セルジオは階段上から援護してくれ」

朝倉は兵士のジャケットを着て03式自動歩槍を背負うと、バラクラバを取った。ポイント1はラッタルから十メートル船尾側に戻る形になる。

ドローンの映像では通路の突き当たりにドアがあり、その前に二人の兵士が見張りに立っていた。部屋の前は少し広くなっており、テーブルと椅子が置かれていたので、誰かを監禁しているような雰囲気はない。

見張りからラッタルまでは見通しが利くので、不用意に下りれば銃撃されるだろう。

「了解」

セルジオがラッタルの上から逆さまになってＫＳＧを構える。朝倉が第三甲板に下りた際に援護射撃をするのだ。

朝倉はセルジオの脇を抜けてラッタルを下りる。第三甲板の踊り場から反転すると、俯いた姿勢で通路を走った。

「何？」

見張りをしている兵士が首を捻っている。同僚がふざけているとでも思っているのだろう。

朝倉は三メートルまで近付いたところで、隠し持っていたテーザー銃を素早く出して兵士に発射した。兵士は呻き声を上げて失神すると、セルジオらが駆けてくる。

――こちら、バルムンク。艦橋楼制圧。通信室は無人。ターゲット１のものと思われるスマホが通信機器にセットしてあった。スマホは確保。おそらく、ターゲット１は船内通信を介して使っているのでしょう。

柊真からの連絡が入った。早くも目的を達成したらしい。

「こちらボニート。了解。ポイント１のドア前はクリアしたが、施錠されている」

ドアノブや鍵穴はなく、ドア横にあるセキュリティパッドに暗証番号を入力すれば自動的に開くのだろう。

――了解。Ｂチームもそちらに向かいます。

柊真は淡々と応答した。

「これは掌の生体認証ですね」

セルジオがドア横にあるセキュリティパッドを調べて言うと、倒れている兵士を担いでその右手をセキュリティパッドに当てた。だが、パッド上部の赤いランプが点灯するだけでドアは開かない。おそらく船長クラスの認証が必要なのだろう。

「もう一人でも同じ結果だろう。こちらボニート。バルムンク、応答せよ」

――こちらバルムンク。どうしました？

「ポイント1のドアが生体認証で、見張りのじゃだめなんだ。船長クラスはいなかったか？」

――了解。船長を連れて行きます。

柊真は即答した。船長や航海士クラスになると、艦橋楼に個室があるものだ。船室に拘束してあるのだろう。

数分後、男を肩に担いだ柊真がやってきた。その間、もう一人の見張りも試してみたが、やはりドアは解錠できなかった。

「ドアを開けてくれ。俺が突入する」

再びバラクラバを被った朝倉は柊真に言った。オメガが何者かは分からないが、こちらの素性は知られない方がいいだろう。

「了解」

柊真は船長を肩に担いだままその右手を摑んでスキャナーに翳した。すると緑のランプが点灯し、ドアが開いた。

「何！」

テーザー銃を手に突入した朝倉は立ち止まって部屋の中を見回した。

「えっ？」

柊真も部屋に足を踏み入れて声を発した。二十平米ほどの部屋だが、誰もいないのだ。部屋の中にはコンピュータが無数に置かれており、正面には端末と思われる四十インチほどのディスプレーが台の上に置かれている。また、その傍らに監視カメラとスピーカーが設置されていた。

「船長のリン・リャジミンなのか？　顔認証ができない」

スピーカーから中国語ではあるが、どこか機械音のような声が聞こえる。

「おまえは、オメガか？」

朝倉は監視カメラに向かって中国語で尋ねた。

「船長のリン・リャジミンなのか？　顔認証ができない」

スピーカーから同じ台詞が流れる。遠隔操作されているのかと思ったが、そうではないらしい。人と話している気がしないのだ。

「オメガ。おまえは、ＡＩなのか？」

朝倉は背中に右手を回し、背後に立っている柊真に部屋の右手を調べるようにハンドシグナルを送った。右奥にドアがあるのだ。

柊真は低い姿勢で部屋に侵入し、右奥のドアを調べ始める。

「私はオメガだ。リン・リャジミンはどこだ？」

オメガは質問を繰り返す。掌認証はできたが入室した朝倉がバラクラバを被っているので混乱しているようだ。やはり、人間を相手にしていないらしい。

「私は船長のリン・リャジミンだ。ここにいる」

朝倉は正面を向いて適当に答えた。

「おまえの声紋は、リン・リャジミンと違う。何者だ？」

オメガは監視カメラだけでなく、マイクで声紋チェックができるようだ。

「私は馬振東だ。おまえを試しただけだ。〝撃落鴨子的策略〟はおまえが指示したのか？」

朝倉はオメガに正解を与えずに質問を続けた。柊真はドアの鍵穴にピッキングツールを差し込んでいるが、苦労しているようだ。

「おまえは誰にも該当しない。侵入者だ。危険度レベル４」

オメガは朝倉を侵入者だと判断した。だが、なぜか警報音は発せられない。

「ドアの外に赤いランプが点滅していますよ」

セルジオが心配げに声を掛けてきた。

「警備兵が来ない。危険度レベル５。これより、自爆シークエンスに入る」

オメガの声とともに、ディスプレーに五分とカウンターが表示され、動き出す。

「やばい。自爆しますよ。脱出しましょう」

出入口に立っているセルジオが声を上げた。

「おまえらは逃げろ。爆弾を探す」

朝倉は部屋から出て兵士が身につけていた０３式自動歩槍を取り上げ、部屋に戻る。

「下がってくれ」

朝倉は柊真を後ろに下がらせ、右奥のドアの鍵穴目掛けて銃弾を浴びせた。鍵穴は壊れたらしいが、ドアは開かない。

「フェルナンドは付き合え。セルジオ、他の者と脱出しろ」

柊真はフェルナンドを呼び止めて、他の仲間に指示した。

「馬鹿言え。おまえを残して逃げられるか」

セルジオが顔を引き攣らせながら笑った。

朝倉は部屋から出ると、今度はラッタルの下に設置してある大型の消火器を取ってきた。

「重量がある。これはいい」

朝倉は消火器を頭上に振りかぶると、渾身の力でドアに叩きつけた。一発で鋼鉄製のドアは、鍵穴付近で折れ曲がった。中を覗くと小部屋にはコードが繋がれたドラム缶が四つ置かれている。爆弾に間違いない。爆発したら、乗員を道連れにコンテナ船も撃沈するだろう。乗員の口封じも兼ねているために、船内に警報が鳴らないのだ。

「退(ど)いてください。俺は爆弾処理のプロです」

フェルナンドが今度は血相を変えて小部屋に入った。

「セルジオ。マットと浅野と岡田の四人で退路を確保しろ」

柊真はセルジオに命じると、四人は無言で走り去った。柊真は彼らを逃がすために命じたのだろう。

だが、セルジオらは柊真を信じているからこそ、あえてこの場を離れたに違いない。

「トラップはないようだ。だが、奥にある起爆装置に手が届かない」

フェルナンドが苦しそうな声を出した。

「見せてくれ」

朝倉はフェルナンドを下がらせると、ライトを手に小部屋に入った。

部屋の手前に爆薬が詰められたと思われるドラム缶が四つある。二列二段に並べられてドアを塞いでいるため、奥に入ることはできないのだ。その奥に起爆装置と見られるボックスが置いてあった。そこからドラム缶に配線が繋がれている。

朝倉は左側のドラム缶に両手を回して持ち上げようとした。

「百キロ以上あるな。持ち上げるのは無理か」

朝倉は額に浮き出た汗を袖で拭うと、今度は渾身の力で横にずらす。なんとか三十センチほど動かした。今度は右側のドラム缶を横に移動させる。

「その辺で大丈夫です」

フェルナンドが割り込むように部屋に入り、ドラム缶の隙間を飛び越えた。

「朝倉さんも脱出してください」

柊真はディスプレーの表示を見つめたまま言った。

ディスプレーのカウンターはすでに三十秒を切っている。

「今さら逃げてどうする。ドラム缶に詰まっているのは、見たところＴＮＴ火薬だろう。あれだけ詰まっていれば、一つだけでも破壊力は凄まじい。四つが同時に爆発したら、この船は十秒で沈む。いや船体の半分は吹き飛んでなくなるだろう」

朝倉もディスプレーを見ながら答えた。十五秒を切った。

「お会いできて光栄でした。特捜局を首になったら、傭兵になりませんか？　自由に闘えますよ」

柊真は笑顔で右手を出して握手を求めてきた。豪胆で心優しき男である。仲間に慕われるのは当たり前だ。

「こちらこそ。君のような有能な男に会えて光栄だったよ。うちに来ないか。君の仲間も歓迎するよ」

朝倉は柊真の右手を握りしめ、笑みを返した。

「こんなところで、何を親睦深めているんですか？　カウンターはとっくに止まっていますよ」

フェルナンドが鼻先で笑った。その手には電子基盤が握られている。起爆装置から抜き取ったのだろう。ディスプレーを見ると、「とっく」という言葉は当てはまらないが七秒で確かに止まっている。

「いや、何。打ち上げの話をしていたんだ」

朝倉は頭を掻きながら笑った。

「脱出しましょう」

柊真はいつもの爽やかな笑顔で朝倉の肩を叩いた。

部屋をもう一度見回した。ディスプレーに近いパソコンから煙が出ている。オメガは自爆時間になったら、自ら回線をショートさせて消えたのかもしれない。

「行くか」

朝倉は息を吐き出し、部屋を出た。

フェーズ11：打ち上げ

三月十二日、午後七時二十分。

朝倉は虎ノ門の交差点を渡って大通りから路地裏に入った。警視庁時代は毎日通った道である。防衛省で特捜局を再開するという辞令を受け取り、防衛省と警察庁の幹部を交えて打ち合わせをしていたために遅くなってしまった。

一昨夜、コンテナ船シャンジャンから脱出した朝倉は、ケルベロスのメンバーを先に帰した。彼らは現場から立ち去る際にガントリークレーンに残したラペリングロープなど、潜入した証拠をすべて回収している。

彼らを見送った朝倉は大井埠頭に停泊しているシャンジャンが偽物で逃亡の恐れありと、東京湾岸警察署に通報した。同時に警視庁刑事部長にも連絡している。

湾岸警察署がシャンジャンの記録を調べて「幽霊船」と確認すると、二時間後に湾岸警察署は本庁にも応援を要請し、数十人で臨検した。

船員を調べると、全員のパスポートが偽造と判明する。船員を逮捕して湾岸警察署に収監し、さらに三時間後には捜査令状を取って湾岸警察署と本庁からも捜査班が出動して本格的な捜査に入った。

朝倉も捜査に同行し、はじめて乗船した振りをしながら武装兵が使っていた武器を発見している。彼らが海に投げ捨てないように換気口などに隠しておいたのだ。彼らの指紋が銃に付着しているので、出どころがどこだろうが逃れようがないのだ。

また、第三甲板のＡＩルームは、鑑識とは別にＩＴのプロが調べるべきだと、傭兵代理店の友恵を捜査班に紹介している。というのも、彼女の方からアプローチがあったからで、朝倉も知らないことであったが、彼女は自衛隊のサイバー防衛隊の外部教官という身分を持っていたのだ。

友恵が調べたところ、ＡＩルームでは多数の汎用パソコンが並列に繫がれていた。規模こそ小さいが部屋そのものがスーパーコンピュータと呼べる代物だったらしい。

一連の事件においてＡＩオメガが紅軍工作部と東京の〝海外派出所〟に実行指令を出していたことは、通信室にあったスマートフォンのログから明らかになった。シャンジャンはＡＩオメガの移動基地だったようだ。

中国の諜報機関に詳しい影山に尋ねたが、彼もその存在を知らなかった。だが、中国は戦略的ＡＩの研究を極秘で進めており、本国からの指令が途絶えてもＡＩが工作活動を続けられるようにテストしていたのではないかと言っていた。今回の謀略自体、ＡＩオメガが画策した可能性もあるだろう。

シャンジャンは警視庁が接収したが、中国からの反発はなかった。下手に自国の物と言えば、犯罪を認めたことになるからだろう。逆に偽のパスポートを所持していた船員を犯罪者とし、自国で罰するために引き渡すように要求してきた。影山さえ知らない極秘計画なので、中国政府幹部は把握していないのかもしれない。今後事件の真相は明らかになるだろうが、謀略を阻止できたことでとりあえず満足すべきだと朝倉は思っている。

また数時間前のことであるが、警察病院で隔離されていた竹本が米国への亡命が認められ、オメガという人物の指令で宇多川に偽の情報を流していたことを白状している。また、殺された木下も諜報員で特捜局を潰すために園崎を利用していたと供述した。おそらく事件に関わった諜報員たちは、オメガがＡＩだとは知らなかったのだろう。

園崎と宇多川が特捜局を潰すために嘘の情報を使っていたことを立件したと、先ほど警視庁広報が記者クラブで発表した。だが、主犯は海外に逃亡したことになっている。真犯人がＡＩだったことを証明できないこともあるが、あまりにもショッキングだったからだろう。

朝倉は〝こぶしの花〟の赤提灯の前で立ち止まり、大きな息を吐いてみた。生きてこの店にまた来られるとは思っていなかったのだ。

暖簾を潜って引き戸に手を掛けると、勝手に開いた。

「何やってたんですか。遅いですよ。まったく。みんな待っていたんですから。それに変な外国人もいますし」

赤ら顔の中村が戸を開けたらしい。すでに酔っているようだ。彼は一昨日の夜、帰国している。

「大将が〝こぶしの花〟に来るってことをうっかりみんなに話しちゃいましてね」

佐野がカウンターで徳利を持って笑って見せた。彼も酔っ払っている。日が暮れる前から飲み始めているのだろう

「ここは、奢りですよね」

なぜか柊真とセルジオらがカウンターを占拠している。そう言えば、彼から都内で行きつけの店はあるかと聞かれていた。

「引き戸を閉めてください」

カウンターの中からエプロンをした国松が言った。

「今日は、私も飲んでいるよ」

女将(おかみ)の宮下(みやした)が、カウンター奥でビールを飲んでいる。調理場は国松に任せているらしい。彼は釣り好きのせいもあるが、魚を捌(さば)くのがうまいのだ。料理の腕もかなりのものだと聞いている。

「どうなっているんだ?」

朝倉は店に入り、引き戸を閉めながら中村に尋ねた。奥の座敷でも聞き慣れた声が聞こえる。特捜局の捜査員が大勢いるらしい。

「佐野さんが終業時間前に、これから宴会の準備をするから来られるかって大声で捜査課に呼びかけたんですよ。そしたら、全員手を上げたんです。だから、店は貸切りですよ。酒が足りないので、四名の捜査員を酒屋に派遣しております」

中村は敬礼すると、しゃっくりをした。帰国すると、すでに捜査が終了していたために悔しそうにしていたが、事件が解決したからとすぐに朝倉を釣りに誘ってきた。気持ちの切り替えが早いことが彼の長所でもあるのだろう。

「朝倉さん。とりあえず、乾杯しませんか」

柊真がビールを充たしたグラスを持ってきた。

「名乗ったのか？」

朝倉は小声で尋ねた。彼らが今回の事件を解決する大きな力になったのだが、それは違法捜査を暴露することになるので極秘にしているのだ。柊真からも口止めされていた。

「朝倉さんの甥だと説明しました。セルジオらを連れて日本観光に来ていると言ってあります。体型が朝倉さんに似ているので、みんな納得していましたよ」

柊真は英語で答えた。

「とりあえず、乾杯するか。全員が揃ったところで、また乾杯しよう」

朝倉が声を張り上げると、奥の座敷から捜査員がぞくぞくと顔を覗かせた。

「乾杯の音頭を晋平さん、よろしく」

朝倉は佐野に頼んだ。

「僭越ながら、佐野が乾杯の音頭を取ります」

佐野がお猪口に酒を充たして立ち上がった。

「長いのは駄目ですよ」

中村がすかさず茶々を入れる。

「当たり前だろう。特捜局に乾杯！」

満面の笑みを浮かべた佐野は、勢いよく腕を振り上げてお猪口の酒を振り撒いた。

「何をするんですか」

酒が顔に掛かった中村が苦笑している。

「乾杯！」

朝倉は笑いながらグラスを掲げた。

渡辺裕之

1957年名古屋市生まれ。中央大学経済学部卒業。アパレルメーカー、広告制作会社を経て、2007年『傭兵代理店』でデビュー。同作が人気シリーズとなり、以後アクション小説界の旗手として活躍している。その他のシリーズに「新・傭兵代理店」「傭兵代理店・改」「暗殺者メギド」「シックスコイン」「冷たい狂犬」などがある。

波濤の檻

――オッドアイ

2024年2月25日　初版発行

著　者　渡辺裕之

発行者　安部順一

発行所　中央公論新社

〒100-8152　東京都千代田区大手町1-7-1
電話　販売 03-5299-1730　編集 03-5299-1740
URL https://www.chuko.co.jp/

DTP　ハンズ・ミケ
印　刷　大日本印刷
製　本　小泉製本

Published by CHUOKORON-SHINSHA, INC.
Printed in Japan　ISBN978-4-12-005746-5 C0093

定価はカバーに表示してあります。落丁本・乱丁本はお手数ですが小社販売部宛お送り下さい。送料小社負担にてお取り替えいたします。

渡辺裕之の好評既刊

「オッドアイ」朝倉俊暉シリーズ

陸上自衛隊のエリート特殊部隊員として将来を嘱望されながら、米軍との合同演習中に負傷。左目の色素が薄くなる後遺症をかかえ警察官へ転身した朝倉は、通称「オッドアイ」捜査官として機密事件を手がける。肉体と知能を極限まで駆使する、最強の警察小説シリーズ！

叛逆捜査 文庫

偽証 文庫

斬死 文庫（単行本タイトルは『斬死の系譜』）

死体島 文庫

殺戮の罠 文庫

砂塵の掟 文庫

死の陰謀 文庫

血の代償 文庫

紅の墓標 文庫

陽炎の闇 単行本